Diogenes Taschenbuch 23687

Früher war mehr...

Hinterhältige erotische Geschichten

Ausgewählt von Daniel Kampa

Diogenes

Nachweis am
Schluss des Bandes
Umschlagzeichnung von
Tomi Ungerer

Originalausgabe

Alle deutschen Rechte vorbehalten
Copyright © 2009
Diogenes Verlag AG Zürich
www.diogenes.ch
300/09/52/1
ISBN 978 3 257 23687 3

Inhalt

Anstelle eines Vorworts
Patricia Highsmith — *Die Romanschriftstellerin*
7

Gabriel García Márquez — *Dornröschens Flugzeug* 11
Leon de Winter — *Turbulenzen* 22
Roland Topor — *Der schönste Busen der Welt* 45
Ian McEwan — *Der kleine Tod* 61
Doris Dörrie — *Financial Times* 93
Henry Slesar — *Unwiderstehlich* 104
F. K. Waechter — *Der Spanner* 113
Philippe Djian — *Feuerrot* 114
Bernard MacLaverty — *Ein Pornograph verführt* 151
Arnon Grünberg — *Rosie* 160
Vladimir Nabokov — *Lolita* 185
John Irving — *Partnertausch* 206
Ray Bradbury — *Die beste aller möglichen Welten* 236

Javier Marías *Eine Liebesnacht* 250
David Lodge *Hotel des Tittes* 264
John Updike *Sein Œuvre* 281
Jeffrey Eugenides *Die Bratenspritze* 318

Nachweis 353

Patricia Highsmith

Die Romanschriftstellerin

Sie kann sich an alles erinnern. Es geht immer nur um Sex. Sie ist zum dritten Mal verheiratet, hat nebenbei drei Kinder in die Welt gesetzt, keines davon von ihrem derzeitigen Ehemann. Ihr Schlachtruf lautet: »Hört meine Vergangenheit! Sie ist wichtiger als meine Gegenwart. Ich werde euch erzählen, was für ein ausgemachtes Schwein mein letzter Ehemann (oder Liebhaber) war.«

Ihre Vergangenheit ist wie eine unverdaute oder unverdauliche Mahlzeit, die ihr im Magen liegt. Man wünschte, sie könnte es einfach rauskotzen und fertig.

Sie schreibt und schreibt darüber, wie oft sie oder ihre Rivalin mit ihrem Ehemann ins Bett gesprungen ist. Und wie sie schlaflos auf und ab ging – sich tugendhaft den Trost des Alkohols versagend –, während ihr Ehemann die Nacht mit der anderen verbrachte, frischfröhlich, ohne sich um das Gerede von Freunden und Nachbarn zu scheren. Da die Freunde und Nachbarn entweder denkunfähig oder an der Situation nicht interessiert waren, ist es egal, was sie dachten. Man könnte meinen, das sei eine Herausforderung für die Phantasie eines Romanciers, die Chance, Gedanken und Meinungen zu erfinden, wo keine waren, doch diese Arbeit macht sich die Romanschriftstellerin nicht. Alles ist so nackt wie ein Feigenblatt.

Nachdem drei Freundinnen das Manuskript begutachtet und gelobt haben – »genau wie im Leben!« – und die Namen der männlichen und weiblichen Protagonisten viermal ausgetauscht worden sind, was dem Aussehen des Manuskripts nicht unbedingt zugute kommt, und nachdem ein Freund (und potentieller Liebhaber) die erste Seite gelesen und das Manuskript mit der Behauptung zurückgegeben hat, er habe es ganz gelesen und sei hingerissen, geht es an einen Verleger. Es wird umgehend und höflich abgelehnt.

Die Verfasserin wird vorsichtiger, sichert sich Entrees über Bekanntschaften mit Schriftstellern, über vage, nichtssagende Empfehlungen, die mit weinreichen Mittag- und Abendessen erkauft sind.

Dennoch Ablehnung auf Ablehnung.

»Ich weiß, dass meine Geschichte wichtig ist!«, sagt sie zu ihrem Ehemann.

»Das ist das Leben dieser Maus hier für sie auch«, erwidert er. Er ist ein geduldiger Mensch, aber allmählich ans Ende seiner Geduld gekommen.

»Was für eine Maus?«

»Ich unterhalte mich fast jeden Morgen mit einer Maus, wenn ich in der Badewanne sitze. Ich glaube, sein oder ihr Problem ist die Nahrungssuche. Es ist ein Pärchen. Einer von beiden kommt zum Loch heraus – in einer Ecke ist ein Loch in der Wand –, und ich hole ihnen etwas aus dem Kühlschrank.«

»Du schweifst ab. Was hat das mit meinem Manuskript zu tun?«

»Nun, dass Mäuse mit einem wichtigeren Thema beschäftigt sind, mit der Nahrungssuche. Nicht damit, ob der Exgatte einen betrogen oder ob man darunter gelitten hat, selbst an so herrlichen Schauplätzen wie Capri oder Rapallo. Das bringt mich auf einen Gedanken.«

»Was für einen Gedanken?«

Ihr Ehemann lächelt zum ersten Mal seit Monaten. Er empfindet sekundenlang ein Gefühl des Friedens. Im ganzen Haus ist kein Schreibmaschinengeklapper zu hören. Seine Frau sieht ihn tatsächlich an und wartet auf das, was er sagen will.

»Das musst du herausbekommen. Du hast doch Phantasie. Ich bin zum Abendessen nicht da.«

Dann verlässt er die Wohnung, wobei er sein

Adressbuch und frohgemut einen Pyjama und eine Zahnbürste mitnimmt.

Sie geht zu ihrer Schreibmaschine, starrt sie an und überlegt, ob das vielleicht der Keim für einen neuen Roman ist, der an diesem Abend beginnt, ob sie den Roman, um den sie so viel Aufhebens gemacht hat, auf den Müll werfen und mit dem neuen anfangen soll. Vielleicht heute Abend? Jetzt gleich? Mit wem wird er schlafen?

Gabriel García Márquez
Dornröschens Flugzeug

Sie war schön, geschmeidig, die Haut von der sanften Farbe des Brots, Augen wie grüne Mandeln, und sie hatte glattes und schwarzes und langes Haar bis auf den Rücken, und eine Aura von Jahrtausenden wie aus Indonesien oder auch den Anden umgab sie. Sie war mit ausgesuchtem Geschmack gekleidet: eine Luchsjacke, eine reinseidene Bluse, zart geblümt, eine Hose aus grobem Leinen und schmale Schuhe in der Farbe von Bougainvilleen. »Das ist die schönste Frau, die ich in meinem Leben gesehen habe«, dachte ich, als ich sie mit dem sachten Gang einer Löwin vorbeigehen sah. Ich stand in der Schlange am Charles-de-Gaulle-Flughafen in Paris, um das Flugzeug nach New York zu besteigen. Sie war eine übernatürliche Erscheinung, nur einen Augenblick lang, um dann in der Menschenmenge der Halle unterzutauchen.

Es war neun Uhr morgens. Es schneite seit der vergangenen Nacht, und der Verkehr in der Stadt war dichter als sonst und noch langsamer auf der Autobahn, Lastwagen standen aufgereiht am Straßenrand, und Autos dampften im Schnee. In der Flughafenhalle hingegen ging das Leben frühlingshaft weiter.

Ich stand in der Schlange für das Check-in hinter einer alten Holländerin, die fast eine Stunde lang um das Gewicht ihrer elf Koffer feilschte. Ich begann mich zu langweilen, als mir die plötzliche Erscheinung den Atem nahm, so dass ich nicht mitbekam, wie die Auseinandersetzung endete, bis mich die Angestellte mit einem Tadel wegen meiner Unaufmerksamkeit aus meinen wolkigen Höhen herunterholte. Als Entschuldigung fragte ich sie, ob sie an Liebe auf den ersten Blick glaube. »Aber gewiss«, sagte sie. »Unmöglich sind andere.« Ihr Blick blieb fest auf den Bildschirm des Computers geheftet, und sie fragte mich, was für einen Sitzplatz ich wolle.

»Das ist mir gleich«, sagte ich mit aller Absicht, »solange es nicht neben den elf Koffern ist.«

Sie dankte es mir mit dem geschäftlichen Lächeln der ersten Klasse, jedoch ohne den Blick von dem flimmernden Bildschirm abzuwenden.

»Wählen Sie eine Nummer«, sagte sie, »drei, vier oder sieben.«

»Vier.«

Da bekam ihr Lächeln ein triumphales Glitzern.

»Ich bin jetzt fünfzehn Jahre hier«, sagte sie, »und Sie sind der Erste, der nicht die Sieben wählt.«

Sie markierte die Sitznummer auf der Bordkarte und überreichte sie mir mit dem Rest meiner Papiere, sah mich dabei zum ersten Mal mit traubenfarbenen Augen an, die mir Trost spendeten, bis ich die Schöne wiedersah. Dann erst wies sie mich darauf hin, dass man den Flughafen soeben geschlossen und alle Flüge verschoben habe.

»Wie lange?«

»So lange Gott will«, sagte sie mit ihrem Lächeln. »Der Rundfunk hat heute Morgen die stärksten Schneefälle des Jahres angekündigt.«

Ein Irrtum: Es wurden die stärksten des Jahrhunderts. Aber im Wartesaal der ersten Klasse war der Frühling so echt, dass die Rosen in den Vasen aufblühten und sogar die Konservenmusik so sublim und beruhigend wirkte, wie ihre Schöpfer es vorgaben. Plötzlich kam ich darauf, dass dies ein passendes Refugium für die Schöne sein musste, und ich suchte sie auch in den anderen Hallen, erregt vom eigenen Wagemut. Doch da waren meistens Männer aus dem wirklichen Leben, sie lasen englische Zeitungen, während ihre Frauen an andere dachten, den Blick durch die Panoramafenster auf die toten Flugzeuge im Schnee gerichtet, auf die vereisten Fabriken, die weiten Baumschulen von Roissy, die von den Baulöwen zerstört waren. Nach zwölf war kein Plätzchen mehr frei, und die Hitze war so unerträglich geworden, dass ich, um wieder durchatmen zu können, flüchtete.

Draußen bot sich mir ein beklemmendes Schauspiel. Menschen aller Art quollen aus den Wartesälen und kampierten in den stickigen Gängen, sogar auf den Treppen, lagerten mit ihren Tieren und Kindern und dem Handgepäck auf dem Boden. Denn auch die Verbindung zur Stadt war unterbrochen, und der Palast aus durchsichtigem Kunststoff sah wie eine riesige Raumkapsel aus, die im Sturm gestrandet war. Ich konnte den Gedanken nicht loswerden, dass auch die Schöne irgendwo zwischen diesen zahmen Horden sein musste, und diese Vorstellung gab mir neuen Mut zum Warten.

Zur Essenszeit hatte sich bei uns das Bewusstsein, Schiffbrüchige zu sein, durchgesetzt. Die Schlangen vor den sieben Restaurants, den Cafeterias, den gedrängt vollen Bars wuchsen ins Endlose, und nach kaum drei Stunden musste geschlossen werden, weil es nichts mehr zu essen und zu trinken gab. Die Kinder, die auf einmal alle Kinder dieser Welt zu sein schienen, fingen gleichzeitig an zu weinen, und die Menschenmenge verströmte den Geruch einer Schafherde. Es war die Stunde der Instinkte. Das einzig Essbare, was ich in all dem Getümmel ergatterte, waren die letzten zwei Becher Vanilleeis an einem Kinderstand. Ich aß sie bedächtig an der Theke, während die Kellner die Stühle, sobald diese frei wurden, auf die Tische stellten, und im Spiegel sah ich mich selbst mit dem letzten Pappbecher und dem letzten Papplöffel und dachte an die Schöne.

Der Flug nach New York, der für elf Uhr vormittags vorgesehen war, startete um acht Uhr abends. Als ich schließlich an Bord kam, saßen die Passagiere der ersten Klasse schon auf ihren Plätzen, und eine Stewardess geleitete mich zu dem meinen. Mir blieb die Luft weg. Auf dem Nachbarsitz, neben dem Fenster, nahm die Schöne gerade mit der Gelassenheit der erfahrenen Reisenden ihren Raum in Besitz. »Sollte ich das einmal schreiben, glaubt es mir keiner«, dachte ich. Und ich wagte kaum, einen unentschlossenen Gruß zu murmeln, den sie gar nicht wahrnahm.

Sie ließ sich nieder, als wolle sie viele Jahre dort verbringen, gab jedem Ding seinen Platz und seine Ordnung, bis der Sitzplatz so gut eingerichtet war wie das ideale Haus, wo alles in Reichweite liegt. Während sie das tat, kam der Purser mit dem Begrüßungschampagner. Ich nahm ein Glas, um es ihr zu reichen, bereute es aber noch rechtzeitig. Denn sie wollte nur ein Glas Wasser und bat den Purser, erst in einem undurchdringlichen Französisch, dann in einem kaum verständlicheren Englisch, man möge sie auf keinen Fall während des Fluges wecken. Ihre tiefe und warme Stimme war schleppend von orientalischer Traurigkeit.

Als man ihr das Wasser brachte, öffnete sie auf ihren Knien ein Necessaire mit kupfernen Eckverstärkungen, wie ein Koffer aus Großmutters Zeiten, und nahm zwei goldene Tabletten aus einem Schächtelchen, in dem noch andere in verschiedenen Farben lagen. Sie machte das alles systematisch und feierlich, als gäbe es nichts, das für sie nicht schon von Geburt an vorherbestimmt sei. Zuletzt schob sie den Vorhang am Fenster herunter, kippte den Sitz so weit wie möglich zurück, deckte sich, ohne die Schuhe auszuziehen, bis zur Taille zu, setzte die Schlafmaske auf, legte sich seitlich in den Sessel, den Rücken mir zugewandt, und schlief ohne eine einzige Unterbrechung, ohne einen Seufzer, ohne ihre Lage auch nur im Geringsten zu verändern, die ewigen acht Stunden und die zusätzlichen zwölf Minuten durch, die der Flug nach New York dauerte.

Es war eine intensive Reise. Ich bin schon immer der Überzeugung gewesen, dass es nichts Schöneres in der Natur gibt als eine schöne Frau, und so war es mir nicht möglich, mich auch nur einen Augenblick dem Zauber dieses an meiner Seite schlafenden Märchenwesens zu entziehen. Der Purser verschwand, sobald wir abgehoben hatten, statt seiner kam eine strenge Stewardess und wollte die Schöne aufwecken, um ihr das Toilettentäschchen und die Kopfhörer für die Musik zu geben. Ich wiederholte die Anweisung, die sie dem Purser gegeben hatte, aber die Stewardess blieb hartnäckig, wollte von ihr selbst hören, dass sie auch kein Abendessen wünschte. Der Purser musste es bestätigen. Dennoch tadelte sie mich, weil die Schöne sich nicht das Pappschildchen mit der Aufforderung, sie nicht zu stören, um den Hals gehängt hatte.

Ich nahm ein einsames Abendessen ein und sagte mir stumm all das, was ich ihr gesagt hätte, wäre sie wach gewesen. Ihr Schlaf war so tief, dass mich einen Moment die Sorge beschlich, die Tabletten dienten nicht zum Schlafen, sondern zum Sterben. Vor jedem Schluck hob ich das Glas und trank ihr zu: »Auf dein Wohl, du Schöne.«

Nach dem Abendessen wurden die Lichter gelöscht, der Film für niemanden abgespult, und wir beide blieben allein im Dämmer der Welt. Das größte Unwetter des Jahrhunderts war vorbei, und die Atlantiknacht war unendlich und rein, und das

Flugzeug schien unbeweglich zwischen den Sternen zu hängen. Dann habe ich sie Stück für Stück mehrere Stunden lang betrachtet, und die einzigen wahrnehmbaren Lebenszeichen waren die Schatten der Träume, die über ihre Stirn glitten wie Wolken im Wasser. Um den Hals trug sie eine Kette, so fein, dass sie auf ihrer goldenen Haut fast unsichtbar war, sie hatte vollkommene Ohren, ohne Löcher für Ohrringe, die rosigen Nägel guter Gesundheit und einen glatten Ring an der linken Hand. Da sie nicht älter als zwanzig war, tröstete ich mich mit dem Gedanken, es sei kein Ehering, sondern das Zeichen eines flüchtigen Verlöbnisses.

»Wissen, dass du schläfst, gewiss, sicher, getreue Quelle der Hingabe, reine Linie, so nah meinen gebundenen Armen«, dachte ich, auf der Schaumkrone des Champagners das meisterliche Sonett von Gerardo Diego memorierend. Dann lehnte ich meinen Sitz auf ihre Höhe zurück, und nun lagen wir näher zusammen als in einem Ehebett. Ihr Atem war so warm wie ihre Stimme, und von ihrer Haut stieg ein schwacher Hauch auf, der nur der natürliche Duft ihrer Schönheit sein konnte. Es schien mir unglaublich: Im vergangenen Frühjahr hatte ich einen wunderbaren Roman von Yasunari Kawabata über die greisen Bürger Kyotos gelesen, die Unsummen zahlten, um eine Nacht lang die schönsten Mädchen der Stadt zu betrachten, die nackt und betäubt dalagen, während die Männer sich im selben Bett vor Liebe verzehrten. Sie dürfen die Mädchen nicht wecken, nicht berühren und versuchen es auch nicht, denn das Wesen der Lust ist, sie schlafen zu sehen. In jener Nacht, während ich über den Schlaf der Schönen wachte, habe ich diese senile Raffinesse nicht nur verstanden, sondern sie voll ausgelebt.

»Wer hätte das gedacht«, sagte ich mir, das Selbstgefühl vom Champagner gesteigert: »Ich, ein alter Japaner, in dieser Höhe.«

Ich glaube, ich habe mehrere Stunden geschlafen, besiegt vom Champagner und dem stummen Mündungsfeuer des Films, und bin mit zerfurchtem Schädel aufgewacht. Ich ging zum Bad. Zwei Reihen hinter mir lag die Alte mit den elf Koffern breitbeinig auf den Sessel gestreckt. Sie sah wie ein auf dem Schlachtfeld vergessener Toter aus. Auf dem Boden, mitten auf dem Gang, lag ihre Lesebrille mit einer Kette aus bunten Perlen, und ich genoss einen Augenblick lang das kleinliche Glück, sie nicht aufzuheben.

Nachdem ich meine Champagnerexzesse verdaut hatte, ertappte ich mich im Spiegel, unwürdig und hässlich, und staunte darüber, dass die Verheerungen der Liebe so fürchterlich sind. Plötzlich sank das Flugzeug steil ab, fand mühsam wieder die Balance und flog bockend weiter. Der Befehl, zum Sitzplatz zurückzukehren, leuchtete auf. Ich stürzte aus dem Bad, in der Hoffnung, dass allein die Turbulenzen des Herrn die Schöne wecken könnten und sie sich vor dem Entsetzen in meine Arme retten müsste. In der Eile hätte ich fast auf die Brille der Holländerin getreten, und es hätte mich gefreut. Aber ich ging einen Schritt zurück, hob sie auf und legte sie ihr auf den Schoß, plötzlich dankbar dafür, dass sie nicht vor mir den Platz Nummer vier gewählt hatte.

Der Schlaf der Schönen war unbesiegbar. Als das Flugzeug sich beruhigt hatte, musste ich der Versuchung widerstehen, sie unter irgendeinem Vorwand zu schütteln, denn ich wünschte nichts mehr, als sie in dieser letzten Stunde des Fluges wach zu sehen, selbst in zornigem Zustand, damit ich meine Freiheit und vielleicht auch meine Jugend zurückgewänne. Aber ich brachte es nicht fertig. »Verdammt«, sagte ich voller Verachtung zu mir, »warum bin ich nicht als Stier geboren?« Sie wachte ohne Hilfe in dem Augenblick auf, als die Lichter für die Landung eingeschaltet wurden, und sie war so schön und glatt, als hätte sie neben einem Rosenstrauch geschlafen. Da erst fiel mir auf, dass sich Platznachbarn im Flugzeug, ebenso wie alte Ehepaare, nicht beim Aufwachen guten Morgen sagen. Auch sie nicht. Sie zog die Schlafmaske ab, öffnete die leuchtenden Augen, richtete die Rücklehne ihres Sitzes auf, warf die Decke beiseite, schüttelte ihre Mähne, die sich durch ihr Gewicht selbst richtig legte, nahm wieder den Toilettenkoffer auf die Knie und legte ein flüchtiges und überflüssiges Make-up auf, für das sie gerade so lange brauchte, dass sie mich bis zum Öffnen der Türen nicht ansehen musste. Dann zog sie die Luchsjacke an, stieg mit einer konventionellen Entschuldigung in reinstem amerikanischem Spanisch über mich hinweg und ging, ohne sich auch nur zu verabschieden, ohne mir wenigstens all das zu danken, was ich für unsere glückliche Nacht getan hatte, und verschwand bis zum heutigen Sonnenaufgang im Urwald von New York.

Leon de Winter
Turbulenzen

Die Boeing 737 stand auf dem in Regenschleier gehüllten Logan International in Boston und wartete auf die Starterlaubnis für den kurzen Flug nach La Guardia in New York. Sol Mayer war auf der Rückreise von einem Kongress über »Die Rolle des Rabbiners in einer sich verändernden Gesellschaft«, und die Frau, die zu seiner Überraschung neben ihm Platz nahm, hatte er am Abend zuvor von weitem bewundert.

Sie war die Sängerin der fünfköpfigen Band, die das Abschlussdiner mit jazzigen Evergreens und Ballads, zu melancholischen Schmachtfetzen umarrangierten bekannten amerikanischen Liedern, untermalt hatte. An seinem Tisch hatte man sich kurz über die Musik unterhalten, und ihm war nicht entgangen, welches Interesse seine Kollegen der Quelle des Gesangs entgegenbrachten. Sie trug ein schwarzes Kleid, das ihre Beine – sie steckten in schwarzen Strumpfhosen – weitgehend unbedeckt und Knöchel, Waden und den Ansatz der

Oberschenkel vorteilhaft zur Geltung kommen ließ; ziemlich gewagt für einen Festabend von Rabbinern. Dunkelbraunes langes Haar, betont nachlässig hochgesteckt, umrahmte ihr ovales Gesicht. Ihre expressiven Augen blieben unbeirrt von den Blicken der jüdischen Seelsorger in den farblosen Anzügen, die in der kühlen Pracht des Hotels dinierten und krampfhaft versuchten, ihr Staunen über diese aufregende Erscheinung zu verbergen.

Nach einer kurzen Pause kehrte sie, von zögerndem Applaus begrüßt, in einem Kleid zurück, das ihr nun zwar bis über die Knie reichte, dafür aber ein enganliegendes Oberteil hatte. Sie hatte kleine Brüste und schutzsuchende, verletzliche Schultern. Sol betrachtete sie, wie er auch andere attraktive Frauen betrachtete, angetan von den Reizen der Schöpfung und sich gleichzeitig seiner eingeschränkten Möglichkeiten deutlich bewusst.

In dem opulenten Speisesaal des Hilton Hotels, eine kalte Platte mit geräuchertem Lachs vor sich (häufig dieselben Gänge bei solchen Diners: vorausgesetzt der Rabbiner gab nicht ausdrücklich zu verstehen, dass er sich an die Kaschruth-Vorschriften hielt, bekam er zunächst Hühnerbrühe, dann ein Stückchen Lachs, anschließend gebratenes Hähnchen und zum Abschluss etwas Obst), rutschte er unruhig auf seinem Stuhl hin und her, als sich das betörende Bild ihres Körpers – *ohne* Kleid und Strumpfhose – in seine Vorstellung schlich.

Die Synagoge, der er angehörte, stand in der Fifth Avenue, und die attraktivsten Schauspielerinnen und Models ließen sich auf deren Bänken nieder, um seinen Predigten zu lauschen. Sol war sich seines rhetorischen Geschicks und seines südländischen Aussehens mit dem starken Bartwuchs, der mindestens zwei Rasuren am Tag erforderte, durchaus bewusst, und wenn er auf eine Karriere als Ehebrecher aus gewesen wäre, hätte er sich schon vor Jahren die Seele aus dem Leib vögeln können. Aber er war treu. Und ängstlich. Und vorsichtig. Er hatte noch das ganze Leben vor sich, und seine jetzige Stellung versprach eine Zukunft in materiellem Überfluss. Für eine Bettgeschichte mit einer Modepuppe oder Sängerin würde er seine Existenz nicht aufs Spiel setzen.

Gegen Mitternacht verabschiedete er sich von seinen Kollegen. Sie stand nicht im Fahrstuhl, er begegnete ihr nicht auf dem Flur, sie fand keinen Eingang in seine Träume in dem übergroßen Bett. Doch jetzt, einen Tag später, setzte sie sich in der Boeing neben ihn, und er fragte sich, ob er das als Geschenk oder als Fluch betrachten sollte.

Sie nickten sich distanziert zu. Sie trug verwaschene Jeans, ein weißes T-Shirt und eine schwarze

Lederjacke mit abgewetzten Stellen, und ihr Gesicht war zum größten Teil hinter den Vorhängen ihres offenen Haars versteckt, das er gern berührt hätte. Soweit er sehen konnte, war ihr Gesicht, im Gegensatz zum gestrigen Abend, ungeschminkt. Sie setzte sich, und er erhaschte dabei einen Blick auf ihren wohlgeformten Hintern in der engen Hose.

Der Flugkapitän meldete sich über den Bordlautsprecher zu Wort (»Ich muss Ihnen leider mitteilen, dass wir ein wenig Verspätung haben«) und versuchte, den erwartungsgemäßen Unmut in der Maschine zu beschwichtigen. Dem Stimmengewirr hinter sich entnahm Sol deutliche Verärgerung. Eine halbe Stunde Verspätung. Seine Nachbarin bemerkte: »So lange dauert ja beinahe der ganze Flug.«

Kein sonderlich bemerkenswerter Satz. Sol nickte und wollte sich wieder dem Artikel zuwenden, den er gerade las. Doch er tat etwas anderes. Er sprach die Worte aus, die – seltsamerweise – in der Luft zu liegen schienen. Er sagte: »Wenn die Wartezeit zu lang wird, könnten Sie vielleicht eines Ihrer wunderbaren Lieder singen.«

Überrascht sah sie ihn an: »Wie meinen Sie das?«

Er antwortete: »Ich habe Sie gestern Abend singen hören.«

Sie strich sich das Haar zurück und unterzog ihn einem forschenden Blick. Kein Make-up, keine Ohrringe, keine Kette um den vollendeten Hals. In ihrem lebhaften Gesicht steckte etwas Unsicheres, etwas Unschuldiges und Kindliches, und er sah, dass sie nach einer gefassten Entgegnung suchte. Nach einigen Sekunden wusste sie nichts anderes zu sagen als: »Ha, so ein Zufall.«

Wie auf ein Zeichen zogen sie sich in ein unbehagliches Lächeln zurück und schlugen die Augen nieder. Wahrscheinlich hatte die Nervosität, die er bei sich wahrnahm, gar nichts mit dieser Frau zu tun. Vielleicht entsprach sie zufällig seinem Schönheitsideal, wenn er sich auch nicht bewusst war, so etwas überhaupt verinnerlicht zu haben. Hoffentlich war es nur das – die Entdeckung, dass es ein menschliches Wesen gab, welches seine ästhetischen Maßstäbe zutage förderte.

Die letzten Passagiere der Business Class suchten ihre Sitzplätze auf, und eine Stewardess bot Orangensaft und Champagner an, die unnötigen Beigaben zu ihren kostspieligen Tickets. Sie nahm Champagner, und er verschmähte den Saft, um ihrem Beispiel zu folgen. Normalerweise trank er nur zum Abendessen Alkohol und ganz sicher nicht am Vormittag, weshalb also jetzt? Weil er etwas mit ihr teilen wollte, wurde ihm bewusst, weil er das Strahlen ihrer Augen suchte. Erneut nickten sie sich zu, diesmal, um sich zuzuprosten, und nervös trank er das Glas in einem Zug aus.

»Durst«, erklärte er beklommen, als er das leere Glas abstellte. Er wusste nicht, zu wem er das eigentlich sagte.

Sie lächelte und öffnete die Lippen. »Wer nicht?«, fragte sie. Er sah, dass auch ihr Glas geleert war. Ewiger Himmel, betete er, ersticke die Begierde meines Schoßes. Eine Sängerin.

»Ich trinke nur zum Essen«, entschuldigte er sich.

»Ich, wenn ich Durst habe.«

»Ich könnte nicht arbeiten.«

»Ich nicht ohne«, sagte sie unumwunden. War das ihr Ernst oder nur die großspurige Antwort einer verlegenen Seele?

Er lächelte breit und gab so etwas wie ein Schnauben von sich, einen Luftstoß durch die Nasenlöcher, der verbergen sollte, dass ihm keine Entgegnung einfiel. Er führte sich auf wie ein Volltrottel.

»Jeder ist eben anders«, sagte er und schämte sich für die Banalität seiner Worte.

»Anders und doch gleich.«

Er wusste nicht genau, was sie meinte. Was war anders, und was war gleich? Die Maßstäbe, nach denen sie wertete, urteilte und einordnete, waren ihm unbekannt. Vermutlich spielte sich ihr Leben in Proberäumen und Künstlergarderoben hinter Bars und Festsälen ab, und die Begriffe, mit denen er sich herumschlug, interessierten sie nur ganz am Rand. Was wusste er schon vom Leben einer Sängerin? Was wusste sie vom Leben eines Rabbiners?

Die Stewardess belohnte die Geduld der Erste-Klasse-Passagiere mit einer Extrarunde. Diesmal nahm er ein Glas Saft vom Tablett. Die Frau blieb bei Champagner.

»Sind Sie schon lange Sängerin?«

Diese Frage war zwar auch nicht gerade sehr originell, aber er fand, dass er seiner Neugier hinsichtlich ihrer Gedankenwelt durchaus nachgeben konnte. Er hätte am liebsten festgestellt, dass sie gar keine besaß und nicht mehr war als eine leere Hülle. Und wer würde sich schon von einer leeren Hülle angezogen fühlen?

»Fünf Jahre etwa.«

»Ist das ein hartes Leben?«

»Nicht, wenn es einem Spaß macht.«

»Macht es Ihnen denn immer Spaß?«

»Meistens schon. Wenn ich die Gelegenheit dazu bekomme.«

Sie hatte nicht das Bedürfnis, sich zu unterhalten. Er genauso wenig.

»Fein«, sagte er und beugte sich aufs Neue über die Zeitschrift, die er am Hotelkiosk gekauft hatte. Er zwang sich, ihre Anwesenheit zu vergessen und nicht an die Beine zu denken, die da vorn auf der Bühne des weiträumigen Speisesaals den Takt der Songs begleitet hatten. Rhythmisch hatte sie die Hacke eines Fußes in den schwarzen Pumps bewegt oder die Knie leicht von links nach rechts geschwungen. Manchmal reckte sie sich und spannte die Muskeln ihrer langen Beine an – sie steckten jetzt in Strumpfhosen mit einem Satinschimmer. Die Linien ihrer Beine weckten unweigerlich die Begierde nach der Stelle, an der sie zusammenliefen. In diesem Saal voller gelehrter Juden leuchtete ihre Körperlichkeit auf wie eine Flamme in der Wüstennacht.

Den Artikel, den Sol Mayer zu lesen versuchte, hatte er selbst geschrieben. Die Zeitschrift war eine Ausgabe von *Shalom,* einem der wichtigsten Sprachrohre des progressiven Judentums in Amerika, in dem Sol regelmäßig etwas über rabbinische Angelegenheiten veröffentlichte. Dieser Artikel befasste sich mit dem moralischen Gehalt des rabbinischen Lebens. Er hatte ihn aufgrund der Sache mit dem chassidischen Rabbiner Jossi Finkelstajn geschrieben, der im Zusammenhang mit der Entführung eines Millionärssohns verhaftet worden war. Für Sol der geeignete Aufhänger, um den chassidischen Anspruch auf die Wortführerschaft für das gesamte Judentum anzugreifen.

Im Gegensatz dazu, wie die Chassiden mit ihren Gegnern verfuhren (wer nicht für sie war, war gegen sie), hatte er nicht alle Ultraorthodoxen über einen Kamm scheren, sondern den kriminellen Chassiden lediglich als ein Symptom beschreiben wollen.

Wie viele von ihnen hatte der kinderreiche, fromme Finkelstajn große Geldsorgen: Der Ewige hatte ihn mit acht Töchtern und nur zwei Söhnen gesegnet, was bedeutete, dass er das Vermögen für acht Aussteuern zusammenzubringen hatte. Von der Angst getrieben, dass er sein Ansehen innerhalb seiner Gemeinde verlieren würde, wenn er seinen Töchtern nur magere Aussteuern mitgeben konnte, kam Finkelstajn auf den Gedanken, sich durch Erpressung das nötige Kapital zu beschaffen. Sol hatte ihn als tragisches Opfer einer antiquierten Tradition beschreiben wollen, als einen von vielen, die das Judentum als ein System schizophrener Rigidität auffassten, aber er musste gestehen, dass der Ton härter, aggressiver und arroganter ausgefallen war, als er es beabsichtigt hatte.

Der Regen schlug gegen die Kabinenfenster. Die Sängerin blätterte in einer Zeitschrift. Unauffällig versuchte Sol, die Schlagzeilen über den Artikeln zu lesen, und stellte verwundert fest, dass es sich um eine Ausgabe des *Scientific American* handelte. Ging ihr also doch mehr im Kopf herum als nur die Songtexte von Cole Porter und Burt Bacharach? Unterschwellig hatte er sie verurteilt, was ein Beweis für seine Blasiertheit und sein seelenloses Überlegenheitsgefühl war. Und selbst wenn sie nur die Reime anderer nachplappern konnte, durfte er die Besonderheit ihres Wesens – von dem er keinen blassen Schimmer hatte – nicht herabmindern oder verkennen. Sie hatte genauso viel Anrecht auf den Sauerstoff in diesem Flugzeug wie er.

Sie stand auf und zog sich hinter die WC-Tür zurück. Sie war noch größer, als er gestern auf die Entfernung hatte beurteilen können, so um die eins achtzig, schätzte er; die Rückseite ihrer Beine verriet feste Schenkel, und der Übergang zum Po versprach eine Wölbung, vollendet wie ein Kunstwerk – gequält schloss er die Augen und schüttelte den Kopf: Was, um Himmels willen, tat er da, warum gab er sich diesen unsinnigen Beobachtungen hin? Über die Menschheit (für ihn ein bedeutungsvoller Begriff), über die Moral, die Jugend, den Krieg, Afrika, die modernen Medien, die Gewalt im Fernsehen, den aufkommenden Fundamentalismus (von jüdisch bis islamisch), die Umwelt, die

Ozonschicht, die Verschwendung, den Überfluss, den Hunger, die Armut, den Bevölkerungszuwachs, die Verschmutzung der Meere, die Walfische, die Massentierhaltung, künstliche Duft- und Geschmacksstoffe, über das alles und noch mehr machte er sich Sorgen. Aber das gab ihm keinen Freibrief dafür, sich an einer unbekannten kleinen Sängerin zu weiden, einer Schickse vermutlich, deren gesamtes Wesen von seinen wollüstigen Augen zu einer Möse mit Gliedmaßen reduziert wurde. Er schämte sich.

Die Stewardess machte zum dritten Mal die Runde. Das salzige Hotelfrühstück – Rührei mit Räucherlachsstreifen – hatte ihn durstig gemacht, und er bestellte ein Glas Tomatensaft. Pfeffer, Tabasco? Nein, danke. Sie stellte das Glas auf die breite Armlehne zwischen den beiden Sitzen, und er las das Namensschildchen der Stewardess: Anne Goldstein. Welche Bedeutung mochte ihre Abstammung für sie haben? Für viele jüdische Amerikaner war dieser Hintergrund nicht mehr als eine frivole Verkomplizierung ihrer amerikanischen Identität. Sol war in den Niederlanden geboren. Seine Eltern stammten aus Familien, die generationenlang Töpfe und Pfannen, Streichhölzer, Kleidung, Stoffe und andere Handelswaren über die Deiche geschleppt hatten. Ein Dasein voller Unsicherheiten, voller Ängste und Bedrohungen, in dem sich das Judentum als Reaktion auf die schwersten Entbehrungen zu einer Überlebenskunst entwickelt hatte. Die meisten amerikanischen Juden dagegen praktizierten ihre Religion so, wie die Baptisten oder Katholiken es tun konnten, nämlich als etwas, dem in der Freizeit nachgegangen wurde, ohne dass die restriktive Seite – die Verbote, die Pflichten – den Alltag belastete. Ein entfernter europäischer Verwandter, der in einer Gaskammer umgebracht worden war, erhöhte sogar den exotischen Charme, den der Glaube der Hebräer ausstrahlte, wie eine Lage Furnier auf einer Spanplatte. Der jüdische Amerikaner war nicht einfach nur ein auf Modewellen mitschwimmender, oberflächlicher Konsument in den großen Vereinigten Staaten, nein, er hielt Tuchfühlung mit den schlimmsten Auswüchsen der Geschichte und der ältesten Tradition. Judesein war hier eine Form von Snobismus.

Sol übertrieb, dessen war er sich bewusst. Vielleicht läutete das moderne amerikanisch-jüdische Leben ja die endgültige Befreiung aus dem Ghetto ein. Er predigte vor wohlhabenden Menschen, die aufrichtig Anteil nahmen am Schicksal von Minderheiten, Obdachlosen, Armen und Farbigen, die in den Innenstädten verelendeten, und er hielt ihnen Ideen und Gedanken vor, ohne den politisch korrekten Clown zu spielen. Aber er wusste nicht, ob sie als Juden lebten. Und damit meinte er etwas, was von der Kontroverse zwischen dem orthodoxen, dem konservativen und dem Reformjudentum nicht berührt wurde. Er war zwar nicht ohne Grund ein liberaler Rabbiner, doch was seine Meinung über den Wert des disziplinierenden Charakters der jüdischen Tradition betraf, so teilte er diese mit seinen strenggläubigeren Kollegen.

Die Sängerin verließ die Toilette und steuerte wieder den Sitz neben Sol an. Erneut war er von ihrer Schönheit gefangen, und er schloss die Augen, um ihr Nachbild so lange wie möglich festzuhalten. Sol steckte voller Widersprüche. Er war Moralist, und zugleich kapitulierte er im Stillen vor etwas, womit er die Geregeltheit seiner Existenz durcheinanderbrachte. Zu Hause, bei Naomi, hatte er dieses Verlangen nach gedankenloser Intimität zu erleben, nicht in einem Flugzeug bei einer kleinen Sängerin.

Er öffnete die Augen und sah, dass sie ihre Zeitschrift vom Sitz nahm. Während sie sich setzte, stieß sie mit der Zeitschrift sein Glas Tomatensaft um. Bevor er aufspringen konnte, schwappte ihm der rote Inhalt des Glases über den Schoß. Intuitiv schrie er auf (zusammen mit der Sängerin, wie er hörte), und mit erhobenen Händen, als müsse er die um jeden Preis sauberhalten, blickte er schreckerstarrt auf den Tomatensaft, der seine Hose, sein Hemd und die Ärmel seines Jacketts besudelt hatte. Indigniert warf er ihr einen kurzen Blick zu und sah ihre erschrockenen Augen. Er wandte sich wieder dem Malheur zu und hörte sie sagen: »Es tut mir furchtbar leid, wirklich, ich hatte das Glas nicht gesehen, ich werde es saubermachen, bleiben Sie sitzen.«

Sie richtete sich auf, um ihren Sitz zu verlassen, aber die Stewardess war bereits mit Servietten und einer Flasche Wasser herbeigeeilt. »Darf ich mal eben?«

»Ich mach das«, entgegnete die Sängerin resolut.

Sie nahm die Servietten, sprenkelte etwas Wasser darauf und beugte sich zu ihm hinüber. Er roch ihre Haare. Mit den nassen Tüchern berührte sie seine Oberschenkel, und er fühlte, wie die Feuchtigkeit durch den Stoff drang.

»Das Schlimmste werden wir schon wegbekommen, und Ihre Wäscherei erledigt dann den Rest. Haben Sie eine zweite Hose dabei?«

»In meinem Koffer.«

»Vielleicht können Sie die nachher auf La Guardia anziehen. Es tut mir wirklich sehr leid. Blöd, dass ich das Glas nicht gesehen habe.«

»Kann passieren«, sagte er, ohne ihr etwas vergeben zu wollen.

»Vielleicht kommen Sie doch besser kurz mit mir mit«, beharrte die Stewardess, »dann können wir es hier in der Pantry etwas gründlicher behandeln.«

Sol sah ein, dass sie recht hatte, blieb aber trotz der Verärgerung und des Schocks über das Missgeschick sitzen. Wenn er sich der Sängerin etwas mehr nähern würde, könnte er mit der Zunge ihr Ohr streicheln und ihr sanft ins Ohrläppchen beißen. Er hielt den Atem an bei dem Gedanken, dass er sich womöglich nicht beherrschen könnte. Es war bestimmt dreizehn Monate her, seit er mit Naomi geschlafen hatte, und er fragte sich, ob die Enthaltsamkeit vielleicht Auslöser für diesen Irrsinn war.

Die Sängerin bewegte sich mit ihrem Tuch nun auf seinen Hosenschlitz zu, und unwillkürlich sagte er: »Den Rest mach ich schon selbst.«

»Ja?«

Die Frage erübrigte sich. Selbstverständlich konnte sie den Stoff dort nicht säubern.

Er stand auf, nahm Abstand von ihrem Hals und ihrem Ohr und folgte der Stewardess in die Pantry. Die Blicke von Mitreisenden begleiteten ihn. Die Stewardess zog den Vorhang zu und bot ihm saubere Papiertücher an. Er tupfte sich den Saft von der Kleidung, doch es blieben Flecken zurück, die er nicht wegbekommen konnte.

Der Flugkapitän gab durch, dass sie eine Startposition zugewiesen bekommen hätten und nun gleich abfliegen könnten.

»Wenn es ein bisschen getrocknet ist, wird es schon gehen«, sagte er.

»Müssen Sie noch weit reisen?«, fragte die Stewardess.

»Manhattan.«

»Die Wäscherei wird den Rest schon herausbekommen.«

Er bedankte sich bei ihr und kehrte in die Kabine zurück. Die Sängerin hatte ihren Platz verlassen. Die Tür des Flugzeugs wurde geschlossen, und die Maschine entfernte sich rückwärts vom Flugsteig. Die Stewardess zeigte die Sicherheitsvorschriften und führte vor, wie man die Sauerstoffmaske aufsetzt. Noch immer regnete es, die Betonfläche des Rollfeldes lag nass glänzend unter drohenden Wolken. Er sah nach der Anzeige der Toilette, aber die verriet, dass die Tür nicht verschlossen war. Hatte sie im letzten Moment das Flugzeug verlassen? Als die Motoren angingen und das Flugzeug zur Startbahn zu rollen begann, fragte Sol den Purser, der die Sicherheitsgurte der

Passagiere kontrollierte, wo seine Sitznachbarin geblieben sei.

»Sie hatte ein Economy-Ticket. Saß hier falsch. Geht's?«

»Ein Fall für die Wäscherei.«

»Wenn ich Sie wäre, würde ich ihr die Rechnung schicken.«

Sol nickte, wenn er so etwas auch niemals tun würde.

Der Purser wünschte ihm einen guten Flug, und Sol fragte sich laut: »Saß sie hier versehentlich oder...?«

Der Mann hob die Schultern: »Manche probieren es immer wieder. Und natürlich entgeht es uns mitunter auch. Wenn die Business Class nicht voll besetzt ist, gibt es immer Economy-Kunden, die es mal versuchen.«

Fünf Minuten später hob die Maschine von der Startbahn ab und schoss in die Wolken hinein. Die Lichtverhältnisse verschlechterten sich, als wäre plötzlich die Dämmerung hereingebrochen, und die Schrauben und Bolzen der Boeing wurden von wilden Sturmböen auf die Probe gestellt. Sie hätten nicht abfliegen dürfen, konstatierte Sol, verwerfliche Überlegungen (eine Maschine am Boden kostete Geld, in New York warteten Passagiere auf einen Flug nach Boston) hatten den Kapitän zu seinem Entschluss bewogen. Das Leben von hundert Menschen war in Gefahr. Sol zog eine Ausgabe des *Boston Globe* aus seiner Tasche und blätterte die Zeitung durch. Weniger um zu lesen, als vielmehr um der Beruhigung willen, die von der Blätterei ausging. Jemand, der ruhig in einer Zeitung blättert, stürzt nicht ab.

Im Lokalteil stieß er auf einen Artikel über den Kongress. Sein vorgestriger Vortrag wurde als »klar« und »gerade noch am Rande des Ideengutes des liberalen Judentums« beschrieben. »Es fehlt nicht mehr viel, und Rabbi Sol Mayer, der Julio Iglesias des progressiven Judentums, ist nicht mehr der liberalste der Liberalen, sondern ein Reformer, der seine Mutterkirche à la Luther in eine Art jüdische New-Age-Kirche überführen möchte.«

Sol hielt das für eine unsinnige Beschreibung seiner Person und seiner Ausführungen. Er hatte dafür plädiert, größeren Nachdruck auf die Rolle der Natur zu legen. Der Siegeszug der menschlichen Kultur über die ärgsten Launen der Natur habe im zwanzigsten Jahrhundert seinen definitiven Höhepunkt erreicht, hatte er seinen Kollegen aufgezeigt, sei nun jedoch dabei zu pervertieren. Noch immer halte der Jude an jahrtausendealten Denkbildern fest, die ihren Ursprung in einem Leben in der Wüste hätten, wo die Natur in jeder Weise lebensbedrohlich gewesen sei. Er plädierte für einen vorsichtigen Umgang mit Thora-Passagen, die die menschliche Überlegenheit – wie etwa bei der Opferung von Tieren – in nicht mehr zeitgemäßer Weise darstellten. »Gott hat uns als gespaltene Wesen erschaffen: Wir sind Sein Ebenbild, und zugleich sind wir Säugetiere, die auf zwei Beinen zu laufen gelernt und ihre Hände für die Fertigung von Artefakten frei gemacht haben. Diese Gespaltenheit ist in meinen Augen eine Qualität, mit der wir auf positive Weise umgehen müssen.«

Ein vernichtender Knall, lauter als alles, was er je gehört hatte (bis auf das Konzert von Led Zeppelin, das er irgendwann während seiner verspielten Jahre besucht hatte), warf die Maschine aus ihrer unsicheren Bahn, und für den Bruchteil einer Sekunde leuchtete es draußen auf. Sie waren in ein heftiges Gewitter hineingeflogen. Erschrocken ließ er die Zeitung fallen und klammerte sich an seinem Sitz fest. Der nächste Donnerschlag warf die Maschine nach rechts, und er flog beinahe aus seinem Sitz. Hinter ihm ertönten Schreie. Er suchte die Augen der Stewardess und des Pursers, die mit dem Gesicht zur Kabine in der Pantry saßen und bleich auf einen Punkt nahe ihren Füßen starrten. Sie hatten genauso viel Angst wie Sol. Die Maschine versuchte das Gleichgewicht wiederzufinden, er spürte, dass die Umdrehungsgeschwindigkeit der Motoren schwankte. Dann fiel die Beleuchtung aus. Seine bangen Ohren fingen auf, dass der Lärm der beiden Motoren stark nachließ und im Gebrüll des rasenden Windes unterging. Die Maschine sank, und der Druck auf seine Ohren nahm so zu, als würde er auf den Boden eines tiefen Sees sinken. Eine Serie von Blitzen beschien die panischen Gesichter der beiden Besatzungsmitglieder, und hinter ihm wurde geschrien und gewimmert. Ein Besessener stimmte lauthals das *Starspangled Banner* an und erhielt Beifall von anderen zum Tode Verurteilten, die offenbar alle als Patrioten zu sterben wünschten, doch Sol blieb stumm und kniff krampfhaft die Augen zu.

Er sah seine Eltern, als sie noch jung waren und mit ihm zu dem Denkmal auf dem Dam in Amsterdam spazierten, er sah die Flure ihres Hauses aus dem siebzehnten Jahrhundert an der Herengracht und den betrübten Blick seiner Mutter, als sie in ihrem Bett vom Krebs ausgehöhlt wurde, und er sah die letzte Grußgebärde seines Vaters, als er in das Flugzeug nach Surinam stieg, wo er in einem tropischen Fluss ertrinken sollte, und er sah das Glas unter seinem Schuh, als Naomi mit ihm vermählt wurde, und dann sah er, während die Boeing durch schwarze Wolken fiel, die Sängerin, die gestern Abend für ihn gesungen hatte. Er sah ihre Ohrmuschel und die feinen Härchen auf ihrem Ohrläppchen. Er würde die Frau nie kennenlernen, bedachte er, für immer würde sie ein Mysterium für ihn bleiben, eine Sängerin, die den *Scientific American* las und, ohne einen Aufpreis zu bezahlen, in der Business Class reisen wollte. Ob sie jetzt wohl die Nationalhymne mitsang? War sie jetzt genauso ängstlich wie er, schweißgebadet wie nach dem Viertelmarathon durch den Central Park? Von Liebe, Sehnsucht und Treue hatte sie gesungen, und diese abgedroschenen Wörter hatten durch ihre Lippen neuen Glanz gewonnen. Niemals würde er den schwarzen BH-Träger von ihren glatten Schultern schieben, niemals würde er sie aus einem spitzenbesetzten Höschen steigen sehen, halb vorgebeugt, doch mit geradem Rücken und prüden Knien, niemals würde er mit dem Gesicht zwischen ihren Schenkeln in ihr ertrinken.

Seine Ohren hörten das erlösende Brummen der Motoren, und sein Körper registrierte, dass der Sturzflug verlangsamt und nach einigen Sekunden ganz beendet wurde. Eine Minute später ging das Licht an, und in der Kabine wurden Jubelrufe und Klatschen laut. Mit fester Stimme, so als sei das gerade nur ein kleiner Spaziergang gewesen, erzählte der Kapitän, dass der Blitz die Bordcomputer durcheinandergebracht habe und sie nun per Handsteuerung nach La Guardia fliegen würden. Die Passagiere bräuchten sich keine Sorgen zu machen, die Besatzung sei darauf trainiert, und sie würden bei der Landung in New York vorrangig abgefertigt werden.

Die Bewölkung nahm ab, und das Dämmerlicht löste sich in die Normalität eines ganz gewöhnlichen Donnerstagvormittags auf.

Mit verspannter Muskulatur und rauschenden Ohren verharrte Sol Mayer regungslos in seinem Sitz, bis die Reifen die Rollbahn berührten, bange, dass eine falsche Bewegung die Maschine aus dem Gleichgewicht bringen könnte. Während des Sturzfluges hatte er sich damit abgefunden, dass sein letztes Stündlein geschlagen hatte, und nun glich die Fortsetzung seines Lebens einem Geschenk, das der Empfänger ganz verwirrt öffnet. Er hatte eigentlich kein Recht mehr darauf, denn er hatte ihm bereits entsagt. Beiläufig, instinktmäßig, ohne hysterisch zu werden, hatte er seine letzten Sekunden durchlebt. Glückselig fühlte er sein Herz rasen, das noch immer unter dem Einfluss enormer Adrenalinstöße stand, aber gleichzeitig ergriff ihn auch eine seltsame Traurigkeit über seinen so gelassenen Abschied. Obwohl er mit der attraktiven Tochter einer der reichsten Frauen Manhattans verheiratet war und sich auf einen Platz in der obersten Schicht der mächtigsten Nation der Welt zubewegte, hatte er in dem Moment, da sein Leben zu Ende zu gehen drohte, nach einer unerreichbaren Möse gelechzt. Sol kam zu dem Schluss, dass er, ohne den schleichenden Prozess wahrgenommen zu haben, total verrückt geworden war.

Roland Topor

Der schönste Busen der Welt

Selbstredend war das Mädchen mit dem üppigen Busen Simon ins Auge gestochen. Er war ihr zwei- oder dreimal auf der Croisette begegnet. Doch als sie ihm aus dem Aufzug entgegenstürzte, den er eben betreten wollte, um sich zum Abendessen ins Hotelrestaurant zu begeben, gerieten seine Knie vor Verblüffung ins Schlottern.

Auf seinem Gesicht malte sich ein törichtes Lächeln, die Augen gingen ihm über, und er trat nicht einmal zur Seite. Sie musste ihn anrempeln, um an ihm vorbeizukommen. Dann schlossen sich die Türen, das Mädchen verschwand um die Ecke, und Simon stand vor der Schalttafel, wo die Etagennummern blitzschnell nacheinander aufleuchteten.

Ein leises Klirren erweckte seine Aufmerksamkeit. Er blickte auf den Boden und sah einen seiner Hemdknöpfe auf den Teppich rollen, nachdem er gegen die Metalltür gesprungen war.

Als er nachprüfte, um welchen Knopf es sich

handelte, kriegte er den schlimmsten Schock seines Lebens.

Das Mädchen hatte ihm ihren Busen angehängt. Simon hatte zwei prachtvolle Titten geerbt.

Simon Perelstein war einen Meter achtzig groß und wog neunzig Kilo. Ganz bestimmt ist das Wort ›effeminiert‹ nicht seinetwegen erfunden worden. Bis zum Alter von fünfunddreißig Jahren war er Amateurboxer von recht ansehnlichem Niveau gewesen, und an diese sportliche Zeit erinnerte noch seine gebrochene, ein wenig nach links verschobene Nase und die etwas verknautschten Ohren. Es fehlte ihm aber nicht an Charme, und sein kindliches Lächeln trug ihm die Sympathie der Damenwelt ein. Freilich hielt ihr Wohlwollen nie allzu lange vor, denn Simon litt an krankhafter Schüchternheit, so dass er barsch, ja mürrisch wirkte, jedenfalls unfähig war, nette kleine Sachen zu sagen, die auf dem delikaten Gebiet der Tändelei so unendlich wichtig sind. Was aber dem Ganzen die Krone aufsetzte, war die Tatsache, dass er schlecht tanzte, Zigarren rauchte und eine Vorliebe für starke Getränke hatte. Obwohl er bisweilen, wie jedermann, von einer verwandten Seele, von den Segnungen der Zweisamkeit träumte, schien er zum Hagestolz verurteilt. Weil er alleinstehend war, hatte ihn die Firma nach Cannes geschickt, um den Markt für Videogeräte zu erkunden. Er war erst an diesem Morgen angekommen. Das fing ja gut an!

Janet öffnete ihre Zimmertür, ihr Ärger über den ungehobelten Menschen, der sie am Aufzug nicht vorbeigelassen hatte, war noch nicht verraucht. Sie hatte den ganzen Tag im Inneren des grässlichen Bunkers verbracht – denn eine andere Bezeichnung gab es nicht für das neue Festspielhaus –, und sie war total erschöpft. Wegen der Klimaanlage war ihre Kehle ausgedörrt, noch dazu lief ihre Nase. Dabei hatte sie sich so auf den unverhofften Frankreichaufenthalt gefreut, wo sie endlich nicht mehr unter Harolds Kuratel stehen würde, und was war das für eine Enttäuschung! Ihr Chef hier, Heribert Mackaert, war ein widerlicher Kerl, der ihr andauernd sagte: »Brust raus, Häschen, lächeln, Dingsbums sieht Sie an. Ein möglicher dicker Kunde, den müssen wir uns schnappen!« Wenn's nicht der Dingsbums war, dann war's der Dingsda. Wie dem auch sei, das Spielchen machte Janet nicht mit. In ihrem Arbeitsvertrag als Sekretärin stand nichts von körperlicher Hingabe. Wenn Heribert Mackaert das nicht einsah, dann würde sie ihn eben zum Teufel schicken.

Trotz ihrer Müdigkeit fühlte sie sich seltsam leicht. Sie trat ins Badezimmer und öffnete die Jacuzzi-Hähne. Dann ließ sie ihren Rock herabgleiten, mit einem gekonnten Fußtritt, bei dem sie gleich auch ihre Schuhe wegschleuderte, beförderte sie ihn in eine Ecke und hob die Arme, um ihr T-Shirt auszuziehen. Mit einem Kussmündchen wie für eine Lippenstiftreklame blieb sie vor dem Spiegel stehen. Ihr verstärkter Büstenhalter hing jämmerlich herab. Janet musste die unleugbare Tatsache zur Kenntnis nehmen: Ihre Brüste hatten sich davongemacht.

Nun tat Janet etwas Überraschendes. Sie vollführte kleine Luftsprünge vor dem Spiegel, dann hüpfte sie durchs ganze Badezimmer, stieß dabei Freudenschreie und tierische Laute aus. Gleichzeitig kniff sie sich energisch in die Haut über dem Brustbein, und sie konnte es gar nicht fassen, dass sie so fein, so elastisch und so wenig füllig war.

Wie oft hatte sie sich nicht gewünscht, dass dieser störende, schwammige Busen, nach dem die Männer ihre Fühler ausstreckten, verschwinden möge! Diese Titten, die sie von Jugend an als eine Verunstaltung betrachtete. Ach! Eines Tages diese verhassten Brustdrüsen los zu sein, die ihr Kleidung, Gang, Gebärden vorschrieben, die sich anmaßten, ihr ihre Lebensweise zu diktieren! Nun war das Wunder eingetreten! Sie war wieder die Janet, die sie liebte, das Mädchen, das laufen, springen, tanzen konnte, das die Treppen hinaufstürmte, ohne die grässliche Empfindung zu verspüren, dass da zwei fleischige Gegengewichte saßen, die an ihrem Brustbein hin- und herschwankten. Sie riss sich den Büstenhalter vom Leibe und schleuderte ihn ein für alle Male in den Abfalleimer unter dem Waschbecken. Dann kehrte sie der japanischen Badewanne mit Unterwassermassage den Rücken und packte ihre Koffer.

Simon war wie vor den Kopf gestoßen und wog seine Brüste in den Händen. Wenn er die Augen zukniff und somit sein Gesichtsfeld im Spiegel verengte, konnte er sich vorstellen, dass er eine hübsche Frau liebkoste. Diese sinnliche, ein wenig zweideutige Euphorie hielt nicht lange an. Auf seiner Stirn stand kalter Schweiß, er hob den Telefonhörer ab, um seinen Tisch im Restaurant abzubestellen. In diesem Augenblick kam ihm der rettende Einfall: Er rief Stef in Paris an und erzählte ihm sein unglaubliches Abenteuer.

»Na, da sieh mal an, Väterchen, was du für einen Rausch haben musst. Ich würde gerne mit dir tauschen!«, jauchzte dieser, ein stadtbekannter Erotomane.

»Ich schwöre dir, außer ein wenig Wein zum Mittagessen habe ich nichts getrunken«, verteidigte sich Simon mit heiserer Stimme. »Das ist kein Witz, Stef. Sie sind riesengroß, ich kann sie nicht mit den Händen umschließen.«

Der dumme Kerl lachte, bis er fast erstickte.

»Mit kleinen rosa Brustspitzen?«

»Nein, mit großen braunen Brustwarzen. Hör auf zu lachen, das ist überhaupt nicht komisch. Was soll bloß aus mir werden?«

»Wenn sie so sind, wie du sagst, dann kannst du dich ja immer noch als Amme verdingen!«

»Sei ein lieber Kerl, Stef, und hilf mir aus dem Schlamassel!«

»Mein armer Freund, du scheinst ja recht mitgenommen! Wo hast du dir denn deine Brüste geholt? Im Schwimmbad?«

»Nein, einfach so. Ein Mädchen hat mich beim Verlassen des Aufzugs gestreift...«

»Und sie? Hat sie die ihren noch?«

Simon stieß einen Fluch aus und legte auf.

Das war's! Stef hatte recht! Er musste das Mädchen wiederfinden. Sie trug die Verantwortung, sie war die Ursache von allem. Er stürzte aus seinem Zimmer, kehrte aber sofort wieder um. Er hatte vergessen, dass sein Oberkörper nackt, seine Brüste also unverhüllt waren. Bei der Vorstellung, dass jemand ihn in diesem Aufzug hätte sehen können, stiegen ihm die Haare zu Berge. Er zog einen dicken, sehr weiten Pullover über und begab sich zum Empfang.

Der Portier zog bei seinem Anblick die Augenbrauen hoch, aber nur wegen des Pullovers, denn es herrschte hochsommerliche Hitze.

»Ja, Monsieur?«

»Ich wollte Sie fragen... Mhm... Es ist ein wenig genant, da ist ein Hotelgast im fünften Stock, die einen Busen hat... einen Busen...«

Der Portier lächelte anzüglich und vollendete den Satz mit einer ausdrucksvollen Gebärde:

»So einen?«

»Ja! Können Sie mir ihre Zimmernummer geben?«

Er drückte ihm eine Hundertfrancnote in die Hand, die sich wie zufällig vor ihm geöffnet hatte.

»Miss Bubble. Das war Zimmer 519, Monsieur. Janet Bubble. Ein durchaus bemerkenswerter Busen, Monsieur.«

»Vielen Dank.«

Simon befand sich schon am anderen Ende der Hotelhalle, als die eben erhaltene Information in sein Hirn gelangte. Er kehrte um.

»Wieso ›war‹? Warum haben Sie gesagt: ›Das war Zimmer 519‹?«

»Weil Miss Bubble uns eben verlassen hat, Monsieur. Ich habe sie vor einem Augenblick mit ihrem Koffer gesehen. Schauen Sie am Taxistand nach, vielleicht steht sie da noch.«

Sie war nicht mehr da. Der Page erinnerte sich, einem Gast behilflich gewesen zu sein, einen Koffer ins Auto zu laden, aber ihm war nichts Besonderes an der Dame aufgefallen, vor allem kein Busen.

Der Portier, der wiederum befragt und reichlich mit Trinkgeld versehen wurde, erklärte sich bereit, ihm die Adresse auf Janet Bubbles Anmeldeschein zu geben: Mackaert Video Inc., 450 Rossmore Blvd., Los Angeles, Kalifornien.

Natürlich regnete es in Paris.

Simon begab sich vom Flughafen direkt nach Saint-Germain-des-Prés, wo er das Taxi vor der ›Brasserie Lipp‹ anhalten ließ. Er hatte sich dort mit Stef verabredet.

»Jedenfalls hast du mächtig zugenommen!«, schrie sein Freund, der mit einer hochgewachsenen Blondine von schwedischem Typ am Tisch saß. Sie war übrigens Norwegerin.

»Ich polstere mir den Bauch aus, damit es nicht so auffällt. Anders geht es nicht«, erklärte Simon und blickte dabei mit besonderem Nachdruck zur Norwegerin hinüber.

Er war wütend, weil Stef nicht allein gekommen war, obwohl er ihn eigens darum gebeten hatte.

»Du brauchst dich vor Liv nicht zu genieren, sie ist einiges gewöhnt.«

»Ich bin Kosmetikerin«, klärte sie ihn auf. »Stef hat mir von Ihrem Fall erzählt. Ich würde Ihnen gerne helfen.«

Da er zögerte, vor Verwirrung errötete, griff Stef in seiner groben Art ein:

»Die Titten, das ist ihr Spezialgebiet. Jeden Tag sieht sie Hunderte davon, das macht ihr überhaupt nichts aus. Sie hatte sogar mal eine Tante mit gleich drei Brüsten. Stell dir das doch mal vor! Sie ist schon die richtige Adresse, oder etwa nicht?«

Simon, der wie auf glühenden Kohlen saß, erzählte alles haarklein, bloß damit der andere nicht zu Wort kam.

»Kennen Sie einen guten Chirurgen?«, fragte er schließlich. »In Cannes habe ich einen aufgesucht, aber er machte mir Angst.«

»Was hat er gesagt?«

»Dass ich die schönsten Titten der Welt hätte, dass es ein Verbrechen wäre, sie wegzuoperieren. Er hat mich angefleht, ihn ein paar Fotos machen zu lassen. Ich bin fortgerannt. Der Mann war ja krank.«

Stef starrte auf Simons Brust.

»Da sieh mal einer an! Unter uns gesagt, mein lieber Freund, könntest du sie mir nicht zeigen? Nur ein ganz bisschen, bloß für eine Minute.«

»Kommt gar nicht in Frage, ich bin doch kein Kuriosum.«

Da Stef nicht lockerließ, kam Liv ihm zu Hilfe.

»Er hat recht, er ist doch keine Jahrmarktsattraktion. Kommen Sie heute Abend zu mir, ich werde sehen, was sich machen lässt.«

Sie kritzelte ihre Adresse auf ein Streichholzheftchen, dann versuchten sie, von etwas anderem zu reden. Ohne allzu großen Erfolg.

Heribert Mackaert blickte überaus finster drein und kaute an seinem Stumpen, als wäre er eine zähe Krabbenschere.

»Ich bin gar nicht mit Ihnen zufrieden, Janet. Aber schon gar nicht! Sie haben sich nicht im Geringsten für die Firma eingesetzt, Sie waren nicht nett zu den Kunden, und dann haben Sie aus einer plötzlichen Laune heraus Cannes verlassen, ohne mich zu benachrichtigen. Ich glaube, jetzt sind wir an dem Punkt angelangt, wo unsere Wege sich trennen.«

»Sie würden mehr dabei verlieren als ich«, entgegnete Janet kühl. »Ihr wichtigster Kunde war Takumi Yakota, nicht wahr? Von der NHK? Ich habe etwas Konstruktiveres unternommen, als mit ihm zu Abend zu essen. Ich habe einen Abstecher nach Tokio gemacht. Sehen Sie sich mal diese Papiere an.«

»Ich kann kein Japanisch lesen.«

»Die Übersetzung befindet sich auf der nächsten Seite. Darin heißt es, dass die NHK mich als Exklusivagenten anerkennt und mir den Auftrag erteilt, sechshundert Fernsehstunden einzukaufen, und zwar in folgenden Sparten: Fernsehspiele, Dokumentarfilme, Trickfilme...«

Heribert Mackaert fiel vor Überraschung sein widerlicher Stumpen aus dem Mund.

»Wie haben Sie das geschafft?«

»Ich habe mit der Video Merchandising Company einen Vertrag über die Nutzung aller in unserem Katalog aufgeführten Nummern inklusive der damit verknüpften Rechte abgeschlossen. Die NHK hat sogleich angebissen. Eine Hand wäscht die andere. Sie waren reizend.«

Heribert schüttelte ungläubig den Kopf.

»Die Japaner ausschmieren, das soll Ihnen mal einer nachmachen! Wissen Sie, Häschen, dass Sie ganz vergessen haben, eine dumme Nuss zu sein? Warum zum Teufel zeigen Sie das erst jetzt?«

»Wenn ich vorher den Mund aufmachte«, entgegnete Janet, »blickten Sie nur auf meinen Busen.«

»Ihre Titten!«, gurgelte Mackaert. »Was haben Sie bloß mit Ihren Titten gemacht?«

»Ich bin sie losgeworden.«

Er stieß einen pathetischen Seufzer aus und zuckte dann die Achseln.

»Nun, das ist schließlich Ihre Sache. Aber Ihr Freund tut mir leid. Weiß er schon Bescheid?«

»Nein, das ist eine Überraschung«, sagte Janet gelassen.

Harold D. Pressburger hatte die Abschiedsszene schon seit langem eingeübt. Sowie Janet die Wohnung betrat, legte er mit seiner Tirade los:

»Ja, Janet, ich liebe jemand anderen. Es ist keine Frau. Kaum ein Kind. Ein zerbrechliches, unberührtes Wesen, das mich ebenso braucht, wie ich sie. Sicher hat sie nicht deine üppigen Formen, deine fleischlichen Reize…« Er hielt plötzlich inne, denn Janet hatte ihre Bluse aufgeknöpft.

»Wenn du gehen willst, dann tu's ruhig«, erwiderte sie ruhig. »Ich hatte diese Dinger, die sich zwischen dich und mich drängten, wirklich satt.«

Harold trat zu ihr, nahm sie in die Arme.

»Aber, aber, Janet, mein kleiner Schiffsjunge, mein Griechenknäblein, mein Satansbraten, ich machte doch nur Spaß. Du weißt genau, dass ich ohne dich nicht leben könnte.«

Bei Liv war es sehr gemütlich. Die Einrichtung in der winzigen Wohnung in der Rue Madame zeugte von bestem Geschmack und Intelligenz. An den Wänden hingen Edvard-Munch-Reproduktionen, und auf dem niederen Tischchen neben dem Diwan standen eine Flasche Bourbon, ein Eiskübel und Gläser bereit.

»Möchten Sie erst etwas trinken, oder sollen wir lieber Ihr Problem sofort in Angriff nehmen?«

»Ich tränke gerne einen kleinen Bourbon«, sagte Simon eingeschüchtert. »Das würde mich entspannen.«

Ihr verständnisvolles Lächeln tat ihm wohl. Er sah ihr beim Ausschenken der Getränke zu und war bezaubert von ihren anmutigen Gesten. Liv war ein hinreißendes Mädchen, das war ihm bei ›Lipp‹ gar nicht aufgefallen. In ihrem schlichten Sommerkleid, das bei einer anderen wie ein Morgenrock ausgesehen hätte, wirkte sie überaus verführerisch.

Sie prosteten einander zu, dann wurde das Schweigen immer lastender.

»Wollen wir nicht?«, sagte sie schließlich, scheinbar leichthin.

Er rutschte unbehaglich auf seinem Diwan hin und her.

»Sie meinen jetzt, sofort? Hier? Jetzt gleich?«

Sie setzte sich neben ihn.

»Ziehen Sie Ihr Jackett aus, dann fühlen Sie sich gleich besser.«

Er gehorchte, wenn auch ungern. Sie schien ungeduldig.

»Rühren Sie sich nicht mehr, ich helfe Ihnen.«

Sie ließ eine Hand unter sein Hemd gleiten, schob den dicken Schal zur Seite, mit dem er sich die Brust plattdrückte, und begann leidenschaftlich seinen Busen zu kneten.

»O Liebling! Liebling!«

Sie riss ihm das Hemd vom Leib, presste ihn in den Diwan, und er spürte, wie sie ihre Lippen auf eine der strotzenden Brustspitzen drückte.

»Aber was treiben Sie denn? Stef sagte doch, dass Sie nichts mehr aufregen könnte…«

»Ja, das meinte ich auch«, gurgelte sie. »Aber sie sind so schön, so zart, so warm… Ah! Du machst mich wahnsinnig!«

›Na so was!‹, vermochte er gerade noch zu denken. ›Das ist mir auch noch nicht passiert!‹

Es war das erste, aber nicht das letzte Mal. Nach Liv kam Laurence, dann folgten Elisabeth, Caroline, Pauline, Natascha, Amanda, Ornella und viele andere. Simon hatte in den Augen der Frauen einen Trumpf in der Hand: seine Brüste, von denen sie etwas verstanden und auf die sie stets hatten verzichten müssen, seine Brüste, die sie mit Begeisterung liebkosten, küssten, daran sogen, seine Brüste, die den anderen Männern abgingen und denen sie in den erlaubten Liebesbeziehungen für immer zu entsagen zu müssen glaubten. Simon bekam alle Frauen, die er begehrte: junge, erblühte, reiche, berühmte, sportliche, adlige und bürgerliche. Selbstredend kündigte er bei seiner Videofirma. Er hatte es nicht mehr nötig zu arbeiten und auch nicht die Zeit dazu. Er wurde ein richtiger Playboy, von dem so mancher Zeitschriftenleser kopfschüttelnd sagte: »Aber was finden die Leute nur an dem Kerl mit der schiefen Nase und den Boxerohren, an dem ist doch nicht mehr dran als an mir!« Nun, das war es eben, an ihm war etwas mehr dran, aber das konnten sie nicht erraten, denn seine Anzüge waren zu gut geschnitten, und er ließ sich nie in der Badehose fotografieren. Er faszinierte die Medien. Man berichtete über die kleinste Begebenheit seines Lebens. Seine Art, sich zu kleiden, zu essen und zu sprechen, alles wurde analysiert. Umfragen wurden über ihn veranstaltet. Man errechnete den Grad seiner Beliebtheit. Statistiken wurden aufgestellt. Philosophen sprachen von einem gesellschaftlichen Phänomen, Politiker gaben sich alle Mühe, ihn nachzuahmen, Dichter widmeten ihm Oden.

Das *Time Magazine* ernannte ihn gar zum Mann des Jahres, und sein Bild erschien auf dem berühmten Titelblatt mit der roten Umrahmung.

Da beschloss die Bubble Films Company, Simon Perelstein für ein Remake von *Casanova* zu engagieren, das tausendmal mehr kosten sollte als Fellinis Film. Aber als Heribert der Vorsitzenden von den horrenden Anforderungen des Superstars berichtete, wurde diese fuchsteufelswild.

»Sie sind wahrhaftig ein Esel, Heribert! Noch nie haben Sie es fertiggebracht, einen Vertrag auszuhandeln. Ich kümmere mich persönlich um diese Angelegenheit. Man soll mir einen Platz in der Concorde reservieren, morgen bin ich in Paris.«

So kam es, dass Janet und Simon sich drei Jahre nach ihrem Tausch wieder Angesicht zu Angesicht gegenüberstanden. Aber ihre Begegnung war außerordentlich kurz. Es fiel kein einziges Wort.

Sobald sie einander erkannten, stießen sie einen Entsetzensschrei aus, gaben sich nicht einmal die Hand, vielmehr rannten sie, so schnell sie ihre Füße tragen wollten, davon, als müssten sie fürchten, sich eine grässliche Krankheit zu holen.

Ian McEwan

Der kleine Tod

Ich mache mir nichts aus posierenden Frauen. Aber sie stach mir ins Auge. Ich musste stehenbleiben und sie anschauen. Die Beine waren weit gespreizt, der rechte Fuß kess vorgestellt, den linken zog sie mit einstudierter Lässigkeit nach. Die rechte Hand, die sie vorgestreckt hielt, berührte beinahe das Fenster, die Finger schossen empor wie schöne Blumen. Die linke Hand hatte sie ein wenig hinter sich gestreckt und schien damit übermütige Schoßhündchen niederzuhalten. Den Kopf in den Nacken geworfen, ein dünnes Lächeln, vor Langeweile oder Vergnügen halbgeschlossene Augen. Ich vermochte es nicht zu sagen. Sehr künstlich das Ganze, doch andererseits bin ich auch kein einfacher Mann. Sie war eine schöne Frau. Ich sah sie fast jeden Tag, bisweilen zwei- oder dreimal. Und je nachdem nahm sie andere Posen ein, ganz nach Lust und Laune. Manchmal gestattete ich mir im Vorübereilen (ich bin ein Mann in Eile) einen flüchtigen Blick, und sie schien mich zu sich zu winken, mich aus der Kälte willkommen zu heißen. Ich entsinne mich anderer Tage, wo ich sie in jener müden, niedergeschlagenen Passivität antraf, die Dummköpfe mit Weiblichkeit verwechseln.

Ich begann, auf ihre Kleider zu achten. Sie war eine modische Frau, natürlich. Das war gewissermaßen ihr Job. Doch sie besaß nichts von der geschlechtslosen, zimtzickigen Steifheit dieser leblosen Kleiderbügel, die in muffigen Salons bei scheußlicher Muzakberieselung *haute couture* vorführen. Nein, sie hatte wirklich Klasse. Sie existierte nicht bloß, um einen Stil, eine Tagesmode zu präsentieren. Darüber war sie erhaben, darüber war sie *hinaus.* Ihre Kleider waren für ihre Schönheit peripher. Sie hätte in alten Papiertüten gut angezogen gewirkt. Sie gab nichts auf ihre Kleider, sie tauschte sie täglich gegen andere. Ihre Schönheit leuchtete durch diese Kleider hindurch... und doch waren es schöne Kleider. Es war Herbst. Sie trug Capes in dunklem Rostbraun oder wirbelnde Bauernröcke in Orange und Grün oder rauhe Hosenanzüge in gebranntem Ocker. Es war Frühling. Sie trug Baumwollröcke in der Farbe der Passionsblume, weiße Kalikohemden oder verschwenderische Kleider in Hellgrün und Blau. Ja, ich achtete auf ihre Kleider, denn sie verstand sich, wie sonst nur die großen Porträtmaler des achtzehnten Jahrhunderts, auf die üppigen Möglichkeiten des Stoffs, die Subtilitäten der Falten, die Nuance von Knitter und Saum. Ihr Körper passte sich mit seinen fließenden Posenwechseln den einmaligen Forderungen jeder Kreation an; mit atemberaubender Grazie setzten die Linien ihres vollkommenen Körpers einen zarten Kontrapunkt zu den wechselvollen Arabesken der Schneiderkunst.

Doch ich verplaudere mich. Ich langweile Sie mit Lyrismen. Die Tage kamen und gingen. Ich sah sie diesen Tag und jenen nicht und anderentags vielleicht zweimal. Unmerklich wurde das Sie-Sehen und Nicht-Sehen ein Faktor in meinem Leben, und ehe ich mich versah, gab dieser Faktor meinen Tagen ihre Struktur. Würde ich sie heute sehen? Würden sich all die Stunden und Minuten auszahlen? Würde sie mich ansehen? Erinnerte sie sich vom einen zum anderen Mal an mich? Gab es eine gemeinsame Zukunft für uns... würde ich je den Mut aufbringen, mich ihr zu nähern? Mut! Was bedeuteten jetzt meine ganzen Millionen, was jetzt meine in den Verheerungen dreier Ehen gewonnene Weisheit? Ich liebte sie... ich wollte sie besitzen. Und um sie zu besitzen, würde ich sie wohl oder übel kaufen müssen.

Ich muss Ihnen etwas über mich erzählen. Ich bin vermögend. In London sind vielleicht zehn

Männer ansässig, die mehr Geld haben als ich. Vielleicht sind es auch nur fünf oder sechs. Wen schert das schon? Ich bin reich, und ich habe mein Geld am Telefon verdient. Am ersten Weihnachtsfeiertag werde ich fünfundvierzig Jahre alt sein. Ich bin dreimal verheiratet gewesen, die Ehen dauerten, in chronologischer Reihenfolge, jeweils acht, fünf und zwei Jahre. Die letzten drei Jahre bin ich nicht verheiratet gewesen und war trotzdem nicht faul. Ein Vierundvierzigjähriger hat keine Zeit zu verlieren. Ich bin ein Mann in Eile. Jeder Schuss Pulver aus den Samenbläschen, oder wo immer er sonst herkommen mag, verringert die mir bemessene Gesamtration um eins. Ich habe keine Zeit für die Psychoanalyse, für die Ichsuche in wahnsinnigen Beziehungskisten, für unausgesprochene Anklagen, stumme Verteidigung. Ich will nicht mit Frauen zusammen sein, die nach dem Verkehr den Drang zu reden verspüren. Ich möchte mit klarem Geist still und in Frieden daliegen. Dann möchte ich Schuhe und Strümpfe anziehen, mir das Haar kämmen und an meine Arbeit gehen. Ich bevorzuge schweigsame Frauen, die während ihrer Lust Gleichgültigkeit zur Schau stellen. Den ganzen Tag über umgeben mich Stimmen, am Telefon, beim Lunch, bei Geschäftsbesprechungen. Ich will keine Stimmen in meinem Bett. Ich bin kein einfacher Mann, ich wiederhole es, und dies ist keine einfache Welt. Doch zumindest in dieser Hinsicht sind meine Bedürfnisse einfach, vielleicht sogar schlicht. Meine Präferenz gilt dem von Seelengewinsel und -geplapper ungetrübten Vergnügen.

Oder vielmehr galt sie dem, denn das war lange bevor... bevor ich *sie* liebte, bevor ich die widerwärtige Hochstimmung völliger Selbstaufgabe für eine sinnlose Sache kannte. Was brauchte ich, der ich am ersten Weihnachtsfeiertag fünfundvierzig werde, noch einen Sinn? Die meisten Tage ging ich an ihrem Laden vorbei und schaute kurz zu ihr hinein. Ach, diese ersten Tage, wo ein flüchtiger Blick genügte und ich weitereilte, um diesen Geschäftsfreund oder jene Geliebte zu treffen... Ich kann keinen Zeitpunkt angeben, ab dem ich wusste, dass ich verliebt war. Ich habe beschrieben, wie aus einem Faktor in meinem Leben eine Struktur wurde, der Übergang vollzog sich wie der von Orange zu Rot im Regenbogen. Einst war ich ein Mann, der an einem Schaufenster vorbeieilte und unbekümmert hineinblickte. Dann war ich ein Mann, der verliebt war in... schlicht, ich war ein verliebter Mann. Es geschah über viele Monate hinweg. Ich begann, vor dem Fenster herumzutrödeln. Die anderen... die anderen Frauen in der Schaufensterauslage bedeuteten mir nichts. Egal wo meine Helen stand, ich erkannte sie auf einen Blick. Die anderen waren bloße Attrappen (o meine Liebe), nicht einmal der Verachtung wert. Die geballte Ladung ihrer Schönheit erweckte sie zum Leben. Der delikate Schwung ihrer Augenbrauen, die vollkommene Linie ihrer Nase, das Lächeln, die vor Langeweile oder Vergnügen (wie konnte ich das wissen?) halbgeschlossenen Augen. Lange Zeit begnügte ich mich damit, sie durch die Glasscheibe hindurch anzuschauen, beglückt, nur wenige Fuß von ihr entfernt zu sein. In meiner Verrücktheit schrieb ich ihr Briefe, ja, sogar das tat ich, und ich habe sie heute noch. Ich nannte sie Helen (»Liebe Helen, gib mir ein Zeichen. Ich weiß, Du weißt« usw.). Doch bald liebte ich sie mit Haut und Haaren und wollte sie haben, besitzen, aufsaugen, auffressen. Sie sollte in meine Arme, in mein Bett, ich sehnte mich danach, dass sie die Beine für mich breitmachte. Ich konnte nicht ruhen, bis ich zwischen ihren blassen Schenkeln war, bis meine Zunge diese Lippen aufgezwängt hatte. Ich wusste, ich würde bald den Laden mit dem Ansuchen betreten müssen, sie zu kaufen.

Nichts leichter als das, höre ich Sie sagen. Sie sind ein reicher Mann. Sie könnten den Laden kaufen, wenn Sie Lust hätten. Sie könnten die Straße kaufen. Natürlich könnte ich die Straße kaufen und viele andere Straßen auch. Doch bedenken Sie. Dies war keine bloße geschäftliche Transaktion. Ich beabsichtigte nicht, einen Bauplatz zur baulichen Neugestaltung zu erwerben. Bei Geschäften macht man Offerten, geht Risiken ein. Doch in dieser Sache konnte ich keine Pleite riskieren, denn ich wollte meine Helen, ich *brauchte* meine Helen. Ich hegte die tiefe Besorgnis, dass mich meine Verzweiflung verraten würde. Ich konnte nicht sicher sein, dass ich beim Aushandeln des Kaufpreises ruhig Blut bewahren würde. Platzte ich mit einer zu hohen Summe heraus, würde der Geschäftsführer wissen wollen, wieso. Wenn sie wertvoll für mich war, ja dann, so würde er natürlich schließen (denn war nicht auch er Geschäftsmann?), musste sie auch für jemand anderen wertvoll sein. Helen war viele Monate in diesem Laden gewesen. Womöglich, und dieser Gedanke begann mich jede wache Minute zu quälen, würden sie sie wegschaffen und vernichten.

Ich wusste, ich musste bald handeln, und ich hatte Angst.

Ich entschied mich für Montag, ein ruhiger Tag in jedem Laden. Doch ich war nicht sicher, ob die Ruhe auch von Vorteil war. Ich hätte Samstag nehmen können, einen betriebsamen Tag, aber dann wiederum, ein betriebsamer Tag... ein ruhiger Tag... meine Entschlüsse konterten einander wie in parallelen Spiegeln. Mir fehlten viele Stunden Schlaf, ich war zu meinen Freunden grob, bei meinen Geliebten so gut wie impotent, meine Geschäfte liefen immer schlechter, ich musste mich entscheiden, und ich entschied mich für Montag. Es war Oktober, und es fiel ein dünner unfreundlicher Nieselregen. Ich gab meinem Chauffeur den Tag frei und fuhr zu dem Laden. Soll ich mich sklavisch dem Joch der Konventionen beugen und es Ihnen beschreiben, das erste Zuhause meiner zarten Helen? Am liebsten würde ich mich gar nicht damit aufhalten. Es war ein großer Laden, ein Geschäft, ein Warenhaus, man verkaufte dort seriös und exklusiv Damenbekleidung und damit verwandte Artikel. Es gab Rolltreppen, und dort herrschte eine Atmosphäre dumpfer Langeweile. Genug. Ich hatte einen Plan. Ich ging hinein.

Wie viele Details dieser Verhandlung müssen hier jenem Moment vorangesetzt werden, da ich meine Liebste in den Armen hielt? Wenige und diese rasch. Ich redete mit einer Verkäuferin. Sie besprach sich mit einer anderen. Sie holten eine dritte, und die dritte schickte eine vierte nach einer fünften, die sich als die für die Schaufensterdekoration verantwortliche Untergeschäftsführerin herausstellte. Sie scharten sich um mich wie wissbegierige Kinder, die meinen Reichtum und meine

Macht, nicht aber meine Ängstlichkeit spürten. Ich warnte sie alle vor, ich hätte eine merkwürdige Bitte, und sie traten unbehaglich von einem Fuß auf den anderen und mieden meinen Blick. Ich machte diese fünf Frauen zu meinen Verbündeten. Ich wollte einen der Mäntel in der Schaufensterauslage kaufen, erzählte ich ihnen. Er sei für meine Frau, erzählte ich ihnen, und ich wollte ebenfalls Stiefel und Halstuch, die zu dem Mantel gehörten. Meine Frau habe Geburtstag, sagte ich. Ich wollte die Schaufensterpuppe (ach, meine Helen), auf der diese Kleider ausgestellt seien, um die Kleider auf das Wirkungsvollste zu präsentieren. Ich weihte sie in meine kleine Geburtstagsüberraschung ein. Dorthin gelockt durch eine von mir erfundene häusliche Belanglosigkeit, würde meine Frau die Schlafzimmertür öffnen, und da stünde... sahen sie es nicht geradezu vor sich? Ich ließ die Szene für sie lebendig werden. Ich beobachtete sie genau. Ich heizte sie an. Sie durchlebten den Kitzel einer Geburtstagsüberraschung. Sie lächelten, sie tauschten flüchtige Blicke. Sie riskierten es, mir in die Augen zu sehen. Was für ein Ehemann! Jede von ihnen wurde meine Frau. Und selbstredend war ich gewillt, einen kleinen Aufpreis... aber nicht doch, die Untergeschäftsführerin wollte nichts davon hören. Bitte, nehmen Sie sie mit den besten Empfehlungen des Hauses an. Die Untergeschäftsführerin brachte mich zur Schaufensterauslage. Sie ging voraus, und ich folgte ihr durch einen blutroten Nebel. Schweiß tröpfelte mir von den Handflächen. Mein Redefluss war versiegt, meine Zunge klebte am Gaumen, und ich konnte bloß matt den Arm in Richtung Helen heben. »Diese da«, flüsterte ich.

Einst war ich ein Mann, der an einem Schaufenster vorbeieilte und unbekümmert hineinblickte... dann war ich ein verliebter Mann, ein Mann, der seine Liebste in den Armen zu einem wartenden Wagen durch den Regen trug. Man hatte mir im Geschäft wohl angeboten, die Kleider zusammenzulegen und einzupacken, damit sie nicht zerknitterten. Doch zeigen Sie mir den Mann, der seine wahre Liebe in einem Oktoberschauer nackt durch die Straßen trägt. Wie plapperte ich nicht vor Freude auf sie ein, während ich Helen durch die Straßen trug. Und wie eng hing sie an mir, klammerte sich fest an mein Revers wie ein neugeborenes Äffchen. O meine Süße. Behutsam legte ich sie auf den Rücksitz meines Wagens, und behutsam fuhr ich sie nach Hause.

Zu Hause hatte ich schon alles vorbereitet. Ich wusste, sie würde ausruhen wollen, sobald wir ankamen. Ich brachte sie ins Schlafzimmer, zog ihr die Stiefel aus und bettete sie zwischen die knisternd-weißen Laken. Ich küsste sie sanft auf die Wange, und vor meinen Augen sank sie in tiefen Schlummer. Für einige Stunden beschäftigte ich mich in der Bibliothek und arbeitete wichtige Geschäftssachen auf. Ich empfand jetzt erhabene Heiterkeit, ein steter innerer Glanz erleuchtete mich. Ich war zu intensiver Konzentration fähig. Ich stahl mich auf Zehenspitzen ins Schlafzimmer, wo sie lag. Im Schlaf nahmen ihre Züge einen Ausdruck großer Zärtlichkeit und großen Verständnisses an. Ihre Lippen waren leicht geöffnet. Ich kniete nieder und küsste sie. Wieder in der Bibliothek, setzte ich mich mit einem großen Glas Portwein in der Hand vor das offene Holzfeuer. Ich sann über mein Leben, meine Ehen, meine jüngste Verzweiflung nach. Und mit einem Mal schien alle Trübsal der Vergangenheit nötig gewesen zu sein, um die Gegenwart zu ermöglichen. Ich hatte jetzt meine Helen. Sie lag schlafend in meinem Bett, in meinem Haus. Sie machte sich aus keinem anderen etwas. Sie war mein.

Es wurde zehn, und ich schlüpfte neben sie ins Bett. Ich tat es leise, doch ich wusste, sie war wach. Im Rückblick rührt es mich, dass wir uns nicht gleich liebten. Nein, wir lagen Seite an Seite (wie warm sie war), und wir redeten. Ich erzählte, wie ich sie das erste Mal gesehen hatte, wie meine Liebe zu ihr gewachsen war und wie ich ihre Befreiung aus dem Laden geplant hatte. Ich erzählte ihr von meinen drei Ehen, meinen Geschäften und meinen Liebschaften. Ich war entschlossen, keine Geheimnisse vor ihr zu haben. Ich erzählte ihr von den Dingen, die mir durch den Kopf gegangen waren, als ich mit meinem Glas Portwein vor dem Kamin saß. Ich sprach von der Zukunft, unserer gemeinsamen Zukunft. Ich sagte ihr, ich liebte sie, ja, ich glaube, das sagte ich ihr viele Male. Sie hörte mir mit der stillen Intensität zu, die ich an ihr zu schätzen lernen würde. Sie streichelte meine Hand, sie schaute mir verwundert in die Augen. Ich entkleidete sie. Armes Mädchen. Sie hatte unter ihrem Mantel nichts an, sie hatte auf der Welt nur mich. Ich zog sie eng an mich, ihren nackten Leib an meinen, und als ich dies tat, sah ich ihren angstgeweiteten Blick... sie war noch Jungfrau. Ich flüsterte ihr ins Ohr. Ich versicherte sie meiner Sanftheit, meiner Könnerschaft, meiner Selbstbeherrschung. Zwischen ihren Schenkeln liebkoste ich mit meiner Zunge die ranzige Wärme ihres jungfräulichen Begehrens. Ich fasste ihre Hand und setzte ihre biegsamen Finger an meiner pochenden Mannheit ans Werk (oh, ihre kühlen Hände). »Hab keine Angst«, wisperte ich, »hab keine Angst.« Mühelos glitt ich in sie, still wie ein mächtiges Schiff in nächtlichen Ankergrund. Der aufflammende Schmerz, den ich in ihrem Blick bemerkte, wurde von ihren langen, flinken Fingern schnell erstickt. Nie habe ich solche Lust erfahren, so vollkommenen Einklang... beinahe vollkommen, denn ich muss gestehen, schon legte sich ein nicht zu verjagender Schatten über mein Glück. Sie war Jungfrau gewesen, jetzt war sie eine fordernde Geliebte. Sie forderte den Orgasmus, den ich ihr nicht verschaffen konnte, sie wollte mich nicht loslassen, sie wollte mir keine Ruhe gewähren. Tiefer und tiefer in die Nacht hinein, und immerzu wippte sie am Rand jener Klippe, der Erlösung in jenem allersanftesten Tod... doch nichts, was ich tat, und ich tat alles, ich gab alles, konnte sie dahin bringen. Zuletzt, es muss gegen fünf Uhr morgens gewesen sein, riss ich mich von ihr los, vor Erschöpfung phantasierend, gepeinigt und verletzt durch mein Versagen. Wieder lagen wir Seite an Seite, und diesmal spürte ich in ihrem Schweigen einen unausgesprochenen Vorwurf. Hatte ich sie etwa nicht aus dem Laden weggeholt, wo sie in relativem Frieden gelebt hatte, hatte ich sie etwa nicht zu diesem Bett gebracht und mich meiner Könnerschaft vor ihr gebrüstet? Ich fasste ihre Hand. Sie war steif und abweisend. Einen panischen Moment lang durchzuckte es mich, Helen könnte mich verlassen. Es war eine Befürchtung, die viel später wiederkehren sollte. Nichts könnte sie aufhalten. Sie besaß kein Geld, so gut wie keine Qualifikationen. Keine Kleider. Doch sie konnte mich trotzdem verlassen. Es gab andere Männer. Sie konnte zurückgehen und wieder in dem Laden arbeiten. »Helen«, sagte ich flehentlich. »Helen...« Sie lag ganz still und schien den Atem anzuhalten. »Es wird schon kommen, hörst du, es wird schon kommen«, und damit war ich wieder in ihr, bewegte mich langsam, unmerklich und nahm sie jeden Schritt des Weges mit mir mit. Es brauchte eine Stunde langsamer Steigerung, und als die graue Oktoberdämmerung das lastende Londoner Gewölk durchstieß, starb sie, kam sie, verließ sie diese irdische Welt... ihr erster Orgasmus. Ihre Glieder wurden steif, ihr Blick starrte ins Nichts, und ihr Inneres wurde von einem Zucken erfasst wie von einer Ozeanwoge. Dann schlief sie in meinen Armen.

Ich erwachte spät am nächsten Morgen. Helen lag noch immer auf meinem Arm, doch ich schaffte es, aus dem Bett zu schlüpfen, ohne sie aufzuwecken. Ich zog einen farbenfrohen Morgenrock an, ein Geschenk meiner zweiten Frau, und ging in die Küche, um mir Kaffee zu kochen. Ich kam mir wie ein anderer Mensch vor. Ich betrachtete die Gegenstände ringsum, den Utrillo an der Küchenwand, die berühmte Fälschung einer Rodin-Statuette, die gestrigen Zeitungen. Sie wirkten neu, unvertraut. Ich wollte die Dinge anfassen. Ich strich mit den Händen über die Maserung der Küchentischplatte. Ich genoss es, meine Kaffeebohnen in die Mühle zu schütten und mir eine reife Grapefruit aus dem Kühlschrank zu nehmen. Ich war verliebt in die Welt, denn ich hatte meine perfekte Bettgenossin gefunden. Ich liebte Helen und wusste mich geliebt. Ich fühlte mich frei. Ich las die Morgenzeitung im Eiltempo und erinnerte mich später am Tag immer noch an die Namen der Außenminister und Länder, die sie repräsentierten. Ich diktierte ein Halbdutzend Briefe durchs Telefon, rasierte mich, duschte und zog mich an. Als ich zu Helen hineinschaute, schlief sie immer noch, wollustermattet. Selbst als sie erwachte, wollte sie nicht eher aufstehen, bis sie ein paar Kleider zum Anziehen hatte. Ich ließ mich von meinem Chauffeur ins Westend fahren und verbrachte dort den Nachmittag mit Kleiderkäufen. Es wäre taktlos von mir, meine Ausgaben zu erwähnen, doch lassen Sie mich nur so viel sagen, dass wenige Männer über ein solches Jahreseinkommen verfügen. Einen BH kaufte ich indes nicht. Ich habe diese Objekte schon immer verabscheut, und doch scheinen nur Studentinnen und Eingeborene aus Neuguinea auf sie verzichten zu können. Zum Glück mochte meine Helen BHS ebenfalls nicht – eine glückliche Fügung.

Als ich wiederkam, war sie wach. Ich ließ meinen Chauffeur die Pakete ins Esszimmer schaffen, und dann schickte ich ihn weg. Eigenhändig trug ich die Pakete vom Esszimmer ins Schlafzimmer. Helen war begeistert. Ihre Augen strahlten, und sie war sprachlos vor Freude. Gemeinsam suchten wir aus, was sie diesen Abend tragen sollte: ein langes, reinseidenes, taubenblaues Abendkleid. Ich überließ sie der beschaulichen Betrachtung von über zweihundert Einzelstücken und eilte in die Küche, um ein schwelgerisches Mahl zuzubereiten. Sowie ich einen Moment Zeit hatte, ging ich zu Helen, um ihr beim Anziehen zu helfen. Sie stand vollkommen still, vollkommen entspannt da, während ich zurücktrat, um sie zu bewundern. Das Kleid saß natürlich wie angegossen. Doch zusätzlich erkannte ich einmal mehr ihre geniale Begabung, Kleider zu *tragen,* ich erschaute die Schönheit in einem anderen Geschöpf, wie sie noch kein Mann jemals erschaut hat, ich erschaute... es war Kunst, die vollkommene Einheit von Linie und Form, wie sie nur die Kunst zu verwirklichen vermag. Sie schien zu leuchten. Wir standen schweigend da und sahen uns in die Augen. Dann fragte ich sie, ob sie Lust habe, sich von mir durchs Haus führen zu lassen.

Ich brachte sie zuerst in die Küche. Ich demonstrierte ihr die zahlreichen Geräte. Ich wies sie auf den Utrillo an der Wand hin (wie ich später herausfand, machte sie sich nicht sonderlich viel aus Malerei). Ich zeigte ihr die Rodin-Fälschung und bot ihr sogar an, sie ihr in die Hand zu geben, doch sie zierte sich. Sodann führte ich sie ins Bad und zeigte ihr die eingelassene Marmorwanne und wie man die Hähne bediente, damit die Rachen von Alabasterlöwen Wasser spien. Ich fragte mich, ob sie das wohl ein bisschen vulgär fand. Sie äußerte sich nicht dazu. Ich geleitete sie ins Esszimmer... aufs Neue Gemälde, mit denen ich sie recht langweilte. Ich zeigte ihr mein Arbeitszimmer, meinen First-Folio-Shakespeare, verschiedenste Raritäten und viele Telefone. Dann den Konferenzraum. Eigentlich bestand für sie keine Veranlassung, ihn sich anzusehen. Zu diesem Zeitpunkt begann ich vielleicht ein wenig großspurig zu werden. Schließlich die riesige Wohnfläche, die bei mir schlicht »das Zimmer« heißt. Hier verlebe ich meine Mußestunden. Doch ich will Sie nicht mit weiteren Einzelheiten bombardieren wie mit überreifen Tomaten ... es ist komfortabel und kein bisschen exotisch.

Ich spürte gleich, dass Helen das Zimmer gefiel. Sie stand im Türrahmen und nahm es mit hängenden Armen ganz in sich auf. Ich brachte sie hinüber zu dem großen Polstersessel, setzte sie hinein und goss ihr den Drink ein, den sie so nötig hatte, einen trockenen Martini. Dann ließ ich sie allein und widmete für die nächste Stunde meine volle Aufmerksamkeit der Zubereitung unseres Essens. An jenem Abend spielten sich ganz gewiss die kultiviertesten Stunden ab, die ich jemals mit einer Frau oder überhaupt mit einer anderen Person verlebt habe. Ich habe bei mir zu Hause oft für Freundinnen gekocht. Ohne Zögern bezeichne ich mich als einen exzellenten Koch. Als einen der allerbesten. Doch bis zu diesem speziellen Anlass lasteten auf diesen Abendessen stets das Schuldgefühl der Bewirteten, dass ich es war, der in der Küche stand, und nicht sie, dass ich es war, der das Geschirr hereintrug und am Schluss wieder hinaus. Und die ganze Zeit bekundete mein Gast nicht enden wollende Überraschung darüber, dass ich, dreimal geschieden und ein Mann obendrein, zu solchen kulinarischen Höhenflügen fähig war. Nicht so Helen. Sie war mein Gast und damit basta. Sie versuchte nicht, in meine Küche einzudringen, sie gurrte nicht immerzu: »Kann ich irgendetwas tun?« Sie lehnte sich zurück, so wie es einem Gast geziemt, und ließ sich von mir bedienen. Ja, und dann die Unterhaltung. Bei jenen anderen Gästen wurde die Unterhaltung zu einem regelrechten Hindernislauf: Widerspruch, Wettstreit, Missverstehen und dergleichen wurden zu unüberwindbaren Gräben und Zäunen. Die für mich ideale Unterhaltung ist diejenige, die es beiden Teilnehmern erlaubt, ihre Gedanken in vollem Umfang zu entwickeln, ungehemmt, ohne endlos Prämissen zu definieren und zu verfeinern und Schlussfolgerungen zu verteidigen. Ohne je zu Schlussfolgerungen zu gelangen. Mit Helen konnte ich mich ideal unterhalten, ich konnte ihr *erzählen*. Sie saß ganz still, den Blick auf einen Punkt mehrere Zentimeter vor ihrem Teller geheftet, und hörte zu. Ich erzählte ihr viele Dinge, die ich vorher nie laut ausgesprochen hatte. Von meiner Kindheit, vom Todesröcheln meines Vaters, von der Panik meiner Mutter vor der Sexualität, von meiner eigenen sexuellen Initiation durch eine ältere Kusine; ich sprach über die Weltlage, über die Lage der Nation, über Décadence, Liberalismus, den zeitgenössischen Roman, über Ehe, Ekstase und Krankheit. Ehe wir uns versahen, waren fünf Stunden vergangen, und wir hatten vier Flaschen Wein und eine halbe Flasche Portwein getrunken. Arme Helen. Ich musste sie ins Bett tragen und ausziehen. Wir legten uns hin, unsere Glieder verflochten sich, und wir sanken alsbald in sanften, tiefen Schlaf.

So endete unser erster gemeinsamer Tag, und es sollten dergleichen noch viele folgen in den nächsten Monaten. Ich war ein glücklicher Mann. Ich widmete mich Helen und dem Geldverdienen. Letzteres gelang mir spielend. Ich wurde in dieser Zeit tatsächlich so reich, dass die amtierende Regierung fand, es sei gefährlich, wenn ich keine einflussreiche Position innehätte. Ich nahm den Ritterschlag natürlich an, und Helen und ich feierten im großen Stil. Doch ich weigerte mich, ein Amt in der Regierung zu übernehmen, da meine zweite Frau auf der politischen Bühne nach wie vor so großen Einfluss zu haben schien. Aus dem Herbst wurde Winter, und dann standen bald die Mandelbäume in meinem Garten in Blüte, bald erschienen die ersten zartgrünen Blätter in meiner Eichenallee. Helen und ich lebten in vollkommener Harmonie, die nichts stören konnte. Ich machte Geld, ich machte Liebe, ich redete, Helen hörte zu.

Doch ich war ein Narr. Nichts ist von Dauer. Jeder weiß das, aber niemand will wahrhaben, dass dem nichts entkommt. Es ist jetzt leider an der Zeit, Ihnen von meinem Chauffeur zu erzählen, von Brian.

Brian war der perfekte Chauffeur. Er sprach erst,

wenn er angesprochen wurde, und dann auch nur, um einem beizupflichten. Er sprach nicht über seine Vergangenheit, seine Ambitionen, sein Wesen, und ich war froh darüber, denn ich wollte nicht wissen, woher er kam, wohin er ging oder wer er zu sein glaubte. Er fuhr wendig und forsch. Er fand immer einen Parkplatz. Er stand in jeder Verkehrsschlange immer vorn, wenn er denn je in einer Schlange stand. Er kannte jede Abkürzung, jede Straße in London. Er war unermüdlich. Er wartete die ganze Nacht an einer Adresse auf mich, ohne zu Zigaretten oder pornographischer Literatur Zuflucht zu nehmen. Er hielt den Wagen, seine Stiefel und seine Uniform blitzblank. Er war blass, rank und schlank, und ich schätzte sein Alter auf irgendwo zwischen achtzehn und fünfunddreißig.

Es mag Sie jetzt vielleicht überraschen zu erfahren, dass ich Helen, so stolz ich auf sie war, meinen Freunden nicht vorstellte. Ich stellte sie niemandem vor. Sie schien keine andere Gesellschaft als die meine zu brauchen, und ich war's zufrieden so. Warum sollte ich anfangen, sie durch die ermüdenden wohlhabenden Gesellschaftskreise Londons zu schleppen? Und zudem war sie recht schüchtern, anfangs sogar mir gegenüber. Für Brian wurde keine Ausnahme gemacht. Ohne allzu offenkundig etwas zu verbergen, ließ ich ihn jedoch kein Zimmer betreten, wenn Helen darin war. Und wenn ich wollte, dass Helen mit mir reiste, dann gab ich Brian den Tag frei (er wohnte über der Garage) und setzte mich selber ans Steuer.

Alles war klar und einfach geregelt. Doch die Dinge begannen schiefzulaufen, und ich kann mich lebhaft an den Tag erinnern, an dem alles anfing. Mitte Mai kam ich von einem beispiellos aufreibenden und anstrengenden Tag nach Hause. Ich wusste es damals noch nicht (ich befürchtete es), aber ich hatte beinahe eine halbe Million Pfund verloren, aufgrund eines Irrtums, der einzig und allein auf mein Konto ging. Helen saß einfach nur so in ihrem Lieblingssessel, als ich durch die Tür kam, und in ihrem Blick lag etwas so Ausweichendes, so undefinierbar Kühles, dass ich so tun musste, als sähe ich es nicht. Ich trank ein paar Scotch und fühlte mich besser. Ich setzte mich neben sie und begann, ihr von meinem Tag zu erzählen, was schiefgelaufen war, dass es mein Fehler gewesen war, dass ich impulsiv jemand anders beschuldigt hatte und mich später entschuldigen musste... und so weiter, die Sorgen eines schlechten Tages, die man nur seiner Gefährtin anvertrauen darf. Doch nachdem ich knappe fünfunddreißig Minuten geredet hatte, merkte ich, dass Helen überhaupt nicht zuhörte. Sie starrte hölzern ihre Hände an, die auf ihren Knien lagen. Sie war weit, weit weg. Diese Erkenntnis war so fürchterlich, dass ich im Moment nichts anderes tun konnte (ich war wie gelähmt) als weiterzureden. Und dann ertrug ich es nicht mehr. Ich brach mitten im Satz ab und stand auf. Ich ging aus dem Zimmer und knallte die Tür hinter mir zu. Keine Sekunde blickte Helen von ihren Händen auf. Ich war wütend, zu wütend, um mit ihr zu sprechen. Ich saß draußen in der Küche und trank aus der Scotch-Flasche, die ich vorsorglich mitgenommen hatte. Dann ging ich unter die Dusche.

Als ich ins Zimmer zurückging, fühlte ich mich erheblich wohler. Ich war entspannt, leicht angetrunken und bereit, die ganze Sache zu vergessen. Auch Helen wirkte zugänglicher. Zuerst wollte ich sie fragen, was denn eigentlich los gewesen sei, doch wir begannen wieder über meinen Tag zu reden, und im Nu waren wir wieder die Alten. Es schien sinnlos, alles noch einmal durchzukauen, wo wir uns doch so prächtig verstanden. Aber eine Stunde nach dem Abendessen läutete es an der Haustür – abends ein seltener Vorfall. Als ich mich aus meinem Sessel erhob, blickte ich zufällig zu Helen hinüber und sah, wie über ihr Gesicht der gleiche ängstliche Ausdruck glitt wie in jener Nacht, da wir uns das erste Mal liebten. Brian war an der Tür. Er hielt ein Papier in der Hand, das ich unterschreiben sollte. Irgendetwas wegen des Wagens, irgendetwas, das gut und gerne auch noch bis zum Morgen hätte warten können. Als ich überflog, was ich da unterschreiben sollte, sah ich aus den Augenwinkeln, dass Brian über meine Schultern hinweg verstohlen in den Flur schielte. »Suchen Sie etwas?«, sagte ich scharf. »Nein, Sir«, sagte er. Ich unterschrieb und machte die Tür zu. Mir fiel ein, dass Brian den ganzen Tag zu Hause gewesen war, weil der Wagen zur Inspektion in der Werkstatt stand. Ich war per Taxi in meine Büros gefahren. Dieser Umstand und Helens Wunderlichkeit ... als ich beides miteinander in Verbindung brachte, wurde mir so schlecht, dass ich einen Moment lang glaubte, erbrechen zu müssen, und ich stürzte ins Badezimmer.

Ich erbrach mich jedoch nicht. Stattdessen blickte ich in den Spiegel. Ich sah dort einen Mann, der in weniger als sieben Monaten fünfundvierzig sein würde, einen Mann, dem drei Ehen um die Augen eingraviert waren, dessen Mundwinkel vom lebenslangen Telefonieren schlaff herunterhingen. Ich spritzte mir kaltes Wasser ins Gesicht und ging zu Helen ins Zimmer. »Das war Brian«, sagte ich. Sie sagte nichts, sie konnte mich nicht ansehen. Meine eigene Stimme klang nasal und tonlos: »Normalerweise kommt er abends nicht vorbei...« Und noch immer sagte sie nichts. Was erwartete ich eigentlich? Dass sie sich plötzlich bemüßigt fühlte, mir eine Affäre mit meinem Chauffeur zu beichten? Helen war eine verschwiegene Frau, es bereitete ihr keine Mühe, ihre Gefühle zu verbergen. Und auch ich konnte meine Gefühle nicht beichten. Ich fürchtete mich zu sehr davor, recht zu haben. Ich konnte es nicht ertragen, aus ihrem Mund ebenjene Vorstellung bestätigt zu hören, bei der mir erneut speiübel zu werden drohte. Ich schleuderte ihr meine Bemerkungen nur hin, damit sie Ausflüchte erfand... ich wollte so unbedingt Ausflüchte hören, obwohl ich doch wusste, dass sie falsch waren. Kurzum, ich begriff, dass ich mich in Helens Gewalt befand.

In dieser Nacht schliefen wir nicht im selben Bett. Ich schlug mein Lager in einem der Gästezimmer auf. Ich wollte nicht allein schlafen, der Gedanke an sich schon war mir verhasst. Ich vermute (ich war so durcheinander), dass ich diese Vorkehrungen traf, weil ich wollte, dass Helen fragen würde, was ich täte. Ich wollte ihr Erstaunen darüber hören, dass ich mir nach all diesen glücklichen Monaten zusammen plötzlich, ohne ein weiteres Wort, mein Bett in einem anderen Zimmer machte. Ich wollte gesagt bekommen, ich solle nicht dumm sein und ins Bett kommen, in unser Bett. Doch sie sagte nichts, absolut nichts. Für sie war das alles selbstverständlich... so war es jetzt eben, wir konnten nicht länger ein Bett teilen. Ihr Schweigen war eine tödliche Bestätigung. Oder existierte die geringste Möglichkeit (ich lag wach in meinem neuen Bett), dass sie einfach nur ärgerlich über meine Launenhaftigkeit war? Jetzt geriet ich wirklich durcheinander. Die ganze Nacht wandte ich die Sache im Kopf hin und her. Vielleicht hatte sie Brian ja gar nie gesehen. Konnte alles nicht nur ein Hirngespinst von mir sein? Immerhin hatte ich einen schlimmen Tag hinter mir. Doch das war absurd, denn dies war die reale Situation... getrennte Betten... und doch, was hätte ich tun sollen? Was hätte ich sagen sollen? Ich erwog jede Möglichkeit, treffende Aussagen, verschlagenes Schweigen, bündige, aphoristische Äußerungen, die den dürftigen Schleier des Scheins zerfetzten. Lag sie jetzt wie ich wach und dachte über all dies nach? Oder schlief sie tief? Wie konnte ich das herausfinden, ohne dass sie merkte, dass ich wach war? Was sollte werden, wenn sie mich verließ? Ich war ihr gnadenlos ausgeliefert.

Es würde zum Bankrott der Sprache führen, wollte ich versuchen, mein Dasein während der folgenden Wochen zu schildern. Es besaß den willkürlichen Horror eines Alptraums, ich schien ein Rostbraten auf einem Spieß zu sein, den Helen langsam mit einer freien Hand drehte. Es wäre falsch von mir, rückblickend zu behaupten, ich hätte die Situation selbst geschaffen; doch ich weiß jetzt, dass ich mein Elend hätte früher beenden können. Dass ich im Gästezimmer schlief, wurde zur festen Einrichtung. Mein Stolz untersagte es mir, in unser eheliches Bett zurückzukehren. Ich wollte, dass die Initiative von Helen ausging. Schließlich war sie es, die mir eine Erklärung schuldete. In diesem Punkt war ich unerbittlich, dies war in einer Zeit blankester Verwirrung meine einzige Gewissheit. An irgendetwas musste ich mich klammern... und wie Sie sehen, habe ich überlebt. Helen und ich redeten kaum. Wir waren kalt zueinander und auf Distanz. Jeder mied den Blick des anderen. Ich beging die Tollheit anzunehmen, dass hartnäckiges Schweigen meinerseits sie irgendwie zermürben und in ihr den Wunsch wecken würde, mit mir zu reden, mir zu erzählen, was ihrer Ansicht nach mit uns geschah. Und so röstete ich vor mich hin. Nachts erwachte ich schreiend aus schlechten Träumen, und nachmittags schmollte ich und versuchte, alles klar zu durchdenken. Ich musste meine Geschäfte weiterführen. Ich musste oft außer Haus, manchmal Hunderte von Meilen weit weg, in der Gewissheit, dass Brian und Helen meine Abwesenheit feierten. Manchmal rief ich aus Hotels oder Flughafenhallen zu Hause an. Nie hob jemand ab, und doch hörte ich zwischen jedem Summen der elektronischen Töne Helen im Schlafzimmer mit wachsender Lust stöhnen. Ich lebte in einem finsteren Tal, am Rande der Tränen. Der Anblick eines kleinen Mädchens, das mit seinem Hund spielte, der in einem Fluss gespiegelte Sonnenuntergang, ein treffender Werbespruch genügte, um mich in Tränen zerfließen zu lassen. Wenn ich von Geschäftsreisen niedergeschlagen und nach Freundschaft und Liebe lechzend hereinkam, spürte ich von dem Augenblick an, da ich durch die Tür trat, dass Brian kurz vor mir hier gewesen war. Nichts Greifbareres als das *Gefühl* von ihm in der Luft, irgendetwas im Arrangement des Betts, ein anderer Geruch im Badezimmer, die Position der Scotch-Karaffe auf dem Tablett. Helen gab vor, mich nicht zu sehen, wie ich in meiner Seelenqual von Zimmer zu Zimmer pirschte, sie gab vor, mein Schluchzen im Bad nicht zu hören. Man könnte die Frage stellen, warum ich meinen Chauffeur denn nicht entließ. Die Antwort ist einfach. Ich befürchtete, dass, wenn Brian ging, Helen ihm folgen würde. Ich verriet meinem Chauffeur nichts von meinen Gefühlen. Ich erteilte ihm seine

Befehle, und er fuhr mich und wahrte dabei wie eh und je seine gesichtslose Unterwürfigkeit. Ich bemerkte keine Veränderung in seinem Benehmen, wenngleich ich wenig Lust verspürte, ihn mir allzu genau anzusehen. Ich bin der Überzeugung, dass er nie wusste, dass ich es wusste, und dies zumindest verschaffte mir die Illusion, Macht über ihn zu haben.

Doch das sind schattenhafte, nebensächliche Vermutungen. Vor allem war ich ein zerfallender Mann, ich ging aus dem Leim. Ich schlief am Telefon ein. Mein Haar begann sich von der Kopfhaut zu lösen. Mein Mund füllte sich mit Geschwüren, und mein Atem stank nach verwesendem Aas. Ich bemerkte, dass meine Geschäftsfreunde einen Schritt zurückwichen, wenn ich sprach. Ich nährte einen bösartigen Furunkel in meinem After. Ich magerte ab. Ich begann die Zwecklosigkeit meiner stummen Wartespielchen mit Helen einzusehen. In Wahrheit existierte zwischen uns keine Situation, mit der sich spielen ließ. Sie saß den ganzen Tag in ihrem Sessel, wenn ich im Haus war. Manchmal saß sie die ganze Nacht dort. Oft musste ich frühmorgens das Haus verlassen, sie verlassen, wie sie in ihrem Sessel saß und auf die Muster im Teppich stierte; und wenn ich spätnachts zurückkam, war sie noch immer dort. Der Himmel weiß es, ich wollte ihr beistehen. Ich liebte sie. Doch ich konnte nichts tun, solange sie mir nicht half. Ich war im elenden Kerker meines Denkens eingesperrt, und die Lage erschien hoffnungslos. Einst war ich ein Mann, der an einem Ladenfenster vorbeieilte und unbekümmert hineinsah, nun war ich ein Mann mit Mundgeruch, Furunkeln und Geschwüren. Ich ging aus dem Leim.

In der dritten Woche dieses Alptraums, als mir nichts anderes mehr übrigzubleiben schien, brach ich das Schweigen. Ich ging aufs Ganze. Den Tag über ging ich im Hyde Park spazieren und kratzte die letzten Reste meines Verstandes, meiner Willenskraft, meiner Verbindlichkeit für die Auseinandersetzung zusammen, die noch an diesem Abend stattfinden sollte. Ich trank etwas weniger als eine Drittelflasche Scotch, und gegen sieben Uhr ging ich auf Zehenspitzen zu ihrem Schlafzimmer, wo sie die vergangenen zwei Tage gelegen hatte. Ich klopfte sacht und trat dann, als ich keine Antwort erhielt, ein. Sie lag völlig angekleidet auf dem Bett, die Arme neben sich. Sie trug ein blasses Baumwollkleid. Ihre Beine waren weit gespreizt, und ihr Kopf lehnte an einem Kissen. Da war kaum ein Funke des Erkennens, als ich vor ihr stand. Mein Herz hämmerte wild, und der Gestank meines Atems füllte das Zimmer wie giftiger Rauch. »Helen«, sagte ich, und musste abbrechen und mich räuspern. »Helen, wir können doch so nicht weitermachen. Es wird Zeit, dass wir miteinander reden.« Und dann erzählte ich ihr, ohne ihr Gelegenheit zu einer Antwort zu lassen, alles. Ich erzählte ihr, ich wüsste von ihrer Affäre. Ich erzählte ihr von meinem Furunkel. Ich kniete neben ihrem Bett. »Helen«, rief ich, »es hat uns beiden doch so viel bedeutet. Wir müssen dafür kämpfen.« Schweigen. Meine Augen waren geschlossen, und ich glaubte zu sehen, wie sich meine eigene Seele über eine gewaltige schwarze Leere von mir entfernte, bis sie ein nadelstichgroßes rotes Licht war. Ich blickte auf, ich blickte ihr in die Augen, und sah in ihnen stille, nackte Verachtung. Es war alles vorbei, und in diesem rasenden Moment verspürte ich zwei wilde und verwandte Begierden. Sie zu vergewaltigen und zu vernichten. Mit einer jähen Handbewegung riß ich ihr das Kleid vom Leib. Sie hatte nichts darunter an. Ihr blieb noch nicht einmal Zeit zum Atemholen, da war ich auf ihr, war ich in ihr, rammte tief hinein, während meine Rechte sich um ihre zarte, weiße Kehle schloß. Mit der Linken erstickte ich ihr Gesicht mit dem Kissen.

Ich kam, als sie starb. Dessen darf ich mich rühmen. Ich weiß, ihr Tod war für sie ein Moment der höchsten Lust. Ich hörte ihre Schreie durch das

Kissen. Ich werde Sie nicht mit Rhapsodien meiner eigenen Lust langweilen. Es war eine Verklärung. Und nun lag sie tot in meinen Armen. Es dauerte einige Minuten, bis ich die Ungeheuerlichkeit meiner Tat begriff. Meine liebe, süße, zarte Helen lag tot in meinen Armen, tot und erbärmlich nackt. Ich wurde ohnmächtig. Ich erwachte, wie mir vorkam, viele Stunden später, ich sah die Leiche, und ehe ich Zeit hatte den Kopf abzuwenden, erbrach ich mich über ihr. Wie ein Schlafwandler trieb ich in die Küche, ich hielt direkt auf den Utrillo zu und riss ihn in Stücke. Ich warf die Rodin-Fälschung in den Müllschlucker. Jetzt tobte ich wie ein nackter Irrer von Zimmer zu Zimmer und zerstörte, was ich zwischen die Finger bekommen konnte. Ich pausierte nur, um den Scotch auszutrinken. Vermeer, Blake, Richard Dadd, Paul Nash, Rothko zerriss, zertrampelte, zerfetzte, zertrat, bespuckte und bepisste mich... meine Schätze... oh, mein Schatz... ich tanzte, ich sang, ich lachte... ich weinte bis tief in die Nacht.

Doris Dörrie
Financial Times

Ich mache das nur als Übergang, verstehen Sie? Man muss noch nicht mal jung dafür sein oder besonders hübsch. Manche sind vierzig und drüber, irgendwie attraktiv und gebildet sollte man sein, das verlangt die Agentur, sonst nehmen sie einen nicht. Ich habe ihnen erzählt, ich hätte einen Magister in Kunstgeschichte, stimmt natürlich nicht, aber vier Semester habe ich immerhin studiert. Es reicht, wenn man die Zeitung liest, dann findet sich schon was, worüber man reden kann. Die meisten finden es auch ganz charmant, wenn man nicht so besonders gut Bescheid weiß. Sie wollen sich ja entspannen. Ich verhandle nicht mit ihnen, das macht die Agentur. Und die wird von den Hotels angerufen, nur von den ganz teuren, den anderen geben sie gar nicht erst ihre Telefonnummer. Ich habe mir deshalb einen Anrufbeantworter gekauft, denn wer lässt sich schon gern einen runden Tausender für ein paar Stunden Arbeit entgehen? Meistens gehe ich nur mit ihnen essen, zu allem andern sind sie dann viel zu müde. Und wenn sie doch wollen, kann ich es ablehnen, die Agentur ist da fair, sie zwingt keinen. Gestern Abend wollte ich eigentlich zu den ›Pretenders‹ gehen, ich schwärme für ihre Musik, aber da rief eben die Agentur an. Sie sagen einem nur den Vornamen und die Uhrzeit. Daniel, 20 Uhr, Hotel Kurfürst. Sein Name hat mir schon gut gefallen, sonst heißen sie meist Peter oder Fritz, Männer, die so viel Macht haben, müssten was Besonderes sein, denkt man am Anfang, die meisten haben gute Manieren, aber mehr auch nicht. Hässlich sind sie auch, die meisten. Ich erkenne sie inzwischen auf der Straße. Sie haben immer die gleichen Schuhe an, maßgefertigte mit so durchlöcherten Laschen, braun oder schwarz. Ihre Haut ist schlecht, viele rauchen. Die jungen haben keinen Bauch, weil das nicht dynamisch ist, die älteren fast immer, die haben so viel Macht, dass sie darauf nicht mehr achten müssen. Ihre Anzüge schillern immer ein bisschen, daran erkennt man den guten Stoff. Alle essen viel zu schnell, weil sie daran gewöhnt sind, keine Zeit zu haben. Und in ihren Anzugtaschen steckt meist die abgerissene Bordkarte.

Ich habe also ein langes Bad genommen und mir eine Schönheitsmaske aufgelegt. Manchmal habe ich überhaupt keine Lust, dann rede ich mir ein, ich sei mit meinem Traummann verabredet, wenn man es ohne Lust tut, wird es zur Qual. Mein saphirgrünes Kleid habe ich angezogen, das steht mir besonders gut, es unterstreicht die Farbe meiner Augen. Die Klamotten sind natürlich eine Investition, ich habe mir das Geld von meiner Mutter geliehen, für Bücher fürs Studium, habe ich ihr erzählt. Ich möchte nie alt werden und Krampfadern kriegen wie meine Mutter. Wie Schlangen kringeln sie sich um ihre Beine, ein schwaches Bindegewebe hat sie, das habe ich von ihr geerbt. Manchmal sehe ich schon die dunklen Schatten von den Adern an meinen Beinen, und dabei bin ich erst 26. Mit spätestens 28 höre ich auf damit und mache was Vernünftiges. Was das sein soll, keine Ahnung, ich übe einen sozialen Beruf aus, ich verschaffe Geschäftsleuten einen angenehmen Abend, so sehe ich das.

Der Portier hat mir zugenickt, er kennt mich schon, und die Männer in der Lounge haben sich nach mir umgedreht. Wenn ich will, sehe ich klasse aus.

Ich habe mich auf eine Couch gesetzt und die *Financial Times* durchgeblättert. Die mag ich, weil sie rosa ist, die Überschriften habe ich mir eingeprägt, das reicht meistens, wenn man die Überschriften zitiert, sie reden dann von alleine. ›Coca-Cola zieht sich aus Südafrika zurück‹ beispielsweise, so eine Überschrift ist Gold wert. Dazu können sie alle was erzählen, ob sie nun aus Politik oder Wirtschaft kommen.

Fräulein Carla?, fragte er. Das ist natürlich nicht mein richtiger Name, man siezt den Kunden und nennt sich beim Vornamen, so will es die Agentur. Ich habe ihn zweimal fragen lassen, bevor ich die Zeitung gesenkt habe, so ein bisschen müssen sie sich auch um einen bemühen, dann fühlen sie sich nachher besser, und sie vergessen, dass sie einen schließlich bestellt haben. Er war nicht besonders groß und auffallend gutaussehend für einen Mann mit Macht. Seine Haare waren graumeliert wie sein Bart und halblang. Das mag ich, wenn diese Männer ihre Haare lang tragen, es gibt ihnen etwas Verwegenes. Bis zum Gürtel hatte er dieses leicht Verwegene, die Hosen hatte er allerdings so weit nach oben gezerrt, dass sie ihm fast unter den Achseln saßen, das wirkte einfach spießig, das kenne ich sonst nur von meinem Vater. Wir gaben uns die Hand, wir gingen durch das Foyer, er legte seinen Arm um meine Schultern. Das tun sie alle, sie wollen den Eindruck erwecken, man kenne sich schon länger, vielleicht sieht sie ja ein Geschäftspartner.

Ich sage Ihnen, es gibt auf die Dauer nichts Langweiligeres als teures Essen. Immer gibt es irgendwas mit Lachs, und die Soßen sind immer so raffiniert, dass mir ganz mulmig wird davon. An alles tun sie Alkohol, und dieses Getue von den Kellnern geht mir immer mehr auf die Nerven. Wir hatten also Platz genommen in diesem Drei-Sterne-Restaurant, die Kellner schubsen einem immer den Stuhl unter den Hintern, als wäre man zu blöd, sich alleine hinzusetzen, wir saßen so da und studierten die Speisekarte, da sagte Daniel, er hätte eigentlich unbändige Lust auf Spinat mit Spiegeleiern und Bratkartoffeln. Er war mir gleich sympathisch. Nur Männer wie er bringen es fertig, aus so einem Restaurant wieder rauszugehen, daran erkennt man Klasse.

Ich hätte auf Politiker getippt, aber er war Chef einer großen Uhrenfirma, die kennen Sie sicher, aber Diskretion ist nun einmal das Geheimnis meines Jobs. Er war hier, um einem bekannten Fernsehmoderator einen Werbevertrag anzubieten. Das ist natürlich nicht erlaubt, aber das machen alle, sagte er. Und was meinen Sie, auf was die Fernsehzuschauer achten? Die registrieren jede Kleinigkeit. Er sei einmal mit einer Frau befreundet gewesen, die die Zuschauerpost eines Fernsehsenders beantwortet hatte, die habe ihm das erzählt, was den Zuschauern alles auffällt und dass sie dann schreiben, die Krawatte des Nachrichtensprechers am Dienstag um 20 Uhr 15 hätte ihnen aber gar nicht gefallen, da sei die vom andern Kanal sehr viel geschmackvoller gewesen. Wir lachten beide, er sah trotz seiner grauen Haare sehr jung aus. Ich schätzte ihn auf etwa Mitte vierzig. Die Spiegeleier aß er nur mit der Gabel, so wie es sich gehört. Wir sprachen über Filme, da kenne ich mich gut aus, ich stelle den Fernseher schon morgens an. Ich mag es einfach, wenn die Bilder laufen und ich nicht ganz allein in meinem Zimmer bin. Ob ich gern allein sei, fragte er mich. Wer ist das schon, sagte ich. Es gebe einen Unterschied zwischen einsam und allein, sagte er, immer hofft man, nach oben zu kommen, und wenn man da ist, ist die Luft dort dünn, und man ist entsetzlich einsam. Das sagen sie alle, das kenne ich schon. Ich kann es mir nicht wirklich vorstellen, ich lächle dann immer mitfühlend, und manchmal nehme ich ihre Hand. Seine nicht, er war nicht der Typ dazu. Das Gefährliche an der Macht, sagte er, das Gefährliche ist, dass man nicht mehr die üblichen Umwege zu gehen braucht, um etwas zu erreichen. Weder im Beruflichen noch im Privaten. Ein Anruf genügt. Man bekommt es. Ohne Hoffen, ohne Angst, ohne Widerstände. Das ist sehr praktisch und macht am Anfang großen Spaß. Man fühlt sich wirklich mächtig. Und dann merkt man, dass man zwar alles bekommt, aber um seine Gefühle betrogen wird, verstehen Sie, was ich meine? Es ist gefährlich, auf diese Fragen zu antworten, denn ganz gleich, was man sagt, sie fühlen sich unverstanden. Ich sagte also nichts, sah ihn nur an. Dann reden sie meist weiter. Er auch. Ich kann mich erinnern, dass ich, als ich meinen ersten großen Werbevertrag für eine ganz kleine Firma nicht bekommen habe, danach in meinem Hotelzimmer auf dem Bett saß, das war eher eine schäbige Pension als ein Hotel, und geheult habe. Für mich war in dem Moment alles zu Ende, ich wollte meine Sachen packen und aussteigen. Ich versuche, bei allem, was ich jetzt tue, nie zu vergessen, wie ich mich damals gefühlt habe, denn irgendwie werde ich das Gefühl nicht los, dass ich damals besser dran war.

Ich mochte ihn, weil er damals geheult hatte. Manchmal erzählen sie solche Geschichten, um einen ins Bett zu kriegen. Er nicht. Danke fürs Zuhören, sagte er. Es war ein schöner Abend gewesen, und als ich ihn im Taxi zum Hotel zurückbegleitete, war ich fest entschlossen, nach Hause zu fahren. Er drückte mir fest die Hand und stieg aus. Ich winkte. Da machte er die Tür wieder auf und fragte, ob ich vielleicht Lust hätte, noch einen Drink an der Bar zu nehmen. Ich wusste, dass die Bar schon zuhatte.

Er hatte eine Suite, daran kann man sie am Ende immer richtig einstufen. Manche erzählen einem, dass sie in Wirklichkeit das Land regieren, und dann haben sie nur ein Einzelzimmer. Ich mag die, die ihre Macht eher untertreiben, lieber. Er hatte also eine Suite. Am Anfang saß er mir gegenüber, und wir unterhielten uns über Stilmöbel. Ich weiß nicht, warum ich mich so angestellt habe, er war mir sympathischer als die meisten, sympathischer als alle anderen jemals, vielleicht war es gerade deshalb. Als er sich zu mir auf die Couch setzte, hätte ich sofort gehen oder einwilligen sollen. Stattdessen sagte ich, ich könne so was nicht, nur für eine Nacht. Er wunderte sich nicht, was mich wunderte, er sagte etwas ganz Seltsames, er sagte: Jede lange Beziehung fängt mit einer einzigen Nacht an. Daraufhin wurde ich richtig schüchtern. Er versuchte, mich zu küssen, lange wand ich mich wie ein kleines Mädchen. Ich mochte ihn einfach zu sehr, verstehen Sie? Wenn ich schüchtern werde, benehme ich mich ganz kühl. Eine lange Beziehung?, sagte ich ironisch, hören Sie auf mit diesem Zuckerguss. Sie haben mich bestellt, ich habe Ihnen zugehört, das ist alles. Ja?, sagte er, so ein ganz langgezogenes, leises Ja. Ich konnte einfach nicht gehen. Er gehörte zu den guten Küssern, davon gibt es nicht viele, die meisten können überhaupt nicht küssen. Es geht nicht, sagte ich. Das ist in Ordnung, sagte er, ich möchte dich nur küssen.

Erst um vier Uhr morgens zog ich mich aus. Er legte seine Kleider ganz sorgfältig zusammen, dann hob er meine Stöckelschuhe auf und stellte sie ordentlich nebeneinander.

Ich mag Männer, die ein bisschen Fleisch auf den Knochen haben, so wie er, und ein ganz bisschen schon aus der Façon. Das rührt mich. So junge, knackige Muskelmänner stoßen mich eher ab, ich mag's, wenn's ein bisschen traurig ist, das Fleisch, nicht zu viel natürlich. Er nannte mich seinen Liebling, und normalerweise hätte ich auf so einen Quatsch überhaupt nicht reagiert. Aber ich war wirklich in dem Moment sein Liebling. Sein Gesicht über mir sah plötzlich älter aus, weil die Haut dann so nach unten hängt, ich frage mich, ob das bei mir auch schon so ist.

Ich sage Ihnen, es macht einfach Spaß, wenn die Männer mit Macht plötzlich weich und hilflos werden wie kleine Babys. Für eine kleine Weile besitze ich sie, und das kann mir keiner wieder wegnehmen. Er lag an meiner Brust und murmelte etwas, was ich nicht verstand, dann schlief er ein. Das wäre nun wirklich der ideale Moment gewesen, um ganz leise zu verschwinden. Ich ging ins Bad und rauchte eine Zigarette. Seinen Toilettenbeutel sah ich mir an. Da erfährt man mehr über einen Menschen als durch seinen Pass. So eine ganz kleine

Schere und eine Bürste hatte er in einem Etui, wohl für seinen Bart. Und Feuchtigkeitscreme, eine sehr teure. Vitaminkapseln. Die haben sie immer alle dabei. Und eine Tönungswäsche für Silberreflexe in grauem Haar. Ich finde das gar nicht unmännlich, ich mag es, wenn Männer eitel sind. Er tönt sich also seine Haare. Liebling. Ganz eng neben ihm habe ich gelegen und mir vorgestellt, wir seien verheiratet. Nur so, zum Spaß. Um sechs rief der Weckdienst an. Er umarmte mich fest. Es war langsamer als beim ersten Mal, sehr gefühlvoll. Mittendrin klingelte das Telefon. Er blieb bei mir, während er telefonierte. Es ging um Geld. Er gab kurze Anweisungen, klang sehr kühl und sachlich. Ich lächelte vor mich hin, das können sie, die Mächtigen, ganz gleich, in welcher Situation, immer klingen sie wach, kühl und sachlich.

Das Telefongespräch dauerte zu lange. Danach ging es nicht mehr. Er entschuldigte sich.

Ich hatte Angst vor dem Moment, wo er in Eile geraten würde, mich kaum noch ansehen und auch mit mir kühl und sachlich sprechen würde. Ich war so sicher, dass es passieren musste, es gibt immer einen Grund, warum sie oben sind. Irgendwann fangen sie alle an, wie Maschinen zu funktionieren, manche kommen etwas langsamer in Gang als andere, aber sie tun es alle. Er nicht.

Wir frühstückten zusammen wie ein altes Ehepaar, er im Morgenmantel und ich in Unterhose und BH. Das war vielleicht das Schönste, wir sprachen nicht viel, irgendwann nahm er meine Beine auf seinen Schoß und streichelte sie. Dann sagte er: Du bist etwas ganz Besonderes. Na ja.

Er hat mir seine Uhr geschenkt. Ich liege auf meinem Bett, die Vorhänge habe ich zugezogen. Ich sehe auf das Zifferblatt seiner Uhr und spüre, wie wir zusammen immer älter werden.

Henry Slesar
Unwiderstehlich

Gary Claypool sah wie der ernste junge Mann aus, der er auch war, ein Mann, für den die Tugenden Ausdauer und Fleiß mehr waren als bloße Objekte für Zynismus am Trinkwasserbehälter des Büros. Er stieg die Karriereleiter in dem Chemiekonzern schnell hinauf, der ihm ein Büro mit zwei Fenstern zur Verfügung stellte, und es bestand keinerlei Zweifel daran, dass er seinen Weg zur Spitze auch während der kommenden paar Jahre fortsetzen würde.

Trotz seiner hingebungsvollen Ambitionen besaß er auch einen ausgeprägten Sinn für Humor. Seine Augen konnten vor Vergnügen funkeln, und seine Lippen konnten sich verschmitzt kräuseln. Aber bei seiner dritten Verabredung mit der hübschen, grünäugigen, schwarzhaarigen Lisa Monahon waren seine Augen verschleiert und distanziert, und seine Mundwinkel hingen nach unten. Sie gingen zusammen essen und ins Theater und landeten schließlich auf einen Schlummertrunk in

Garys gemütlicher Wohnung in Manhattan. Leute, die sich im Verlauf des Abends nach ihnen umgedreht hatten, fragten sich, wieso dieser gutaussehende junge Mann mit einem solch phantastischen Mädchen am Arm aussah wie die sprichwörtliche russische Melancholie in Person.

Schließlich stellte Lisa ihm direkt die Frage: »Gary, hast du irgendetwas? Du kommst mir schon den ganzen Abend über irgendwie *unglücklich* vor.«

Sie saß auf der Kante eines Schaumgummisofas, nippte zaghaft an einer dünnen Mischung aus Brandy und Soda. Ihr Pelzcape lag immer noch über ihren perfekt geformten weißen Schultern, wie um unmissverständlich klarzustellen, dass ihr Besuch nur ein kurzer war.

»Ach ja, ist das so?«, sagte Gary. »Tut mir wirklich schrecklich leid, Lisa. Ich wollte es dich nicht spüren lassen.«

»Dann stimmt also *wirklich* etwas nicht. Kannst du es mir sagen, oder ist es etwas, über das du lieber nicht sprechen möchtest?«

»Nein, das ist es nicht.« Er umklammerte das Glas in seiner Hand und blickte verdrossen in die bernsteinfarbenen Tiefen der Flüssigkeit. »Man könnte es ein berufliches Problem nennen. Hat keinen Sinn, dich damit zu belasten.«

»Ich nehme nicht an, dass ich dir eine große Hilfe wäre«, sagte sie geknickt. »Aber es ist immer gut, mit jemandem darüber zu reden, oder nicht?«

»Ja, vielleicht. Vielleicht«, seufzte er und knallte das Glas auf die Marmorplatte des Couchtisches. »Ich weiß nur, dass mich diese Sache hartnäckig beschäftigt, dass ich weder essen noch schlafen, noch...«

Sie bekam große Augen. »Also, sei doch bitte nicht so geheimnisvoll! Was *ist* denn das große Problem?«

Er starrte sie an.

»In Ordnung. Ich werde es dir zeigen.«

Gary erhob sich von dem Sofa und verschwand kurze Zeit in seinem Schlafzimmer. Als er zurückkehrte, hatte er eine unscheinbare durchsichtige Glasflasche in seiner Hand, die mit einem Korken verschlossen war. In der Flasche befand sich eine kalte blaue Flüssigkeit.

»Das hier ist das Problem«, sagte er grimmig. »Dieses kleine Baby hier.«

»Was ist das? Irgend so eine Art Chemikalie?«

»Was in der Art, stimmt genau.« Er drehte die Flasche in seiner Hand. »Das Zeug hier wird *Formel X-14* genannt. Der Name hat nichts Geheimnisvolles, er bedeutet lediglich, dass es das Ergebnis des vierzehnten, in unserem Labor durchgeführten Experiments ist. Es ist ein Nebenprodukt einer Testreihe, die wir für die Leute von Ardstein durchgeführt haben. Du weißt schon, die Parfümfabrikanten.«

»Oh, ja, sicher«, sagte Lisa. »Aber ist es das, was deine Firma macht? Parfüms herstellen?«

»Nicht ganz. Wir befassen uns mit allen möglichen chemischen Problemstellungen, und das hier ist das, was Ardstein uns vor ein paar Monaten gebracht hat. Ich bin persönlich mit diesem Projekt betraut worden, und sämtliche wichtige Entscheidungen werden von mir getroffen. Und genau das ist es, was mich so fertigmacht. Ich weiß nicht, ob ich Ardstein dieses Zeug hier übergeben und unser Honorar kassieren soll – oder ob ich in einer dunklen Nacht zur George Washington Bridge rüberfahren und es in den Hudson werfen sollte.«

»Ich verstehe nicht ganz.« Lisa blinzelte. »Was *ist* dieses Zeug denn?«

»Es ist ein Parfüm. Mehr ist es nicht, nur ein Parfüm.«

»Und was stimmt damit nicht? Kann ich mal riechen?« Ihre Nasenflügel bebten neugierig.

»Sicher, nur zu. Es riecht schon ganz okay, eben wie ein absolut normales Parfüm. Und solange es in der Flasche ist, richtet es auch keinen Schaden an.«

Lisa entfernte den Korken und schnupperte. »Riecht gut. Aber was meinst du mit Schaden?«

»Ich meine *Schaden*«, sagte Gary und nahm ihr *Formel X-14* wieder ab. »Es ist die gottverdammteste Sache, die mir jemals über den Weg gelaufen ist, und das Zeug hat die Firma vor ein verflucht großes Problem gestellt. Weißt du...« Er rieb sich über die Stirn. »Ich weiß nicht, wie ich dir das jetzt sagen soll. Aber du liest doch die Werbungen für Parfüms, oder?«

»Manchmal.«

»Tja, du weißt ja, was sie alle versprechen. Ein paar Tropfen von unserem Zeug auf Ihre Ohrläppchen, und die Männer laufen Ihnen nur so nach.«

»Und?«

»Und genau das ist unser Problem. Glaube mir, ein wirklich großes Problem. Weil nämlich *dieses* Zeug hier tatsächlich genau so wirkt.«

Ihre wunderschönen grünen Augen wurden noch größer. »Was meinst du damit?«

»Ich meine genau, was ich gesagt habe! Wenn dieses Parfüm mit der Haut einer Frau in Berührung kommt, wird sie für jeden Mann absolut unwiderstehlich. Bei Gott! Nimm irgendeine x-beliebige Frau, dann ein paar Tropfen *Formel X-14*, und schon hast du einen Fall von potentieller Vergewaltigung. Es ist furchterregend!«

»Du machst Witze!«

»Es ist mir todernst. Wir haben die Reaktion bei unseren Versuchstieren beobachtet. Dann haben wir den Fehler begangen, das Zeug an Miss Gower auszuprobieren, einer unserer Laborantinnen. So, und Miss Gower ist... nun, ganz offen gesagt, sie ist eher eine unscheinbare und hausbackene Frau. Aber zwei Minuten nachdem sie dieses Zeug hier benutzt hatte, stieß der alte Funston einen Schrei wie ein Elefantenbulle aus und ging auf sie los. Der alte Funston! Er ist vierundsiebzig. Er ist so alt, dass er schon zusammenbricht. Und trotzdem ist er wie ein Matrose auf Landurlaub auf Miss Gower losgegangen. Mitten im Labor hat er ihr die Bluse runtergerissen. Er zerrte gerade an ihrem Rock, als sie ihn endlich von ihr weggezogen haben.«

»Wie schrecklich!«, sagte Lisa.

»Und ob das schrecklich ist! Wir hatten verdammt alle Hände voll zu tun, die Sache geheimzuhalten. Wir wissen genau, was Ardstein tun würde, wenn die davon erfahren würden. Sie würden *Formel X-14* um jeden Preis haben wollen. Sie würden damit das größte Parfüm Amerikas besitzen!«

»Und wirst du es ihnen geben?«

»Genau das ist mein Problem. Wenn wir das Zeug freigeben, stell dir nur vor, was dann passiert.

Wo auch immer dieses Zeug auftaucht, wird es verheerende Folgen hinterlassen. Frauen werden auf offener Straße angefallen werden. Männer werden ins Gefängnis wandern. Ehemänner werden sich von ihren Frauen scheiden lassen. So verrückt es klingt, Lisa, diese kleine Flasche hier könnte eine landesweite Panik auslösen!«

Sie starrte in die blaue Flüssigkeit und atmete schwer.

»Es ist wirklich erstaunlich«, flüsterte sie. »Es ist einfach nur erstaunlich, Gary. Ich hätte mir niemals träumen lassen, dass so etwas möglich wäre...«

»Ja, die Wissenschaft ist schon wunderbar, in der Tat. Das einzige Problem ist nur: Wie kontrollieren wir sie?«

Sie nahm die Flasche in die Hand.

»Gary... ich würde es gern mal ausprobieren.«

»*Was?!* Du bist nicht bei Verstand!«

»Bitte! Ich *muss* einfach wissen, ob es stimmt.«

»Gib mir sofort diese Flasche zurück, Lisa.« Er sagte es ganz ruhig.

»Ich muss«, sagte sie, presste die Flasche an ihre Brust. »Ich *muss* das Zeug einfach ausprobieren.« Sie fummelte an dem Korken. Gary streckte verzweifelt seine Hand über den Marmortisch aus und erwischte ihr Handgelenk. Sie kämpften um die Flasche, bis Lisa sich schließlich triumphierend losriss und auf die andere Seite des Raumes lief. Sie schüttete ein paar Tropfen in ihre Hand und verteilte sie auf den Läppchen ihrer geröteten Ohren.

»Lisa, nicht!«, brüllte Gary. »Du weißt nicht, was du tust!«

Er sprang vom Sofa und stürmte zu ihr hinüber. Als sein Arm vorschnellte, um wieder in den Besitz der Flasche zu gelangen, entglitt sie ihrer Hand und fiel auf den Boden. Der Inhalt von *Formel X-14* schwappte heraus, und der Teppich saugte alles gierig auf.

»Das hättest du nicht tun sollen!«, sagte er außer Atem. »Du hättest es nicht tun sollen, Lisa!«

»Tut mir leid, Gary...«

»Die Formel ist mir gleichgültig!«, sagte er mit belegter Stimme. »Aber du nicht. *Du* bist mir nicht gleichgültig!« Er sah sie mit glänzenden, hungrigen Augen an.

»Gary, nein! So ein Mädchen bin ich nicht!«

»Ich kann nichts dafür!«, sagte er mit erstickter Stimme, kam weiter drohend auf sie zu. »Ich kann nichts dagegen tun, Lisa!« Seine Finger zerrten an ihrem Pelzcape, zogen es von ihren cremefarbenen Schultern.

»Nein, Gary! Hör auf!«

Er umarmte sie, seine Hände glitten wie wild über sie.

»Du hättest es nicht tun sollen!«, krächzte er. »Ich kann nicht aufhören, Lisa! Ich kann nicht mehr aufhören...«

»Du armer Schatz«, stöhnte sie. »Du armer, armer Schatz...«

Am folgenden Morgen wurde Gary Claypool erst spät wach. Als er sah, wie viel Uhr es war, duschte er kurz, zog sich schnell an und brach dann ins Büro auf. Doch bevor er den Fahrstuhl betrat, ging er in den Drugstore des Gebäudes.

An der Theke sagte er: »Geben Sie mir eine Flasche Parfüm. Nichts zu teures.«

Im Labor füllte er eine leere durchsichtige Glasflasche mit seiner Neuerwerbung und stellte sie in seinen Spind. Dann zog er vergnügt pfeifend einen Kugelschreiber und ein in florentinisches Leder gebundenes Adressbuch aus seiner Tasche. Sorgfältig, ordentlich, beinahe pingelig, zog er einen Strich durch den Namen ›Lisa Monahon‹. In seinem Büro nahm er den Hörer seines Telefons ab und machte eine Verabredung für den Abend aus.

F. K. Waechter

Der Spanner

Ein Spanner sitzt in einem Baum und schaut sehr angeregt in ein schwach beleuchtetes Fenster. Plötzlich erscheint ein nackter Mann am Fenster und sieht den Spanner.

NACKTER MANN Ich bring dich um, du Schwein.
SPANNER Sie waren einsame Spitze.
NACKTER MANN Ehrlich? So was sagt sie mir nie.

Philippe Djian

Feuerrot

Ein einziges Mal in ihrem Leben willigte Evelyne in den Verkauf von ein paar Morgen Land ein. Solange ich denken konnte, hatte ich sie stets nur über den üppigen Umfang ihres Busens klagen hören. Zu Tode betrübt verkaufte sie ein Feld am Fuße des Hügels und ließ sich die Brüste zurechtstutzen.

Sämtliche Ländereien, das Haus und die Nebengebäude gehörten ihr. Ich hatte zwei, drei Großgrundbesitzer an der Hand, die nach dem Gut schielten, aber ohne Evelynes Zustimmung war nichts zu machen. Mein Vater hatte mir misstraut und mich enterbt, kaum dass ich den Hof verlassen hatte. Er wusste, was er tat, als er ihn Evelyne überschrieb. Er war ein gefühlsseliger Alter, ganz dem Boden verhaftet, auf dem er sein Leben verbracht hatte, und darin ähnelte ihm meine Schwester. Schon als wir Kinder waren, nahm er uns auf seinen Schoß und ließ uns schwören, dass wir niemals verkaufen würden. Evelyne hob die Hand und gehorchte mit engelhaftem Eifer, mich hingegen langweilten diese Dinge. Wäre da nicht diese fixe Idee gewesen, die sie verzehrte – »diese grässlichen 140« –, hätte sie ihren Schwur niemals gebrochen. »Solange ich lebe«, wiederholte sie bis zum Überdruss, »werden diese Ländereien nicht in andere Hände übergehen. Und glaube ja nicht, dass ich es mir anders überlege...!«

Ich kannte sie. Ich wusste, sie hatte diese absurde Entschlossenheit von meinem Vater, der selbst bei größten Geldsorgen nie schwach geworden war, auch wenn wir uns mit dem Essen einschränken mussten – er warf meiner Mutter einen missbilligenden Blick zu, wenn irgendeine Süßigkeit das armselige und karge Mahl durchbrach, das uns die finsteren Tage gewährten –, auch wenn er seinen Stolz hinunterschlucken und für einen vom Glück begünstigten Nachbarn arbeiten musste. Es gab zweifelsohne kein Mittel, meine Schwester zu beeinflussen, so tief saß ihr Starrsinn, und ich konnte ihr die besten Gründe der Welt vorhalten, ohne dass es sie im Geringsten anfocht. Trotz alledem hatte ich nicht aufgegeben. Ich war fünfundvierzig, und die einzige Hoffnung, die mir verblieb, bestand darin, dieses verflixte Haus und diese vermaledeiten Hektare zu verkaufen, die meine Kindheit vergiftet hatten und die mir so verhasst waren.

Das wäre die rechte Vergeltung gewesen. Nächtelang hatte ich von dem Leben geträumt, das sich uns böte, wenn wir das Gut veräußerten. Wir konnten viel Geld dabei herausschlagen, vielleicht genug, um unsere letzten Tage in relativer Unbeschwertheit zu verbringen, oder mehr noch, wenn wir uns zu gescheiten Anlagen aufrafften. Ich hatte ganze Hefte mit ausladenden Berechnungen vollgeschrieben, die mir den Atem raubten und deren Ergebnis mich immer wieder aufs Neue entzückte. Vor allem aber rührte die brennende, unsägliche Freude, die ich aus derlei Zahlenspielen schöpfte, von dem Ekel her, den mir dieser Ort einflößte. Wenn diese Erde nur endlich anfinge zu sühnen. Wenn sie uns zurückerstattete, was sie uns geraubt. Das war es, worauf ich wartete. Was mich, mehr noch als die Aussicht auf das Geld, mit einer unsäglichen Freude erfüllte. Aber so weit waren wir noch nicht.

Was die Einkünfte anging, die uns das Gut einbrachte, da konnte man nur lachen. Mir oblag die Buchführung. Mit den Zahlen in der Hand hatte ich ihr aufgezeigt, dass wir gerade genug verdienten, um nicht Hungers zu sterben, aber sie wollte nichts davon hören. Solange genug da war, um ihre Ginflaschen zu bezahlen, mochten wir nackt einhergehen, es hätte sie nicht geängstigt.

»Was beklagst du dich...?«, sagte sie zu mir. »Du tust den ganzen Tag nichts anderes, als Bücher zu schreiben, die kein Mensch liest... Für einen unnützen Esser bist du ein ziemlicher Feinschmecker...«

Dieser Zustand dauerte nun schon Jahre. Ich war zurückgekehrt, als ich die Nachricht vom Tod unserer Eltern erhielt – die Bremsen hatten versagt, und sie waren in dem alten Panhard, den mein Vater fuhr, den Hügel hinuntergestürzt –, auch, weil ich nichts Besseres zu tun hatte. Ich war zurückgekehrt, weil ich nichts gefunden hatte und weil ich mehr Verdruss als sonst etwas erfahren hatte. Meine Abwesenheit hatte fast zwanzig Jahre gedauert, aber mir war, als hätte ich nicht wirklich gelebt, ich erinnerte mich an nichts, was sich gelohnt hätte, weder die Leute, die ich kennengelernt hatte, noch die Stellen, die ich angetreten hatte, nicht einmal diese Bücher, die ich geschrieben und, zumindest zum größten Teil, auf eigene Kosten veröffentlicht hatte. Ich war ohne einen Heller zurückgekehrt, und Evelyne hatte mich nicht weggeschickt.

Wir hatten uns in all der Zeit kein einziges Mal gesehen. Ihr Leben schien genauso trist verlaufen zu sein wie meines. Unsere Mutter hatte sich sehr früh eine Knochenerkrankung zugezogen, und mein Vater hatte keine Zeit, sich um das Haus zu kümmern. Evelyne hatte die Gabe, sich aufzuopfern. Und die Typen, die nachts, angelockt von den überwältigenden Reizen meiner Schwester, um den Hof schlichen, waren nicht aus jenem Holz, aus dem Ehemänner geschnitzt sind.

Kurz nach dem Ableben unserer Eltern verkaufte sie also diese Parzelle, um ihre Operation zu bezahlen. Zunächst sah ich das als gutes Omen, ich stellte mir vor, diesem ersten Schritt würden weitere folgen, bis wir uns schließlich des ganzen Grund und Bodens entledigt hätten. Aber ich begriff sehr schnell, dass ich mich gewaltig täuschte. Dieser Zipfel, den sie preisgegeben hatte, kaum groß genug, um darauf ein paar Tiere weiden zu lassen, quälte sie zutiefst und verursachte ihr solche Gewissensbisse, dass er das Gegenteil von dem bewirkte, was ich erhofft hatte. Trotz all meiner Beschwichtigungen schwor sie, nie wieder nur das geringste Stückchen Land abzugeben, und müssten wir uns auf Diät setzen.

In gewisser Weise machte sie mich für diesen fürchterlichen Augenblick der Schwäche verantwortlich. Ihr zufolge hatte ich sie zu dem getrieben, was sie ihr »Verbrechen« nannte. Das stimmte natürlich nicht. Ich hatte höchstens meine Meinung geäußert, wenn sie in ihrer Unschlüssigkeit nicht ein noch aus wusste. Die Größe ihrer Zitzen war mir wurstegal, aber diese lächerliche und tumbe Angst, die sie bei der Vorstellung befiel, ihr Land um ein armseliges Stückchen zu beschneiden, konnte ich nicht ertragen. Was dachte sie eigentlich? Dass sie einen Frevel beging? Dass es anfing zu beißen oder dass mein Vater aus dem Grab schnellen würde, um sie an Ort und Stelle zu vernichten?! Wenn ich sie beeinflusst hatte, dann jedenfalls nicht mit solch schroffen Worten. Ich erinnerte mich nur an einige recht vage Erwägungen, mit denen sie wie üblich nichts anzufangen gewusst hatte.

Nun denn, wie dem auch sei, das Ergebnis dieses Unternehmens war ein Fehlschlag auf der ganzen Linie. Sie kam mit traurig flatternder Bluse aus der Klinik zurück und sagte mehrere Tage lang kein einziges Wort, einzig damit befasst, melancholischen Blicks ihre Kleidungsstücke umzuändern. Ich kannte mich in puncto weiblicher Schönheit nicht besonders aus, aber dass meine Schwester schlecht gebaut war, entging mir trotzdem nicht. Ich war nicht sicher, ob mir das vorher aufgefallen war. Jetzt, da sie keine Brüste mehr hatte – oder so gut wie keine, sie hatte ihr Geld nicht umsonst ausgegeben –, wirkte ihr Becken noch breiter und ihre Schultern schmaler, und man fühlte sich unwillkürlich an eine Flasche Vichy erinnert. Mehr als alles andere stach einem jedoch ihre Magerkeit ins Auge. Der Körper einer alten, verschrumpelten Frau, hätte man meinen können, dabei war sie nur zwei Jahre älter als ich. Ich entdeckte, dass sie keinen Hals hatte, keinen Hintern, keine Knöchel. Man sah nur mehr ihre Fehler, ihre hoffnungslosen Formen, ihre fürchterliche Figur. Sicher, meine Schwester war nie ein besonders apartes Geschöpf gewesen. Dennoch hatte das üble Geschick ihr Gesicht verschont, und manch einer hätte sie durchaus nach seinem Geschmack finden können. Jetzt aber nicht mehr, höchstens durch ein Wunder, höchstens ein Geisteskranker oder ein blinder Pfarrer.

Früher hatte sie sich beklagt, die Jungen würden ihr begehrliche Blicke zuwerfen. Sie brauchte nicht lange, um dahinterzukommen, dass diese sie nun keines Blickes mehr würdigten, wenn sie nicht gar ans andere Ende der Theke flüchteten. Und selbstredend hatte das Auswirkungen auf ihren Charakter.

Wenn der Tag zu Ende ging, war sie sturzbetrunken. Bei schönem Wetter zog sie los und spazierte mit einer Flasche Gin in der Hand über ihre Ländereien, und vor dem Schlafengehen holte ich sie dann, las sie auf einem Acker oder an einem

Wegesrand auf und brachte sie in ihr Zimmer, wobei ich mich in Acht nehmen musste, dass ich nicht einen Strahl Erbrochenes abbekam. Diese Übung fiel mir recht schwer, denn ich war nicht besonders stark, und es kam vor, dass sie sich sträubte und uns mit einem heftigen Schlenker zu Boden beförderte – zwei Brillen hatte sie mir schon zerbrochen. Natürlich war dieses Spiel in der gesamten Nachbarschaft bekannt, aber jede Familie hat ihre Probleme, und unsere waren nicht die schlimmsten. Sollten sie ruhig ihre spöttischen Bemerkungen fallenlassen, wir zahlten es ihnen mit gleicher Münze heim. Sonntags, wenn wir allesamt auf den Bänken der Kirche vereint waren, wusste ich nur zu gut, in welch monströsen Gebeten die meisten dieser Seelen schwelgten.

Ich für mein Teil hatte Evelyne kein einziges Mal den Tod gewünscht. Selbst im schlimmsten Frust, wenn mich ein heftiger Streit einmal mehr daran zweifeln ließ, jemals ans Ziel meiner Wünsche zu gelangen – in der Tat, je mehr ich sie zum Verkauf drängte, umso mehr versteifte sie sich in ihrer hysterischen Weigerung –, sehnte ich mich einzig und allein nach dem Krankenwagen, der sie ins Sanatorium verfrachten würde, oder ich starrte auf ein Äderchen, das an ihrer Schläfe zuckte, in der Hoffnung, es werde plötzlich platzen und sie in ein

Wrack verwandeln, das ich ohne Murren, gegen eine schlichte Unterschrift, gerne pflegen wollte.

Ich hegte keine besonderen Gefühle für sie. Als Kinder hatten wir uns nie gestritten, aus dem schlichten Grund, dass uns eine gegenseitige Gleichgültigkeit voneinander fernhielt. Daran hatten die paar Jahre, die wir seit dem Tod unserer Eltern gemeinsam verbracht hatten, nichts geändert. Dennoch waren wir miteinander verbunden, durch die Macht der Gewohnheit, durch die kleinen Gefälligkeiten, die wir einander erwiesen, und wir teilten die gleiche Einsamkeit, die gleiche Verzweiflung, die gleiche Langeweile.

Allein die Sorgen, die uns die Bewirtschaftung des Bodens bereitete, waren geeignet, uns und so manchen unserer Nachbarn vergessen zu lassen, dass dieses Leben keinen Sinn hatte. In der Tat waren die letzten Ernten außergewöhnlich schlecht gewesen, und der Preis des Saatgutes hatte Höhen erreicht, die wir mit finsterer Miene, die Ellbogen auf die Theke oder auf einen der Kneipentische gestützt, wütend kommentierten. Nach zwei, drei Gläsern geriet meine Schwester in Fahrt, sie schmähte die Behörden, und ihre Stimme erfüllte alsbald den ganzen Saal. Ihr Getue beachtete man schon lange nicht mehr, nicht einer dieser Typen hätte sich von ihr mitnehmen lassen – sie galt für halb verrückt –, aber die Deftigkeit und der Schwung ihrer Verwünschungen begeisterten alle. Sie wandten Evelyne ihre glänzenden, schlecht rasierten, vom Bier und der Sonne aufgedunsenen Gesichter zu, auf denen die Erschöpfung des Tagewerks wie ein boshaftes Fieber strahlte. Doch trotz des Vokabulars, das sie verwandte, dachte zu ihrem Leidwesen keiner der Typen daran, sie aufs Kreuz zu legen, und ich hatte nicht das Gefühl, dass es an meiner Anwesenheit lag. Allerhöchstens klopfte ihr einer auf den Hintern, oder man spendierte ihr ein Glas für ihre kleine Nummer. Aber der Umfang ihres Kleides täuschte niemanden mehr.

Eines Abends, die Stimmung war besonders heiß gewesen, und sie hatte vielleicht ein wenig mehr getrunken als sonst, versuchte sie die Sache mit mir. Ich steuerte den Lieferwagen durch die vertrocknete und staubige Landschaft, den Blick zum Himmel gerichtet. Es war kein einziges Wölkchen in Sicht. Seit über einem Monat wurde nur noch über diese neuste Geißel geredet, die das Land heimsuchte. Sämtliches Getreide verdorrte am Halm, und selbst die größten Optimisten prophezeiten Unwetter, die zu guter Letzt alles vernichten würden, was noch stand. Die Kehlen waren besonders trocken. Ich für mein Teil, obwohl mich der Anblick dieser Agonie betrübte, dachte mir, dass ein weiterer Schicksalsschlag das Ende beschleunigen könnte. Wir waren vor einer katastrophalen Ernte keineswegs gefeit. Mit dem wenigen, das wir von der Versicherung bekämen, würden wir uns bestimmt nicht sehr lange über Wasser halten können, sie mochte tun, was sie wollte, andere als ich würden sie zu unterwerfen wissen.

Der Weg, der zum Haus führte, war voll grausamer Schlaglöcher. Ich kümmerte mich nicht mehr darum. Drei Sommer lang hatte ich versucht, sie mit Steinen aufzufüllen, und jeden Winter hatten die Traktoren, der Schnee und der Schlamm mein Werk ruiniert. Evelyne ließ selten eine Gelegenheit aus, mir zu meiner Beharrlichkeit zu gratulieren. An diesem Abend sagte sie nichts, trotz meines unverkennbaren Unwillens, den Spurrillen auszuweichen oder die Geschwindigkeit zu drosseln. Der Lieferwagen klapperte, das Chassis schlug gegen den Boden, und die Karosserie hallte und vibrierte wutentbrannt. Ich nutzte es aus, dass sie stockbesoffen war. Jedes Mal, wenn ich auf diesem Hof etwas ungestraft ramponieren konnte – vom Toaster bis zum Mähdrescher –, ließ ich mir die Gelegenheit nicht entgehen. Die Tagelöhner mussten als Erklärung herhalten, die Ärmsten. Jede Reparatur schnürte uns ein wenig mehr die Luft ab, und wie hätte ich den Groll, den mir dieser Ort einflößte, ertragen können, ohne mich ein wenig abzureagieren?

Ich war zu feige, zu schwach, zu entmutigt, um fortzugehen. Ohne Geld, ohne Talent, ohne Ehrgeiz – mir erschien die Welt als ein noch finstererer Schlund, in den ich nicht mehr hineingeraten wollte. Schon die paar hundert Meter, die uns von der Straße trennten, erfüllten mich gewöhnlich mit einer Art lieblichem Ekel. Und wenn es mir wie in dieser Nacht freistand, mich nach Herzenslust auszutoben, konnte es sein, dass mich ein dunkler Schauer überlief. Zuweilen hoben alle vier Räder vom Boden ab, dann kam die Klapperkiste schwer wieder auf, und der ganze Hügel zitterte wie im göttlichen Zorn. Meine Schwester knurrte neben mir, fest in ihrem Sitzgurt verstaut. Am nächsten Morgen würde sie sich an nichts mehr erinnern, aber vorsichtshalber frohlockte ich schweigend.

Ich hielt den Wagen mitten auf dem Hof an und ließ die Hände auf dem Steuer. Die Gebäude glänzten im Mondlicht, als wären sie eingewachst. Ich wandte mich zur Seite, um Evelyne loszumachen. Ich benutzte den Kragen ihres Kleides, um ihr ein wenig Speichel abzuwischen, der an ihren Lippen klebte. Dann stieg ich aus und ging um den Wagen herum, denn sie war nicht in der Lage, auch nur einen Schritt zu tun.

Als ich ihre Tür aufzog, steckte sie, statt artig abzuwarten, dass ich sie in meine Arme nahm, sogleich ein Bein durch die Öffnung. Wobei sie ihr Kleid bis zum Schoß schürzte. Ein fahles Weiß leuchtete auf ihrem Sitz auf. Sie schob ihr Becken nach vorn und enthüllte gleichzeitig ihren nicht sehr anmutigen (sie hatte nur die alten Modelle, die mich anwiderten, wenn sie auf der Leine zum Trocknen hingen) Baumwollschlüpfer. Ich war wie vom Blitz getroffen. Es war dermaßen lange her, dass ich keine Frau mehr gehabt hatte. Ihr Gesicht drückte ebenso viel Obszönität wie Stumpfsinn aus. Ich warf einen raschen Blick in die Runde, vergewisserte mich der stillen Einöde der Nacht.

Das Blut rauschte in meinen Ohren. Ich zitterte, als ich meine Augen wieder auf sie richtete. Und sah, dass sie sich quer über die Bank geworfen hatte. Dass sie mit fester Hand den unteren Teil ihrer Wäsche gepackt hatte und wie von Sinnen aus ihrem Schritt riss. Dass sie mit der anderen Hand in ihrem schwarzen Vlies wühlte und drei glänzende Finger daraus hervorzog. Ich knöpfte meine Hose auf. Schlug das Kleid über ihr Gesicht und besorgte es ihr schweigend.

Kaum fertig, ließ ich augenblicklich von ihr ab

und rannte ins Haus. Ich lief nach oben. Ich verriegelte mein Zimmer. Dann stellte ich mich vors Waschbecken und packte ein großes Stück Seife. Mehrmals nacheinander rubbelte und scheuerte ich mit letzter Kraft mein Instrument sowie meine Schamhaare, spülte und wischte ich alles ab. Ich besprengte mein Gesicht mit jenem lauwarmen und eisenhaltigen Wasser, das wie ein Wildbach im Winter zufror und im Sommer zu einem Rinnsal ekelerregender Pisse verkümmerte. Ich wechselte mein Unterhemd, zog eine Pyjamahose an und setzte mich auf mein Bett.

Mir war ein wenig schwindlig. In meinem Kopf war eine solche Leere, dass ihn der geringste Gegenstand, auf den mein Blick fiel, vollständig ausfüllte. Ich blieb eine Weile so sitzen und betrachtete das Tohuwabohu meiner Kammer. Dann stand ich auf und trat ans Fenster.

Sie hatte sich nicht gerührt. Ich sah ihre Beine, die zur Tür hinaushingen, und die dunkle Larve ihrer Scham. Ihr Schlüpfer, den ich ihr schließlich heruntergezogen hatte und der über ihre Knöchel geglitten war, schimmerte auf der Erde wie phosphoriger Schleim, als wäre er herabgeflossen und vor ihre Füße getropft.

Ich hatte keine Lust, hinunterzugehen und sie zu berühren. Sie jedoch so zu lassen hieß ein unnützes

Risiko eingehen. Sie war imstande, erst am Morgen aus ihrem Tran zu erwachen, zu einer Stunde, da die Gaffer schon auf der Matte stehen konnten, bereit, sich über eine nackte Hinterbacke kringelig zu lachen, auch wenn sie das Schönste an der ganzen Geschichte gar nicht kannten. Das allein war Grund genug, meine Unlust zu überwinden. Aber es gab noch einen anderen, und der war gewiss nicht zu verachten: Es bestand Aussicht, dass sie sich an nichts erinnerte, wenn ich die Spuren des Vorfalls beseitigte. Ich hatte des Öftern Gelegenheit gehabt, mich von ihrem Gedächtnisschwund zu überzeugen, wenn sie die Grenzen überschritten hatte. So manchen Morgen hatte sie mir mit stumpfsinnigem Blick zugehört, wenn ich ihr ihre nächtlichen Possen oder ihr erbärmliches Verhalten schilderte – vor einem Monat erst hatte ich sie auf dem Dach wiedergefunden –, sie schüttelte dann erbittert den Kopf, warf ihre Tasse ins Spülbecken – eine weniger! Alles, was in diesem Haus zu Bruch ging, ganz gleich, was, entlockte mir ein Lächeln – und bezichtigte mich übler Nachrede, denn wie könne es sein, dass sie sich an nichts von alldem erinnere, hielt ich sie eigentlich für blöd…?

Während ich so vor dem Fenster stand, kürzte ich mir einen Fingernagel mit den Zähnen, dann ging ich hinunter. Auf der Schwelle zögerte ich abermals. Mir war, als wäre die Nacht immer noch von ihrem Glucksen durchdrungen – und, warum nicht, von meinem rauhen Atem, meinem lächerlichen Hecheln – und als nähme das nie ein Ende. Ich musste mich schütteln, mir einen Ruck geben, um nur noch auf das Rascheln der Insekten zu hören, die seelenruhig die Landschaft verschlangen. Dann ging ich sie holen.

Als Erstes schlug ich das Kleid über ihre Beine zurück. Dann hob ich ihren Schlüpfer auf und stopfte ihn rasch in meine Tasche. Sie zeigte keinerlei Reaktion, wie all die anderen Male, wo ich sie auf ihr Zimmer getragen und mich gefragt hatte, ob sie vielleicht ins Koma gefallen war. Sie anzufassen verursachte mir weniger Ekel, als ich gedacht hatte, trotz des wenig appetitlichen Geruchs, der mich an der Nase packte, als ich mich ins Wageninnere beugte.

Ich trug sie hoch. Legte sie auf ihr Bett. Beseitigte die Spuren ... Ich nahm ein paar Papiertaschentücher, winkelte, ohne mich mit einer peinlich genauen Untersuchung aufzuhalten, ihre Beine an und wischte sie, so gut es ging, ab. Auch ihren Schlüpfer zog ich ihr wieder an. Um mit einem letzten Blick, den ich ihr zuwarf, festzustellen, dass ich ihn ihr linksherum angezogen hatte. Aber ich hatte keine Kraft mehr. Das, das war zu viel verlangt.

Am Morgen fühlte ich mich ein wenig nervös. Ich fand, sie brauchte lange, um herunterzukommen, und ich musste in einem fort den Kaffee aufwärmen. Ich war seit dem Morgengrauen auf den Beinen, und inzwischen stand die Sonne hoch am Himmel und ließ die Schatten im Hof schrumpfen, legte ihn bloß. Binnen kurzem würde die Glut vollkommen sein. Schon verdunsteten die letzten Tropfen der Berieselung bei den wenigen Großgrundbesitzern, denen das Lachen noch nicht vergangen war. Ich wollte mir eine kleine Buchhandlung kaufen, falls ich eines Tages die Mittel dazu hätte. Dann würde ich mit den Händen auf dem Rücken zuschauen, wie die Jahreszeiten verstrichen, gleichgültig gegenüber den Unbilden der Witterung und anderen Geißeln der Natur, und gelassen würde ich mir im Schatten meines Ladens bei einer solchen Gluthitze eine Limonade gönnen, ohne mich noch um die Farbe des Himmels zu scheren, nie wieder. Dann erschien Evelyne.

Bis zum Ende blieben mir Zweifel. Sie machte nichts, sagte nichts, weder an diesem Morgen noch im Laufe der folgenden Tage, ließ keinen einzigen Blick schweifen, der mir bedeutet hätte, dass sie Bescheid wusste. Ich beobachtete sie unablässig, lauerte auf das geringste Erröten, das sie verraten hätte. Aber die Tage vergingen, und ich war genauso schlau wie vorher. Mal war ich überzeugt, dass sie sich nur gut verstellte, mal war ich dessen nicht so sicher. Die Sache ließ mir keine Ruhe. Ich fragte mich in einem fort, was in ihrem Kopf vorging, und ich grübelte nach, was sie dazu treiben mochte, mir diesen Blackout vorzuspielen. Mein Schlaf wurde dadurch grausam beeinträchtigt.

Eines Sonntags, während der Messe, war mein Geist so verwirrt, dass mich eine unbändige Lust packte zu kommunizieren. Ich sprang auf und schritt inmitten der Sünder nach vorn. Die Beichte hätte mir wahrscheinlich mehr geholfen, aber der Priester war derselbe, der Evelyne und mich getauft hatte, und ich fühlte mich außerstande, ihm zu gestehen, dass ich die Sünde des Fleisches mit meiner Schwester begangen hatte. Draußen hielt mich Evelyne am Arm fest und fragte, was in mich gefahren sei. Ich hatte noch den Geschmack der Hostie im Mund. Ich riss mich brüsk los, gab jedoch keine Antwort. Obwohl ich im Laufe der Jahre den sonntäglichen Gottesdienst nur selten versäumt hatte, hatte ich doch beileibe nicht jene Erleuchtung erfahren, die einen jungen Konfirmanden in einen mustergültigen Gläubigen verwandelt. Ich ging in die Kirche, weil ich immer gegangen war. Ich hatte in meiner Laufbahn allerlei Gemeinheiten, allerlei Schändlichkeiten, allerlei Taten begangen, die geeignet waren, eine Seele zu erschüttern, aber das hatte mich nie in einem Maße verstört, dass ich mich einem Priester zu Füßen geworfen hätte. Daher wusste ich selbst nicht, was mit mir geschehen war. Denn keine plötzliche Erleuchtung hatte mich zum Altar getrieben, auch nicht die Flügel der Bußfertigkeit oder die Angst vor der Sühne.

Die mageren Ernten, die uns einzubringen blieben, bevor sie endgültig zu Staub zerfallen würden, machten uns genug Arbeit, um mich vorübergehend von meinen Sorgen abzulenken. Wir mussten uns beeilen. Wie alle Kleinbauern der Gegend waren wir kaum in der Lage, uns zusätzliche Arbeitskräfte zu leisten – wir schafften es gerade, die beiden Tagelöhner zu bezahlen, die bei uns arbeiteten –, und wir mussten einander bei der Ernte behilflich sein. Für mich bedeutete das eine körperliche Belastung, die ich nicht gewohnt war. Meine Hände bekamen Blasen, meine Arme schwollen vor Kratzern an, mein Rücken und sämtliche Muskeln meines Körpers schmerzten, und obendrein bot mein schlimmes Martyrium diesen Männern und Frauen, denen das Placken ein tägliches Los war, ständig Anlass zu Scherzen.

Mitunter, wenn wir seit Tagesanbruch an der Arbeit waren und die Maschinen erst im letzten, allerletzten, kaum noch wahrnehmbaren Licht der

Abenddämmerung abstellten, liefen mir Tränen der Wut und der Erschöpfung über die Wangen. Evelyne schlug sich erheblich besser als ich. Trotz ihres Wuchses leistete sie die gleiche Arbeit wie all diese Frauen, die aus was weiß ich für einem unempfindlichen Holz, aus einer schier unermüdlichen Materie geschnitzt waren und am Ende des Tages auflebten, lachten und sich in dem Schatten amüsierten, in den ich torkelte. Ich hatte keine Ahnung, woher sie ihre Kräfte nahm. Diese Leute kannten uns von Geburt an, die Alten hatten unsere Eltern gekannt, die meisten anderen hatten mit uns auf der Schulbank gesessen, und die Jüngeren waren ihre Kinder oder Enkel. Im Gegensatz zu mir fühlte sich Evelyne unter ihnen wohl, und vielleicht schöpfte sie die Energie, die mir fehlte, aus diesem Brunnen des Schmerzes, des Schweißes, des Elends und des schlichten, allen gemeinsamen Überlebenswillens. Ich wusste, dass sie mich nicht besonders schätzten. Um Evelynes Verhalten scherten sie sich im Grunde nicht, auch wenn sie fanden, dass sie sich arg selten auf den Feldern sehen ließ, auch wenn man sie kritisierte und hinter ihrem Rücken über sie lästerte – gegen boshafte Bemerkungen war niemand gefeit. Sie galt als eine der ihren. Ich hingegen war der, der gegangen war, ich war der, der verkaufen wollte.

Ich ließ mich von den Gläsern, die wir gemeinsam leerten, nicht täuschen. Es gab zu viel an mir, was ihnen missfiel. Die ärmliche Garderobe, die ich aus der Stadt mitgebracht hatte, schien sie zu stören, so wie es ihnen auch komisch vorkam, dass sich ein Typ täglich rasierte und kämmte. Und da waren diese Bücher, die ich geschrieben hatte, die, obwohl sie niemals irgendein Interesse geweckt hatten, in ihren Augen stets Anlass zum Misstrauen boten. Selbst mein Körper ärgerte sie. Ich hatte weder ihre Kraft noch ihre Ausdauer, ich war unfähig, einen Sack Dünger hochzuheben und über meine Schulter zu werfen, ich schlotterte bei Wind und Kälte, meine Haut war weiß, ich holte mir schnell einen Sonnenbrand, eine simple Grippe streckte mich nieder, ich verstand es nicht, den Himmel zu deuten, ich spürte nicht, wenn Regen bevorstand, ich hatte keine Lust, auf die Jagd zu gehen, keine Lust, Karten zu spielen, ich konnte nicht einmal ein Messer vernünftig schleifen, ich drehte mir meine Zigaretten nicht usw.

Evelyne behauptete, ich bildete mir das nur ein. Wenn es im Laufe der Jahre auch vorgekommen war, dass ich selbst nicht mehr wusste, woran ich war, so dass ich ihr mitunter heimlich Recht gab – diesmal war ich schnell ernüchtert. Nie zuvor war mir die verstohlene Abneigung, die sie mir gegenüber hegten, mit solcher Klarheit erschienen wie während dieser fürchterlichen Ernten. Aber ich zahlte es ihnen heim.

Oh, sie waren gerissen genug, mir ihre Antipathie sorgfältig zu verheimlichen! Von einigen banalen Scherzen abgesehen, hüteten sie sich, mir ihre Feindschaft offen zu erklären!

Wenn ich abends wie gerädert heimkehrte und mich ächzend auf mein Bett fallen ließ, verfluchte ich sie alle, ausnahmslos.

Nirgendwo hatte ich meinen Platz gefunden. Nie hatte ich mich in der Gesellschaft anderer Personen wohl gefühlt. Diese Bücher, mit denen ich mir nur Spott zugezogen hatte, die hatte ich nur um der Einsamkeit willen geschrieben, die sie mir verschafften. Ich hatte mich keinem Talent verpflichtet gefühlt. Die tiefe, einzige, alleinige Wahrheit, die sie enthielten, stand nicht in den Wörtern, die ich aneinandergereiht hatte. Nie wäre ich imstande gewesen – ja hätte ich überhaupt Gefallen daran gefunden? –, den Verdruss, die Verzweiflung, die Verachtung und die unendliche Enttäuschung zum Ausdruck zu bringen, die mir das Leben einflößte.

Am Abend bereiteten die Frauen das Essen zu, während die Männer die letzten Garben banden, die Maschinen zur Seite fuhren und überprüften, gewissenhaft die Qual der nächsten Tage organisierten. Wir rückten die Tische und Stühle zu dieser verdammten allabendlichen Zusammenkunft nach draußen, als reichte es nicht, dass wir schon den ganzen Tag gemeinsam geschuftet hatten. Für mich war das mit Sicherheit der schlimmste Moment. Warum ließ man mir nicht die Wahl, zwei weitere Stunden zu arbeiten, allein, und müsste ich mich auf Knien über diese Felder mit den scharfen Schollen schleppen, es wäre mir lieber gewesen, als ihre Gesellschaft und ihre Reden zu ertragen! Ich schlich mich davon, sobald ich konnte, verdrückte mich in einen Schatten oder gesellte mich zu den Wagen. Ich bedurfte ihrer Fürsorge nicht, sollten sie ruhig nach mir rufen, mir ihre kleinen Idioten nachschicken... Hielten sie mich für einen armen blinden Trottel?! Ich hatte nichts mit ihnen gemein. Ich war ein Fremder, wo immer ich war. Oder lebte ich auf einem anderen Planeten? Das einzige Geschöpf, das ich wiedererkannte, lachte und scherzte mit diesen unbekannten Kreaturen. Sie war meine Schwester. Es gab keinerlei Wärme, keinerlei Freundschaft, keinerlei geheimes Einverständnis zwischen uns, aber sie war alles, was ich hatte, das Band, das mich über der Finsternis hielt. Und jetzt erst wurde ich mir dessen bewusst. Jetzt, da es zu spät war.

Fortan setzte auch sie mir gegenüber eine Maske

auf. Sie bemühte sich, ein natürliches Gesicht zu machen, wenn wir zusammen waren, aber im Grunde verachtete sie mich. Ich versuchte nicht einmal, sie zu durchschauen. Ich ergötzte mich an ihrer Gewandtheit. Sie war mit Abstand die beste Schauspielerin der ganzen Bande, schade, dass ich ihr nicht applaudieren konnte. Ah, dieses ruhige und entspannte Gesicht, diese heitere Farbe, die ihr die frische Luft verlieh, und dieses neue Lächeln, das sie frühmorgens aufsetzte! Große Kunst! Erkundigte sie sich nach meinen Schmerzen vom Vortag, verschluckte ich mich beinahe an meinem Kaffee. Ach, Evelyne, dieser feine Sand, den du mir so brutal in die Augen streutest...!

Hätten unsere Felder den Anfang gemacht, ich wäre ihnen bestimmt von der Stange gesprungen, und hätte ich mir einen Arm oder ein Bein brechen müssen, aber wahrscheinlich rochen sie das – meint ihr, ich hätte nur einen Augenblick an die *Logik* eurer Entscheidung geglaubt, Bande von Schurken?! –, denn ausgerechnet unsere Ernte kam als Letzte an die Reihe.

Sie schienen von einer Art Rausch erfasst zu sein. Für den Moment hatten sie vergessen, dass die Ernte miserabel war. Hätten sie dieser Erde nicht mehr als drei kümmerliche Körner entrupft, sie hätten sie tobend gen Himmel gereckt. Sie ließen sich von ihrer eigenen Erschöpfung mitreißen. Diese Manie, nur ja keine Mühe zu scheuen – im Winter pflückten die Frauen Schneeglöckchen, von denen sie kaum die Salbe für ihre Erfrierungen bezahlen konnten –, dieser Starrsinn, zu glauben, der Schweiß sei die Antwort auf alle Fragen. Hatten sie nicht das Gefühl, die Elemente bezwungen zu haben, ihnen zuvorgekommen zu sein, wenn sie sich über die aufziehenden Gewitter lustig machten? Hatten sie sich in dieser Höllenglut nicht gut gehalten, hatten sie nicht Himmel und Erde getrotzt …? Ihre Verrücktheit, ihre Blindheit, die Lächerlichkeit ihres Sieges widerten mich an. Die Euphorie, in die sie sich hineinsteigerten, brachte mich in Wut. Hätte ich die Möglichkeit gehabt, auf der Stelle hätte ich das ganze Gut für einen Bissen Brot verkauft.

Wir waren schon vierzehn Tage an der Arbeit, als die Sippe in unsere Ländereien einfiel. Ich war mit den Kräften am Ende, erbost, dass ich sie alle gegen mich hatte, von dem Gedanken an die gähnende Leere gequält, in die ich mich ohne jede Aussicht auf Rückkehr gestürzt hatte. Und ich musste sie ertragen, mehr denn je.

Bei Einbruch der Dunkelheit strömten die Frauen und Kinder ins Haus. Die Männer setzten sich im Hof zu Tisch und tranken Wein. Dieses

Haus war Ruhe gewohnt, dieser Hof war nicht für Menschenansammlungen gedacht. Dieses ganze Chaos trieb mich um.

Jetzt machten sie es sich bequem. In zwei, drei Tagen würde die Arbeit vorbei sein, die schwarze Nacht drängte sie nicht mehr heimzukehren. Sie saßen wie verwurzelt auf den Stühlen, während die Kinder im Wohnzimmer einschliefen. Sie tranken Kaffee, und meine Schwester brachte ihnen einen Schnaps, der sie geschwätziger, unflätiger, vergnügter machte denn je. Die Frauen wurden kokett, die hemmungslosesten knöpften sich seufzend ein wenig auf, murmelten ein paar Worte über die Schwüle der Nacht. Die Männer blinzelten und machten grobe Scherze, während die Alten in ihren Erinnerungen kramten und die immergleichen Geschichten über unsere Eltern wiederkäuten. Sie deuteten auf die Axt in dem Holzklotz, mit der sich mein Vater drei Zehen abgetrennt hatte, und wie er dann, eine Blutspur zurücklassend, in die Stadt gegangen war, ohne irgendwem einen Ton zu sagen, oder damals, wo meiner Mutter in der Kirche die Fruchtblase geplatzt war, ja, ja, um ein Haar, mein Junge, wärst du im Haus des Herrn geboren! Ich bekam Kopfschmerzen von diesem dummen Zeug, händeringend weinte ich auf meinem Bett. Ich weiß nicht, wie ich all das ertrug. Und dieser

Ruch von Sexualität, der in der Luft lag, diese Lüsternheit, die mit der Abenddämmerung aufstieg, wenn ich in den letzten Zügen lag, weil ich ihrem Juckreiz erlegen war, wenn meine armselige Welt in einem Augenblick der Schwäche, um eines Bildes willen, das mich erregte, in einen Abgrund stürzte.

Als ich an jenem Morgen aufwachte, fand ich keinerlei Stärkung bei dem Gedanken, dass unsere Arbeit noch vor Sonnenuntergang ein Ende nähme. Im Gegenteil, ich fühlte mich nervös und angespannt, mein Geist schmerzte, meine Wangen brannten. Evelyne fragte mich, was los sei. Ich warf ihr einen finsteren Blick zu und begnügte mich mit einem Grinsen. Diese Ernten hatten sie fast schön gemacht, wohingegen sich meine Nase schälte, die Gliederschmerzen ließen mich schrumpeln, meine Arme und Hände glänzten wie Würste. Ich war grotesk. Dass ich anscheinend als Einziger für unseren armseligen Beischlaf büßen musste, erfüllte mich mit einem rasenden Gefühl der Ungerechtigkeit. Zuweilen kochte ich buchstäblich, so wütend war ich auf sie. Verdankte ich es nicht ihrem Starrsinn, dieser erbärmlichen Verbissenheit, mit der sie an diesen Ländereien festhielt, dass ich diese Hölle der letzten Tage hatte durchmachen müssen...?! Sollte ich als Einziger diese Qualen erleiden...?! Es war wie ein Dolchstoß, der mir den Rest gab, wenn ich sie anschaute und an die stillen Tage dachte, die wir fern von hier hätten verbringen können, und ich hätte dich umhegt, Evelyne, du glaubtest, ich sei dazu nicht fähig, aber ich hätte für alles gesorgt.

Jener Tag war noch schlimmer als die andern. Mag sein, dass es nur mein eigener Wahn war, doch mir schien, als hätte der himmlische Backofen all seine Pforten geöffnet und als wirble ein glühendheißes Pulver mit einem schrillen Zischen durch die Luft. Jemand von meiner Konstitution hätte im Verlauf dieser Prüfung tausendmal vor Erschöpfung zusammenbrechen müssen, aber diesen Gefallen wollte ich ihnen nicht tun. Eine fahle Wut übermannte mich, wenn ich ihre Gesichter beobachtete. Man mochte glauben, nichts könne sie aufhalten, so als stammten sie von Galeerensklaven ab oder als sei ihr Hirn geschmolzen. Immerhin verlangsamte sich in dem Maße, wie wir uns dem Ziel näherten, der Rhythmus (was ich nur unbeteiligt zur Kenntnis nahm, denn mein Körper empfand nicht die geringste Erleichterung). Einer nach dem andern gönnten sie sich einige Minuten Pause und schlenderten gelassen, sich den Nacken abwischend, zum Saum des Feldes hin, wo wir unsere in feuchte Tücher eingewickelten Flaschen und Gläser im Schatten aufbewahrten.

Gegen Mittag wurde gebummelt, und die Kinder wurden losgeschickt, um einen Nachschlag an Wein zu holen, zwei Fahrradpacktaschen voll. Ich wäre sicher verendet, wenn ich bei dieser Hitze auch nur ein Glas getrunken hätte, sie jedoch, sie entsagten dem nicht, und sie waren fröhlich. Ich zog mich zum Fuße eines Baumes zurück, in der Absicht, einen Moment zu dösen – der kurze Augenblick, da ich sie vergäße, wäre wie geweihtes Brot –, als mir Evelynes schändliches Spiel auffiel. Es handelte sich um einen Rothaarigen, der auf einem Nachbarhof arbeitete, eines dieser Großmäuler, deren Namen ich nicht einmal kannte. Die Sache schien schon weit gediehen, als ich endlich Lunte roch, und das aufgrund einer leichten Berührung, in der sich selbst der letzte Trottel nicht getäuscht hätte. Ich fühlte mich sogleich wie erschlagen. Und bis zur Fortsetzung der Arbeit tat ich nichts anderes, als Beweise zu sammeln – der ganze widerliche Kram, den eine Frau aufbieten kann, vom verliebten Blick bis zu dem schmachtenden Blitz, den sie unter ihrem Rock hervorscheinen lässt –, und ich blieb wie benommen, zog vor Abscheu die Beine an. Weshalb hatte ich das nicht früher bemerkt...?! Wo kam er her, dieser Ziegenbock mit dem verschlagenen Gesicht, dieser lüsterne Faun...?! Ich stand bebend auf. Aber sie waren beide zu sehr mit ihren Schlichen beschäftigt, als dass sie sich um das Feuer gesorgt hätten, das mich versengte. Einen Großteil des Nachmittags beobachtete ich sie, schluckte die Wut, die mir den Atem nahm. Wäre ich nicht sicher gewesen, dass mich dieser Typ mit einem Faustschlag niederstrecken konnte, ich hätte mich auf sie gestürzt. Der Schweiß, der meinem ganzen Körper entwich, brannte wie Gift, und er rührte nicht mehr von meiner Anstrengung, sondern von meiner Wut her, einzig von der Raserei meiner Empfindungen.

Am späten Nachmittag räumten wir ein letztes Mal das Feld. Es war nur noch ein kleines Stück zu mähen, direkt neben dem Haus, eine Stunde, meinten sie, nicht mehr. Mir erschien dieses Feld unendlich groß. Was für sie nur ein gelinder Witz war, nahm in meinen Augen gigantische Ausmaße an. Bei näherer Betrachtung war das alles wohl gar nicht so wild, und doch war ich erschüttert, den Tränen nahe, als hätte man mich so sehr gefoltert, dass ich beim Anblick einer Nadel ohnmächtig wurde. Und wir hatten uns kaum wieder an die Arbeit gemacht, als ich mich jäh aufrichtete. Wo waren die beiden?! Ich sah sie nicht mehr! Mein Denken trübte sich. Einen Moment lang glaubte ich den Verstand zu verlieren, meine Schläfen pochten wie wild.

Dann erblickte ich sie neben der Scheune, in dem weichen, güldenen Licht. Der Rotfuchs kreuzigte sie mit seinen Armen gegen die Wand aus Tannenholz und beugte sich über ihren Hals. Plötzlich drehte sich mein Magen um, und ich erbrach mich vor meine Füße. Aber statt mich zu schwächen, trieb mir dieses Unwohlsein das kochende Blut nur noch mehr ins Hirn. Ich richtete mich auf und ging auf die zwei zu. Auf dem Weg hob ich das nächstbeste Teil auf, einen trockenen Kirschbaumzweig von stattlichem Kaliber. Sie hörten mich nicht kommen, und wenn, hätte es vermutlich auch nicht viel geändert, denn meine Wut war so, dass er mir nicht entfliehen konnte. Evelyne hatte die Augen gen Himmel verdreht. Nicht, dass sie es miteinander trieben, aber so gut wie, der Kerl hatte die Beine ein wenig durchgebogen – er war groß, der Tölpel! – und rieb sich an ihrem Unterleib. Ich stieß ein wildes Brüllen aus und schmetterte ihm meinen Prügel mit voller Wucht gegen den Rücken.

Eigentlich hätte ihn ein derartiger Hieb mindestens ins Krankenhaus bringen müssen. Aber ich war verflucht. Das wurmstichige Holz zerbröckelte wie von Zauberhand an seinen Rippen. Eine Sekunde lang betrachtete ich fassungslos meine leeren Hände, dann versuchte ich sie um seine Kehle zu legen. Vergebliches Bemühen.

Ich fühlte mich gepackt, hochgehoben, misshandelt von den anderen, die ihm in einem Anflug guter Laune zu Hilfe eilten. Der Rotfuchs begnügte sich damit, mich lächelnd anzuschauen, während er sein Hemd abklopfte und er sich den Staub, den ich auf ihn hatte niedergehen lassen, aus seiner feuerroten Mähne schüttelte. Man freute sich über diese Ablenkung. Man blies mir nach Wein stinkenden Atem ins Gesicht. Man fragte sich, was ich in der Birne hatte. Man befand, dass ich einen leichten Sonnenstich hatte. Man wusste ein Mittel dagegen.

Man transportierte mich in den Hof, gab mich dem allgemeinen Gespött preis. Eine Frau, die ich nicht zu identifizieren vermochte, schlug vor, mich zu tunken. Man amüsierte sich königlich, auf dem ganzen Weg war die Heiterkeit groß. Die Kinder liefen nebenher, manche erkühnten sich, mich an den Haaren zu ziehen.

Man warf mich in die alte Jauchegrube, die ein einziges Gemisch aus fauligem Wasser und diversen Sauereien war. Man beugte sich über den Rand und schlug sich auf die Schenkel, während ich hustete und halb erstickt nach Luft schnappte. Dann half man mir hinaus. »Na los... Nichts für ungut!«, hieß es, bevor man umkehrte.

Von diesem Tag an habe ich kein einziges Wort

mehr gesprochen. Etwas war passiert, als sie mich in diese Grube warfen. Die Schweinerei oder der Gestank dieser Stätte mochten nicht sehr angenehm sein, doch sie waren es nicht, die mir einen Schock versetzten. Hätte man mich in eine kristallklare Quelle gestoßen, es hätte letztlich nichts geändert. Oh, ich behaupte nicht, dass ich an meinen Fehlern unschuldig war. Aber, Evelyne, vergiss die finstere Wut nicht, die mich beseelte, als sie mich in dieses Wasser warfen. Man härtet Metall, wenn man es erhitzt und dann wieder abkühlt, wusstest du das nicht?

Ich ging hoch, um mich zu säubern und umzuziehen. Dann trug ich zwei große Korbflaschen Wein herbei und stellte sie auf den Tisch. Ich holte Stühle, arrangierte Teller und Besteck, schnitt das Brot und machte mich daran, Glühlampen anzubringen, um den Hof zu erleuchten. Ich war kaum fertig, als die Frauen eintrafen.

Evelyne warf mir einen vernichtenden Blick zu, aber ich lächelte und schlug wohlweislich die Augen nieder. Die Vorbereitungen, die ich getroffen hatte – bestimmt war niemand auf einen so hübsch gedeckten Tisch gefasst –, meine halb betretene, halb schwachsinnige Miene und vor allem die köstliche Erleichterung, mit der Ernte fertig zu sein, und wahrscheinlich auch der Wein, den sie getrunken hatten, die besänftigte Glut der Sonne, die sich langsam dem Horizont zuneigte, die Stille, das Schweigen und der dumpfe Frieden, den die Erde wie nach einem Gefecht ausdünstete, all das gereichte mir zum Vorteil. Dann trafen die Männer ihrerseits ein. Man einigte sich darauf, die Geschichte zu vergessen und sich ein wenig zu vergnügen, denn so viele Gelegenheiten, sich zu freuen, gab es auf Erden nicht. Man forderte den Rotschopf und mich auf, uns die Hand zu reichen. Ein Wunsch, dem ich gerne nachkam, ganz Lächeln, aber stumm wie ein Grab. Und Evelyne und mich, uns drängte man mit schmeichlerischer Überzeugungskraft einander in die Arme. Wir hatten uns seit ewigen Zeiten nicht mehr umarmt. Ich erzitterte bei diesem Kontakt. Dann löste ich mich unter lautem Beifall von ihr.

Man aß früh, um alsbald zum Trinken und Tanzen überzugehen. Ich holte den nötigen Wein herbei, und die Sonne ohrfeigte ihre hochroten Gesichter und ließ sie blinzeln. Ich trank nichts. Ich war ihr schweigsamer und reuiger Sklave. Ich kam, ich ging, machte den Kindern unsere Obstkonserven auf, schnitt und verteilte die Stücke des riesigen Kuchens, den wir im Supermarkt der Gegend erstanden hatten, bot ihnen meine Zigaretten an und rückte den erschöpften Tänzern einen Stuhl heran. Ich kümmerte mich sogar um die Musik, ging pfleglich mit ihren Singles um, ich legte auf, was sie wollten. Was mich nicht davon abhielt, Evelyne im Auge zu behalten.

Der Rotschopf hatte meinen Händedruck offenbar für bare Münze gehalten. Ich fragte mich sogar, ob er darin womöglich eine Ermunterung oder, warum nicht, meinen warmherzigen Segen gesehen hatte. Ich schaute ihnen lächelnd zu, während sie tanzten. Ich sah mit an, wie sie sich aneinander rieben. Einmal ertappte ich sie dabei, wie sie in der Küche schnäbelten. Ich klopfte ihm auf die Schulter, und ohne von meiner neuen Jovialität abzulassen – darauf bedacht, ja keinen Blick auf meine Schwester zu werfen –, streckte ich ihm die Flasche Wein entgegen. Er zögerte einen Moment, dann hielt er mir sein Glas hin. »Du bist vielleicht 'ne Nervensäge...«, maulte er, während eine grässlich vergnügte Fratze sein Gesicht zu erhellen begann. Ich verdrückte mich, bevor er mich noch aufforderte, ihm zuzuprosten.

Die Sonne tanzte am Horizont, spie eine Flut orangen Lichts aus, das einen fast vom Boden hob. Sie färbte die blauen Schürzen violett, das Geschirr funkelte wie Gold, und mein Rotschopf wanderte mit seiner rubinroten Krone auf dem Kopf durch den Hof. Ich wartete einen Augenblick, bevor ich ihm nachging. Die anderen vergnügten sich, tanzten und lachten. Strahlend, wie sie waren, fanden sie sich schön und reich. »Herr! Gib uns Wein, Freude und Sorglosigkeit...!«

Ich schlich um das Haus herum, näherte mich der Scheune, deren Fassade jetzt tiefrot erzitterte und die einen riesigen Schatten auf den Hügel gegenüber warf. Wir bewahrten darin das Stroh und das Heu für unsere beiden elenden Kühe auf, und wir hofften stets, ein wenig davon zu verkaufen, aber wir hatten einen verdammten Vorrat am Hals. Ich hätte wetten können, dass das die Stelle war, die sie sich ausgesucht hatten. Ich verscheuchte eine Wolke von Insekten, die über meinem Kopf kreisten, und trat näher, um einen Blick durch die Tannenbretter zu werfen.

Sie hatte ihre Röcke geschürzt, sie bot ihm ihren weißen Arsch dar.

Ich wandte mich eilig ab. Drückte mich gegen die Wand, fiebernd, hechelnd. Fast hätte ich mich erneut übergeben, aber ich presste die Arme gegen die Brust und ließ mich, tief durchatmend, zu Boden sinken. Mein Feuerzeug fiel mir aus der Tasche. Ich hob es auf. Sah es an. Ließ die Flamme auflodern. Ich hörte die Musik in der Ferne. Das obszöne Glucksen meiner Schwester. Aber nein, ich war wirklich zu feige. Und so, den Blick auf das letzte Licht der Abenddämmerung gerichtet, alles hatte ich verloren, selbst die Sprache, so blieb ich, endlich bar jeder Hoffnung.

Bernard MacLaverty

Ein Pornograph verführt

Mit dem Rücken an einen Felsen gelehnt, sitze ich auf dem warmen Sand und betrachte dich, mein Schatz. Du kommst gerade vom Schwimmen zurück und bist über und über mit Wasserperlen bedeckt. In deinen dicker werdenden Bauchfalten kleben Sandkörner. Deine feinen Beinhaare sind unterhalb der Knie schwarz und vom Meer alle in eine Richtung geschniegelt. Jetzt bietet sich dein Körper ganz der Sonne dar, verlangt nach einem tieferen Braunton. An der See wirst du schnell braun. Den Kopf hast du von der Sonne abgewendet und in den Schatten deiner Schulter gelegt, gelegentlich schlägst du ein Auge auf, um dich der Kinder zu vergewissern. Du hast einen schwarzen Bikini an. Deine Mutter sagt zwar nichts, aber es liegt auf der Hand, dass sie ihn missbilligt. Wie blasse Blitze fahren Schwangerschaftsnarben in deinen Unterleib.

Bäurisch sitzt deine Mutter in einem Baumwollkleid zwischen uns. Sie trägt derbes, schwarzes

Schuhwerk und dicke Florgarnstrümpfe. Wenn sie die Beine übereinanderschlägt, kann ich den rosa Schlüpfer sehen, den sie anhat. Sie hat noch nie Ferien gemacht und weiß nicht so recht, wie sie sich verhalten soll. Sie versucht Zeitung zu lesen, aber die leichte Brise, die heute geht, weht ihr ständig die Seiten um. Schließlich faltet sie die Zeitung zu einem kleinen Viereck zusammen und liest sie auf diese Weise. Sie hält das Viereck in der einen Hand, mit der andern beschattet sie ihre Brille.

Mit jener merkwürdigen Behendigkeit, die sie an sich haben, wenn sie barfuß über geriffelten Sand laufen, kommen zwei der Kinder den Strand entlanggerannt. Sie sind ganz braungebrannt und splitternackt – wieder etwas, was Großmutter, wie wir ihrem Schweigen entnehmen können, missbilligt. Sie wollen Schaufel und Eimer holen, denn sie haben ein S-förmiges braunes Etwas gefunden, das sie herbringen und mir zeigen wollen. Das älteste Mädchen, Maeve, rennt davon und wird unglaublich klein, bevor sie den Uferrand erreicht. Anne, ein Jahr jünger, bleibt mit ihrem Kwaschiorkor-Bauch neben mir stehen. Sie hat das braune Dings schon wieder vergessen und untersucht etwas auf dem Felsen hinter mir. Sie sagt »Blutsauger«, und ich drehe mich um. Erst gewahre ich nur einen, aber dann blicke ich zur Seite und erkenne einen nach dem andern. Der Fels wimmelt nur so von ihnen – winzige, nadelspitzengroße, scharlachrote Spinnchen.

Maeve kommt mit dem Eimer zurück, in dem sich, mit Meerwasser bedeckt, das braune Etwas befindet. Es ist ein Moostierchen, und ich bringe ihr die Bezeichnung bei. Sie schüttelt sich und sagt, es sehe widerlich aus. Es ist etwa so groß wie eine Kinderhand, ein elliptischer Hügel, der mit spitzen Härchen übersät ist. Ich trage es zu dir hinüber, und du öffnest ein Auge. Ich sage: »Sieh mal!« Deine Mutter wird neugierig und fragt: »Was ist denn das?« Ich zeige es dir und zwinkere dir dabei mit dem ihr abgewandten Auge zu. Aber du verstehst die Anspielung nicht, denn auch du fragst: »Was ist das denn?« Ich erkläre dir, es sei ein Moostierchen. Maeve zieht ab und schwenkt ihre Schaufel in der Luft.

Ich habe dich gestört, denn jetzt richtest du dich auf deinem Handtuch auf und winkelst die Knie in Brusthöhe an. Ich fange deinen Blick auf, du fixierst mich den Bruchteil einer Sekunde länger, als wenn du nur mal eben herüberblicken wolltest. Du stehst auf, kommst zu mir herüber und beugst dich herab, um einen Blick in den Eimer zu werfen. Ich sehe das Weiße in der Tiefe zwischen deinen Brüsten. Die Hände auf den Knien, lehnst du dich vor, hebst den Blick und siehst mich durch deine herabfallenden Haare hindurch an. Ich täusche ein Gespräch vor, wobei ich deine Mutter, die sich wieder abwendet, nicht aus den Augen lasse. Du hockst dich neben den Eimer, spreizt die Schenkel und schürzt die Lippen. Du sagst: »Es ist heiß«, und lächelst, dann legst du dich wieder auf dein Handtuch. Es macht mich rasend.

Ich greife in deinen Korb, in dem sich alle möglichen Kindersachen befinden, deine verstohlen hineingestopfte Reizwäsche, eine Flasche Fruchtsaft, Sonnenöl – schließlich mein Notizheft und mein Kugelschreiber. Es ist ein schmales Notizheft, dessen Seiten oben von einer Drahtspirale zusammengehalten werden. Ich betrachte dich, wie du ölglänzend vor mir liegst. Wenn du dich hinlegst, verschwinden deine Brüste fast völlig. Aus deiner Scham lugen einige Härchen hervor. Andere, weiter unten, hast du dir schamhaft abrasiert. Auf der Innenseite deines rechten Fußes befindet sich die dunkle Krampfader, die nach der dritten Geburt hervortrat.

Ich fange an aufzuschreiben, was wir in diesem Augenblick miteinander treiben müssten. Zum ersten Mal schreibe ich Pornographie und spüre deutlich, wie sich in meiner Badehose eine Schwellung abzeichnet. Ich lache, schlage die Beine übereinander und schreibe weiter. Als ich ans Ende der zweiten Seite gelange, habe ich das Pärchen (das unsere Namen trägt) bereits ins Hotelzimmer verfrachtet. Sie beginnen sich auszuziehen und einander zu liebkosen. Ich schaue hoch, deine Mutter blickt direkt zu mir herüber. Sie lächelt, und ich erwidere ihr Lächeln. Sie weiß, dass ich von Berufs wegen schreibe. Ich »arbeite«. Gerade habe ich dir dein Höschen über die Knie gestreift. Ich fahre fort und lasse uns die ausgefallensten Dinge anstellen. Meine Phantasie eilt meinem Stift um Seiten voraus. Nur mit Mühe komme ich mit dem Schreiben nach.

Nach fünf Seiten ist es vollbracht. Ich reiße die Blätter heraus und reiche sie dir. Du drehst dich auf die andere Seite und fängst an zu lesen.

Die plötzliche Bewegung muss deine Mutter wachgerüttelt haben, denn sie kommt zum Korb herübergelaufen und durchwühlt ihn bis auf den Grund nach einer Tüte Pfefferminzbonbons. Sie setzt sich neben mich auf den Felsen und bietet mir einen an. Ich lehne dankend ab, daraufhin steckt sie sich selbst einen in den Mund. Zum ersten Mal in diesem Urlaub hat sie ihre Scheu überwunden, sich allein mit mir zu unterhalten. Sie sagt mir, wie sehr es ihr gefalle. Der Urlaub bringe sie auf andere Gedanken. Ihre Haare sind stahlgrau und dunkeln an den Wurzeln. Als sie nach dem Tode deines Vaters allein zurückblieb, wussten wir, dass sie einen Tapetenwechsel gebrauchen könne. Ich halte sie für eine Frau, die ihre Gefühle, so gut sie nur kann, für sich behält. Ein einziges Mal vertraute sie uns an, wie sie mehrere Male hintereinander morgens nach dem Aufstehen zwei Eier in den Topf gelegt habe. Was ihr zu schaffen mache, sei die lange Dauer jedes einzelnen Tages. Mir ist aufgefallen, dass sie im Speisesaal zunächst völlig verängstigt war, aber jetzt gewöhnt sie sich allmählich daran und bemängelt sogar, wie langsam die Bedienung sei. Mit einem alten Priester, den sie im Salon kennengelernt hat, hat sie eine Bekanntschaft angeknüpft. Bei Ebbe geht er am Strand spazieren, wobei er stets seinen Hut aufhat und in einer Hand ein zusammengerolltes Regencape trägt.

Ich schaue dich an, du bist immer noch in die Lektüre vertieft. Mit dem Ellbogen stützt du dich auf, die Schultern hast du hochgezogen: Du schüttelst dich vor Lachen. Als du ausgelesen hast, faltest du die Blätter immer kleiner zusammen, dann drehst du dich auf den Rücken und schließt die Augen, ohne auch nur einen Blick in unsere Richtung zu werfen.

Deine Mutter beschließt, zum Ufer zu gehen, um die Kinder zu beaufsichtigen. Sie läuft mit verschränkten Armen, da sie es nicht gewohnt ist, nichts tragen zu müssen. Ich gehe zu dir hinüber. Ohne die Augen zu öffnen, sagst du mir, ich sei unflätig – obwohl deine Mutter fünfzig Meter weg ist, flüsterst du. Du forderst mich auf, die Seiten zu verbrennen, sie zu zerreißen sei nicht sicher genug. Ich ärgere mich darüber, dass du sie nicht so aufnimmst, wie sie gemeint waren. Ich falte die Blätter auseinander und lese sie zum zweiten Mal. Wieder stellt sich die Schwellung ein. Ich muss über einige meiner künstlerischen Versuche lachen – »das Klappern der Jalousien«, »die leuchtende, pulsierende Flut« –, und stopfe die Seiten in meine Hosentasche auf dem Felsen.

Plötzlich kommt Anne herbeigerannt. Der Mund steht ihr offen, sie schreit. Jemand hat sie mit Sand beworfen. Du setzt dich auf, Ungläubigkeit in der Stimme, dass deinem Kind dergleichen widerfahren könne. Du schlingst die Arme um ihren nackten Körper und nennst sie »Lämmchen« und »Engelchen«, doch sie hört nicht auf zu weinen. Aus deiner Handtasche kramst du ein Papiertaschentuch hervor, befeuchtest eine Ecke und fängst an, den Sand abzuwischen, der ihr um die Augen klebt. Währenddessen betrachte ich dein Gesicht. Aufmerksam, tüchtig, ein schönes Gesicht, das ganz der anderen Person gewidmet ist. Du, die Mutter meiner Kinder. Mit der Zunge befeuchtest du erneut das Taschentuch. Das Weinen will nicht enden, so gehst du dazu über, das Kind leise auszuschelten, und gibst ihm gerade genug Selbstvertrauen, dass es aufhört. »Ein großes Mädchen wie du?« Du drückst das gesäuberte Gesicht des Kindes an die weiche Rundung deines Halses, und die Tränen versiegen. Aus dem Korb zauberst du ein Pfefferminzbonbon hervor, und beide seid ihr auf und davon. Du beugst dich beim Gehen in der Hüfte, um auf gleicher Höhe mit dem Gesicht deines Kindes lachen zu können.

Wo der Schimmer des Sands und das spiegelglatte Meer zusammenkommen, da bleibst du stehen und unterhältst dich mit deiner Mutter. Du bist viel größer als sie. Dann kommst du wieder auf mich zu, die Hälfte der Strecke legst du in einem steifbeinigen Laufschritt zurück. Als du den Felsen erreichst, winkelst du die Beine an, ziehst dir die Jeans über. Ich frage, wohin du gehst. Aus dem Knopfloch deines T-Shirts – deine Taille ist nackt – lächelst du mich an und sagst, dass wir ins Hotel zurückgehen.

»Mammy kommt mit den Kindern in etwa einer Stunde nach.«

»Was hast du ihr gesagt?«

»Ich habe ihr gesagt, dass du vor dem Abendessen unbedingt noch einen Drink möchtest.«

Rasch laufen wir zum Hotel zurück. Zuerst umfassen wir uns an den Hüften, aber das ist genauso unpraktisch wie ein Wettlauf, bei dem ein Paar an einem Bein zusammengebunden wird. So lösen wir uns aus der Umarmung und halten nur noch Händchen. Im Hotelzimmer gibt es zwar keine Jalousien, doch in der Brise, die durchs offene Fenster hereinweht, bauschen sich die weißen Tüllgardinen und werfen Falten. Es ist warm genug, um sich auf die Steppdecke zu legen.

Was wir tun, hat jenen eigentümlichen Geruch der See. Hinterher, als wir, nach gestilltem Verlangen, in der Bar sitzen, sage ich dir das auch. Du lächelst, und wir warten auf die Rückkehr deiner Mutter und unserer Kinder.

Arnon Grünberg
Rosie

In der Pizzeria, wo wir seit drei Stunden saßen und wo es Rosie zufolge nach Rattengift roch, steckten wir uns alle zehn Minuten eine neue Zigarette an. Wir tranken Bier aus großen bayerischen Maßkrügen, und ich wollte eigentlich an gar nichts denken, nicht an Amsterdam, nicht an meine Mutter, auch nicht an die Fächerkombination, die ich jetzt bald wählen musste, denn es gab keine einzige Kombination auf der Welt, die mir gefallen hätte.

Rosie sagte: »Vielleicht haben sie ihre Zigaretten in unserer Pizza ausgedrückt.« Im Sommer hatten wir einen Film gesehen, in dem das jemand gemacht hatte. Wir bestellten noch ein Bier und kamen zu dem Schluss, dass unsere Pizza wirklich vom Typ »weg in den Abfalleimer« war. Wir schworen uns: »Nie wieder Pizza.«

Dann sagte sie: »Von Asche im Bier stirbt man.«

Danach liefen wir wieder durch Antwerpen, weil wir noch nicht in unser Hotel zurückwollten. Alles war geschlossen. Vielleicht liefen wir auch einfach in der verkehrten Gegend herum. Plötzlich sagte sie: »Ich will in eine Live-Show, los, komm schon. Ich hab noch nie eine Live-Show gesehen.« Zuerst dachte ich, sie mache Spaß, doch sie meinte es ernst. Wir gingen in eine Telefonzelle und suchten unter »L« – wie Live-Show –, doch wir fanden nichts. Vor Wut hämmerte sie so fest auf den Apparat, dass einige Leute stehenblieben.

Unser Zimmer war klein und feucht. Ich machte das Fenster auf. Der Innenhof wurde von ein paar Scheinwerfern beleuchtet, die Leute aus der Küche schütteten Eimer voll Essensabfälle in die Container und man hörte Katzen fauchen. Wahrscheinlich kämpften sie um das Essen. Dann verschob Rosie die Betten. Das war eine Riesenaktion, weil das Zimmer klitzeklein war. Zuerst musste der Tisch weg, und sie schob ihn gegen die Tür. Die Vase fiel um, aber zum Glück war kein Wasser drin. Die Blumen waren aus Plastik. Danach fing sie an, die Betten zusammenzuschieben. Das war fast unmöglich, denn es waren Betten aus Eiche oder was weiß ich für einem Holz, jedenfalls waren sie sauschwer. Sie warf die Matratzen raus, und danach ging es etwas leichter. Ich saß immer noch auf der Fensterbank und fragte mich, ob die ganze Rumräumerei wirklich nötig war. Sie sagte: »Seit ich dreizehn bin, hab ich nicht mehr in einem Einzelbett geschlafen.« Ich glaubte ihr kein Wort. Sie sagte öfter Sachen, die gar nicht stimmen konnten, und ich weiß immer noch nicht, warum sie das machte. Jeder fand sie schön, man konnte sich über viele Dinge mit ihr unterhalten, und selbst Leute, die sie gar nicht kannten, boten ihr etwas zu trinken an. In der Eisdiele wollten sie sie für den Rest des Jahres behalten, aber auch dort ist sie weggegangen, weil sie sich über alle möglichen Sachen in dem Laden ärgerte.

Das Gequietsche der Bettpfosten beim Verschieben war so schlimm, dass ich dachte, die Hotelleitung würde uns jeden Moment hinauswerfen. Rosie sagte, das sei unmöglich, der Tisch stehe vor der Tür. Niemand konnte rein oder raus.

Eine Dusche hatten wir auch auf dem Zimmer, in einem Kleiderschrank, nur war der Vorhang nicht besonders neu, so dass beim Duschen das ganze Zimmer nass wurde, und so, wie das Bett jetzt stand, würde es auch noch nass werden. Darum beschlossen wir, erst am nächsten Morgen zu duschen. Als wir endlich im Bett lagen, konnte sie sich nicht entscheiden, auf welcher Seite sie liegen wollte. Alle fünf Minuten legte sie sich anders hin, doch zu guter Letzt nahm sie die Seite zur Dusche hin, damit sie am Morgen als Erste drin wäre. Zwischen den Betten war ein riesiger Spalt: Wer da hineinfiel, brach sich garantiert die Rippen. Wir hätten die Betten also genauso gut stehen lassen können, doch das sagte ich nicht. Dauernd hörte ich Leute über den Gang laufen, aber niemand konnte hinein. Die Tür war abgeschlossen, davor stand der Tisch und davor wieder das Bett.

Schließlich legte sie sich dann doch auf meine Seite. Sie sagte: »Ich zieh mal eben mein T-Shirt aus.«

»Ja«, sagte ich. Durch die Vorhänge drang das Licht der Scheinwerfer im Innenhof. Auch die Vorhänge waren nicht gerade neu, und einige Leute hatten Zigaretten darin ausgedrückt, so dass eine Menge Löcher drin waren. Ihre Brüste waren klein und rund und ihre Brustwarzen so dunkelrot, dass sie fast violett aussahen, genau wie der kleine Kringel drumherum. Ich betrachtete sie, während ich mich schlafend stellte. Ich wusste, dass sie nie einen BH trug. Sie hasste BHS. Ich fand es stark, wenn Frauen keinen BH trugen. Sie hatte ihren Zopf gelöst, und die Haare hingen ihr lang über den Rücken hinunter. Sie rochen noch genau wie am Nachmittag, nur jetzt auch noch ein bisschen nach Bratenfett.

Ich zwirbelte ihr Locken in die Haare; das tue ich immer, wenn ich nervös bin. Sie sagte, ich solle aufpassen, weil Haarezwirbeln weh tun könne. Dann küsste ich ihre Brüste, wie ich es im Fernsehen und im Kino gesehen hatte. Ich dachte dauernd an *Tender is the Night,* und das half enorm. Wir sagten uns all die Dinge, die man sich schon vor zehntausend Jahren gesagt hat, von denen wir aber dachten, dass sie uns gerade jetzt als Ersten und Einzigen einfallen würden. Sie sagte: »Du kannst die Unterhose ruhig anlassen, wenn du willst, 's geht auch mit Unterhose.« Ich sagte, dass wir unsere Unterhosen dann lieber anlassen sollten. Nach einer Weile fragte sie, ob es weh getan hätte, aber das hatte es natürlich nicht. Ich betrachtete die Härchen in ihrer Achselhöhle, die so kurz waren, dass ich keine Locken hineindrehen konnte.

Ihre Haut war viel dunkler als meine, aber meine Haut ist auch so ziemlich die hellste, die man sich vorstellen kann, was im blauen Licht der Scheinwerfer gut zu sehen war. Dann wollte sie, dass wir nebeneinander einschliefen, doch allein schläft man leichter ein als zu zweit, das merkte ich schon nach wenigen Minuten. Nach einer Stunde schlief ich endlich doch ein, aber mitten in der Nacht landete ich im riesigen Spalt zwischen den beiden Betten. Danach kroch ich lieber auf ihre Seite hinüber.

Am nächsten Morgen konnte ich dadurch als Erster unter die Dusche. Es war schon ganz hell, und erst jetzt sahen wir, was für ein Wahnsinnschaos wir im Zimmer veranstaltet hatten: Ein Bettpfosten war beinahe abgebrochen. Ich zog mein T-Shirt aus und stand vor der Dusche, doch drinnen konnte man sich nicht weiter ausziehen, so eng war es dort. Darum steckte ich mir erst einmal eine Zigarette an und rauchte sie vor dem Vorhang. Rosie lag noch im Bett. Sie sah mich an und sagte: »Du siehst aus wie dieser eine Komiker von Koot en De Bie im Fernsehen, kennst du die nicht, die eine Szene?«

Ich kannte sie nicht und rauchte ruhig weiter. Sie musste schrecklich lachen. »Wie du jetzt dastehst«, sagte sie, »mit deiner Zigarette, genau wie Koot, wenn er sich so ungeschickt anstellt.«

»Ich stell mich nicht ungeschickt an, ich rauch nur meine Zigarette auf, bevor ich unter die Dusche geh«, sagte ich.

»*Ich* geh als Erste duschen«, rief sie. Mir fiel die Zigarette aus der Hand, und sie drückte sie im Laken aus.

»Ich bin nur solidarisch mit dem Laken«, sagte sie. »In den Vorhängen sind Löcher, im Duschvorhang sind welche, im Teppichboden auch, warum soll dann das Laken als einziges keine Löcher haben?« Dann war ich nackt, und sie tat so, als würde sie wegsehen. Sie lag auf dem Bett, die Arme hinterm Kopf verschränkt, und sah leicht spöttisch an mir vorbei. Genauso wie meine Schwester früher, wenn sie mir morgens im Bett mit ihrem Äffchen Angst gemacht hatte, so eins, in das man seine Hand reinstecken konnte und das in der Waschmaschine ein Auge verloren hatte.

Den Rest des Tages verbrachten wir in verschiedenen Straßenbahnen und fuhren vom einen Ende der Stadt zum anderen. Zuerst hatten wir ins Museum gehen wollen, um uns vorm Regen in Sicherheit zu bringen, doch Rosie sagte, sie sei in den vergangenen Jahren so oft im Museum gewesen, dass sie jetzt alle Museen der Welt auswendig kenne. Ich konnte sie gut verstehen, denn am Vossius schleppen sie einen wirklich alle fünf Minuten in so ein Museum. Später haben wir uns in einer Spielhalle untergestellt. Dort stand so ein Ding mit Lenkrad, mit dem man auch durch die Berge fahren konnte. Das wollte sie unbedingt ausprobieren. »Los, wir fahr'n uns zu Matsch, volle Kanne!«, sagte sie. Also fuhren wir uns zu Matsch. Volle Kanne.

Danach kauften wir uns Zigaretten und ein Dicke-Titten-Magazin und aßen in einem schicken Restaurant Muscheln. Und wir tranken auf Antwerpen und auf uns und auf bestimmt noch zehntausend andere Dinge.

Wieder liefen wir durch die Stadt. Jetzt waren wir zwar in einer Kneipengegend, aber wir hatten nicht mehr viel Geld. Zu guter Letzt teilten wir uns ein Bier und sahen den Leuten zu, die ein Glas nach dem anderen kippten. Dann fing sie wieder davon an, dass sie jetzt endlich eine Live-Show sehen wolle, bevor sie im Mülleimer verrotten würde. Wenn sie in so einer Laune war, konnte man echt nichts mehr mit ihr anfangen. Darum gingen wir ins Hotel zurück.

Auf dem Bett sahen wir uns Fotos von der Geliebten Henry Millers an und lasen ihre Briefe, die in dem Dicke-Titten-Magazin abgedruckt waren. Dann wollte sie die Betten wieder zusammenschieben. Ich schlug vor, das heute mal zu lassen, doch sie sagte, dass sie dann lieber gar nicht schlafen wolle oder sich gleich auf den Gang vor die Tür legen könne. Also wurden die Matratzen und Decken wieder rausgerissen. Ich hatte Angst, dass wir nicht nur die Bettpfosten ganz abreißen, sondern auch noch den Fußboden zur unteren Etage durchbrechen würden. Schließlich war alles in diesem Hotel wie Pappe, sogar das Frühstück. Natürlich war da wieder das gleiche blaue Licht wie am Vorabend, denn die Scheinwerfer brannten Tag und Nacht, die Katzen fauchten wieder, und ich rauchte meine St.-Moritz-Zigaretten.

Auch diesmal durfte ich meine Unterhose anbehalten, und sie zog wieder ihr T-Shirt aus, doch nach ein paar Minuten sagte ich: »Kannst du jetzt bitte von mir runtergehen?« Sie tat es und steckte sich eine Zigarette an. Sie blies den Rauch in kleinen Wölkchen aus, das konnte sie sehr gut, und ich fragte mich die ganze Zeit, warum ich das auf einmal gesagt hatte. Ich dachte daran, dass ich am nächsten Abend wieder in Amsterdam sein würde, dass dann Freitagabend wäre und die Kerzen brennen würden wie jeden Freitagabend. Trotzdem sagte ich nichts zu ihr, und auch sie redete kein Wort. ›Ich wollte nicht, dass du von mir runtergehst‹, hätte ich gern gesagt. Ich hatte etwas anderes sagen wollen, etwas ganz anderes, doch ich wusste nicht richtig, wie, oder ich hatte gemerkt, dass es genauso sinnlos war, solche Dinge zu sagen, wie sie zu denken, oder vielleicht war ich auch nur durch die Katzen abgelenkt.

Nach einiger Zeit legte ich mich neben sie auf ihre Seite, und alles war genau wie am Abend zuvor. Wir konnten hören, was die Leute auf dem Gang miteinander redeten. Auch die Härchen, die aus ihrem Slip hervorlugten, waren zu kurz zum Zwirbeln. Danach aßen wir jede Menge Lakritz. Sie fragte, ob ich je *Donald Duck* abonniert hätte.

»Ja«, sagte ich, »drei Jahre lang.«

Wir lagen auf dem Bett, die Lakritztüte zwischen uns.

Sie sagte: »Wenn wir zusammenwohnen, brauchen wir nur *ein* Abonnement von allem.«

Dann fragte sie, ob ich wüsste, dass der Mann, der die *Donald-Duck*-Hefte austrug, im Beatrixpark zwei Jungen umgebracht hatte. Das wusste ich, meine Mutter hatte es mir oft genug erzählt. Ich glaubte, dass sie mir das nur erzählt hatte, um mich von meinem Abonnement abzubringen. Und wir redeten den ganzen Abend miteinander, zuerst über den Mann, und dann darüber, was für uns das Schönste auf der Welt sei, und sie wollte natürlich wieder, dass wir im selben Bett einschliefen. Doch das klappte nicht, denn wir stießen einander dauernd wieder wach. Oder sie fing plötzlich noch mal an zu reden und rief: »Morgen gehe *ich* als Erste unter die Dusche, dass du's nur weißt.«

Am nächsten Morgen war ich trotzdem wieder als Erster drin, und weil wir das Zimmer doch räumen mussten, war es uns piepschnurzegal, dass dabei sogar die Tapete nass wurde. Auch das Gemälde mit den zwei Leuten im Kornfeld spritzten wir ordentlich nass, und auch die Decke und die Tür. Wir saßen noch eine ganze Weile auf der Fensterbank – nicht, dass es da was Schönes zu sehen gegeben hätte, aber schließlich hatten wir bis zwölf für das Zimmer bezahlt und wollten darum auch bis zwölf Uhr drinbleiben.

Die Rückreise im Zug war so, wie Rückreisen immer sind, also redeten wir nicht viel. Außerdem war uns ziemlich schlecht von den Waffeln und den Fritten. Sie sagte nur: »Das nächste Mal geh *ich* aber als Erste unter die Dusche.« Wir sahen uns die Geliebte von Henry Miller noch mal ganz genau an. Ich glaube, das Dicke-Titten-Magazin ist das Einzige, was ich von der Reise noch habe.

*

In den Wochen danach sah ich Rosie fast nur im ›Lusthof‹. Dort hatten sie keinen Dubonnet. »Probiert's mal mit Altem Jenever«, sagte der Barkeeper, »nach 'ner Weile schmeckt doch alles gleich.« Wir hatten kein Geld mehr für Hotels und auch nicht für Restaurants, eigentlich hatten wir überhaupt kein Geld mehr. Damals wusste ich noch nicht, dass von Verlangen nur Neugierde übrig bleibt und von dieser Neugierde wahrscheinlich etwas, wofür es gar keinen Namen mehr gibt.

Sie fragte, ob sie meine Eltern mal kennenlernen könnte. Ich sagte, dass sie schrecklich viel zu tun hätten, und erzählte wieder von meinen Berufsplänen als Schauspieler. Das hatte ich schon so ziemlich jedem erzählt. Daher gab es auch eine Menge Fächer, die mir jetzt nutzlos vorkamen und wo ich nicht mehr hinging. Meistens meldete ich mich um elf mit stechenden Kopfschmerzen krank und ging ins ›Wildschut‹, wo ich mich zwei Stunden lang an einer Tasse Cappuccino festhielt. Bis es Zeit wurde, nach Hause zu gehen.

Das ging zwei Wochen gut, bis Mevrouw Haaseveld dringend mit mir sprechen wollte. Jedenfalls flüsterte sie mir ins Ohr: »Komm nachher mal kurz zu mir.« Uns war gerade wieder eine Nummer von *Tiefsee, Literaturzeitschrift für die Jugend* überreicht worden, und wir mussten Fragen zur hunderttausendsten Geschichte von Jan Donkers beantworten. Ich hatte überhaupt keine Zeit, bei ihr vorbeizugehen, denn ich war mit Rosie verabredet. Darum ging ich aufs Klo und kam nicht mehr wieder. An dem Nachmittag gingen wir zum ersten Mal zu Brinkman und verkauften unsere Bücher. Zuerst die zwei furchtbarsten: *Zahl und Raum* und *Chemie in Theorie und Praxis.*

Von dem Geld gingen wir essen. Sie sagte, dass sie sich zuerst nicht sicher gewesen war, ob ich sie küssen dürfe, weil sie Schweinefleisch aß. Ich erzählte ihr, dass ich nur koscher aß, wenn meine Mutter dabei war, und dass mein Vater das genauso machte. Sobald die Luft rein war, schlich er sich in die Wurstabteilung bei Hema – oder kaufte sich dort seinen Wein. Nach dem Essen suchten wir uns einen dunklen Hauseingang, aber auch das war nicht das Wahre, denn immer wieder kamen Leute an uns vorbei, und einmal wurden wir sogar von einem wütenden Mann weggejagt, der sagte, wir würden seine Kinder wach machen.

Ich suchte mir meine schönste Hose aus. Zufällig war es die, die ich schon seit zwei Wochen anhatte. Auch meinen Pullover trug ich schon seit gut einer Woche, aber es waren trotzdem die besten Sachen, die ich besaß, und Rosie roch nach nichts außer nach Deodorant.

Ihre Haare waren noch nass vom Duschen, und ihre Sachen waren keine zwei Wochen alt. Sie trug ein neues Kleid, ein Sommerkleid. Darum war ihr ziemlich kalt, doch sie sagte, das sähe nur so aus. Ihr Gesicht hatte sie sich so raffiniert geschminkt, wie nur wenige das können. Mir war klar, dass alle sie ansahen.
»Hast du schon gegessen?«, fragte sie.
»Nein. Und du?«
Sie schüttelte den Kopf, also bestellten wir Suppe.
Das Kleid hatte sie sich am Nachmittag gekauft.
»Gefällt's dir?«, fragte sie. Ich nickte.

»Was hast du heute alles gemacht?«

»Kein neues Kleid gekauft.«

»Weißt du, bei meiner Mutter haben sie heute Morgen eingebrochen! Eigentlich wollte sie ja heute zu ihrer Tante nach Limburg fahren, aber jetzt bleibt sie zu Hause, zum Aufräumen.«

»Trinken wir auf den 22. November«, sagte ich.

Wir tranken darauf.

»Wir müssen uns versprechen, uns jedes Jahr am 22. November hier zu treffen, auch wenn wir nicht mehr zusammen sind.«

»Abgemacht«, sagte ich.

Sie sagte, dass wir schon was finden würden, dass sie ein gutes Gefühl hatte und dass dieses Gefühl sie nie betrog. Also blieben wir im ›Rode Leeuw‹, und sie erzählte, dass sie wahrscheinlich von der Schule abginge, weil sie aller Voraussicht nach sitzenbleiben würde. Sie hatte zwar versprochen, sich mehr anzustrengen, aber daran glaubte sie selbst nicht so recht. Sie erzählte noch viel mehr, doch wir hatten überhaupt schon so viel geredet. Eigentlich hatten wir immer nur geredet, an x-verschiedenen Orten, über Gott und die Welt und alles Mögliche. Jetzt blieben uns nur noch Dinge, die wir schon einmal gesagt hatten. Darum sagten wir zuletzt lieber gar nichts mehr und tranken nur noch, denn wir hatten für diesen Abend gespart.

Schließlich nahm sie mein Notizbuch und malte Männchen hinein, und danach schrieb ich Texte darunter, wodurch es ein Comicstrip wurde. Eine etwas anrüchige Geschichte von Piet, der es mit kleinen Jungs trieb. Sie war sehr gut im Finstere-Typen-Zeichnen und ich im Schlüpfrige-Texte-Erfinden.

Den ganzen Abend arbeiteten wir an dem Comic und redeten fast nichts, bis sie uns hinauswarfen, weil die Kneipe zumachte. Sie wollte in eine Disco. Ich hatte mich immer geweigert, mit ihr in die Disco zu gehen, doch an diesem Abend wollte ich kein Spielverderber sein. Außerdem wusste ich auch nicht, wo wir sonst hingehen sollten. Sie tanzte, und ich wartete an der Tanzfläche. Sie sagte: »Tanzen befreit.« Ich war da anderer Meinung, und darum gingen wir wieder. Es hatte angefangen zu schneien. Kein richtiger Schnee, mehr Graupel, die sofort wieder schmolzen. Es war erst halb zwei, und fast alle Kneipen waren noch geöffnet. Immer noch sagten wir kein Wort. Jetzt waren wir in einem ziemlich dunklen Laden, also küssten wir uns. Das machten wir eine ganze Weile, bis jemand uns anstieß und sagte: »Rumknutschen könnt ihr zu Hause, das hier ist eine Kneipe.«

Weil es nur ein anderer Gast war, kümmerten wir uns nicht darum. Das hätten wir aber besser doch getan, denn fünf Minuten später war er wieder da. Er sagte: »Kommst du aus Friesland?«

»Nein«, sagte sie, »ich komm nicht aus Friesland, und jetzt verpiss dich.«

»Du weißt bestimmt nicht mehr, wer ich bin.«

»Nein«, sagte sie. »Hau ab.«

»Versuch ich ja schon den ganzen Abend«, sagte er, »bis ich dich gesehen hab.«

»Hättest du dir 'n paar Fritten weniger reingeschoben, könntest du dir jetzt wenigstens selbst einen blasen.«

Das war der beste Spruch, den ich an dem Abend bisher losgelassen hatte. Sie fand das auch, doch eine Viertelstunde später liefen wir immer noch durch die Straßen und waren völlig durchnässt. Ich zitterte immer noch.

Schließlich landeten wir in einer Bar.

»Wie viele Minuten noch?«, fragte ich. Sie fand es nicht komisch, schüttelte nur den Kopf und holte was zu trinken. Wir arbeiteten an unserem Comicstrip weiter und rauchten und redeten über alles Mögliche bis auf das eine. Wir bestellten noch einen Cocktail, denn vor unserem Tod wollten wir wenigstens noch alle Cocktails ausprobiert haben.

Sie rückte an mich heran und fing an, mir einen ganzen Roman zu erzählen, doch ich bekam nichts richtig mit. Die Musik war unheimlich laut, und wir hatten sehr viel getrunken. Was sie erzählte, kam mir ziemlich pathetisch vor. Sie hatte solche Anfälle, bei denen sie völlig pathetisch wurde. Im Grund war die ganze Bar pathetisch, sogar die Musik, die sie spielten, und die Gäste, genau wie die Texte, die im Klo an der Wand standen, selbst der Barkeeper zapfte auf pathetische Weise Bier. Irgendwie war mir das alles zu viel, und darum hörte ich nur mit halbem Ohr zu. Als sie aufhörte zu reden, hatte ich alles schon wieder vergessen.

Sie fragte: »Hab ich noch Lippenstift drauf?« Ich sagte, dass ich das beim besten Willen nicht sehen könne. Sie ging aufs Klo. Als sie zurückkam, rissen wir den Comicstrip aus dem Notizbuch. Der Comic passte nicht zu unserem Abend, genauso wenig wie die zwei, die am Flipperautomaten herumhingen, und auch die an der Bar und der Barkeeper – sie passten alle nicht zu unserem Abend, aber das konnten wir ihnen nicht sagen.

»Ich hatte keinen Lippenstift mehr drauf.«

»Nein? Nehmen wir noch 'nen Cocktail?«

»Ich will 'nen überbackenen Toast.«

»Ich glaub, das haben die hier nicht.«

»Die haben hier auch gar nichts. Ich will 'nen überbackenen Toast«, brüllte sie, »jetzt sofort, einen Toast.«

Der Barkeeper kam zu uns. Inzwischen wussten wir, dass er Dov hieß.

»Die Dame wünscht?«

»Einen überbackenen Toast mit Schinken und Käse und einen nur mit Käse.«

»Wer bekommt den Toast mit Käse?«

»Ich«, sagte ich.

»Dann muss ich aber erst den Schinken rauspulen, und da hab ich jetzt eigentlich keine Lust drauf.«

»Ach, dann lass ruhig«, sagte ich.

»Willst du jetzt 'nen überbackenen Toast, oder willst du keinen?«

»Ich meine, du brauchst den Schinken nicht runterzukratzen, lass ihn ruhig drauf.«

»Ich hätt ihn dir auch rausgepult, das hab ich schon öfter gemacht, aber wir kriegen die Toasts halt vorverpackt, direkt aus der Fabrik, weißt du.«

Sie sagte: »Wir gehn jetzt zu mir. Vielen Dank jedenfalls für die Mühe.«

Wir liefen durch die ganze Stadt bis zu ihrer Wohnung, was noch eine gute Stunde zu Fuß war, und vor allem die Cocktails hatten ganz schön eingeschlagen. Sie war härter im Nehmen als ich; sie war so eine von der Sorte, die auf Partys immer dableiben, bis die anfangen aufzuräumen. Ab und zu flüsterte ich ihr etwas ins Ohr, wovon ich dachte, dass man es einem Mädchen ins Ohr flüstert, mit dem man nachts durch die Stadt läuft. Das hatten wir noch nie getan: zusammen durch die Straßen laufen, mitten in der Nacht. Seitdem habe ich das noch öfter gemacht, und irgendwas habe ich immer geflüstert. Meistens Dinge, die ich sogar im Schlaf sagen konnte, ohne mich dabei anzustrengen.

Dabei ärgerte sie nur, was ich sagte. Weil es nicht stimmt, dass man manche Dinge nicht oft genug hören kann. Also hielt ich den Mund, aber das war auch wieder nicht richtig, und ich fühlte, dass sie mal wieder eine ihrer Scheißlaunen bekam. Den letzten Kilometer konnten wir echt nur noch humpeln, und alle zwei Minuten mussten wir anhalten, um nach Luft zu schnappen. Streuwagen fuhren durch die Stadt. Wir bekamen eine Riesenlust, uns in einen von diesen Streuwagen zu legen, aber wir hatten nicht mal mehr die Kraft, hineinzuklettern. Außerdem fanden wir keinen leeren Wagen.

Endlich kamen wir bei ihr an. Es war ein altes Haus. Wir müssten leise sein, sagte sie. Das war mir auch klar. Ich konnte mich kaum noch auf den Beinen halten, nach dem vielen Laufen und den Cocktails und überhaupt. Sie wohnte im dritten Stock. Wir zogen uns die Schuhe aus – ich sogar meine Socken. Die Stufen knarrten trotzdem. Ich bekam einen Lachkrampf, denn vom Langsam-Gehen knarrte alles noch viel schlimmer. Es war zappenduster, und weil ich das Haus nicht kannte, musste ich mich an ihr festhalten. Ich kam kaum hinterher und flüsterte: »Nicht so schnell, nicht so schnell.« Sie flüsterte zurück: »Ich muss pissen, Mann, lass mich los! Wenn du's nicht schaffst, komm ich gleich wieder und hol dich.«

Ich sagte: »Wenn du mich jetzt hier allein lässt, fang ich an zu schreien.« Ich setzte mich auf die Treppe und hielt sie am Bein fest. So saß ich eine ganze Weile, bis sie sagte: »Jetzt hab ich mir in die Hose gepisst.«

Zum Glück musste sie fürchterlich lachen, und ich auch. Ich glaube, ich habe nie wieder so gelacht. Auch beim Lachen durften wir keinen Krach machen, und ich hatte das Gefühl, jeden Moment zu ersticken.

»Jetzt musst du dir aber auch in die Hose pissen«, sagte sie, »sonst ist es ungerecht.«

»Wie fühlt sich das an?«, fragte ich.

»Warm.«

Sie setzte sich neben mich, es knarrte – alles knarrte. Außerdem war die Treppe schrecklich glatt, offenbar hatte sie am Nachmittag jemand gebohnert. Ich konnte nicht pissen, denn das hatte ich auf der Straße schon viermal getan.

»Ich kann nicht mehr«, sagte ich, »Rosie, ich

kann nicht mehr, ich werd mich jetzt hier hinlegen und schlafen. Ich kann einfach nicht mehr.«

»Ich auch nicht«, sagte sie, »aber wir *müssen* nach oben, es ist nur noch ein Stockwerk. Ich will nicht, dass mich die Nachbarn so finden.«

»Nein«, sagte ich, »lass mich hier, ich geh nicht weiter.« Ich fühlte mich wie ein Bergsteiger im Film, der auf halbem Weg aufgibt, mit dramatischer Musik im Hintergrund.

Vom Aufstoßen lief mir die ganze Zeit das Zeug im Mund zusammen. Ich schluckte es zwar immer wieder runter, aber es kam dauernd zurück, und zuletzt spuckte ich es auf die Treppe.

Mir war alles egal, doch sie wollte absolut nicht im Treppenhaus bleiben, also gingen wir weiter. Für das letzte Stockwerk brauchten wir mindestens eine Viertelstunde, denn ehrlich gesagt krochen wir jetzt nur noch – sicherheitshalber.

Als wir endlich in ihrer Wohnung waren, mussten wir noch eine Treppe höher, am Schlafzimmer ihrer Mutter vorbei. Ich weiß nicht mehr, wie wir das geschafft haben.

Sie machte die Tür zu und zog sich sofort aus, um wieder trocken zu werden. Wir saßen auf dem Boden und tranken Wasser aus einem Zahnputzbecher.

»Prost«, sagte ich.

»Prost«, sagte sie, »auf den 22. November.«

Es war das erste Mal, dass ich in ihrem Zimmer war. Die einzige Beleuchtung war die der Straßenlaterne. Trotzdem erkannte ich alles wieder, so wie sie es mir im Sommer beschrieben hatte. Ich war so müde, dass ich eigentlich nur neben ihr einschlafen wollte und erst wieder aufwachen, wenn alles anders geworden war, wirklich alles: wir, die Welt, die Klamottenläden, die Sonne. Doch das ging natürlich nicht, also küssten wir uns, und ich dachte an die Kassiererin in der Drogerie, die die gleiche Frisur hatte wie mein Hausarzt. Darum war ich in eine andere Drogerie gegangen, doch auch da war eine Frau an der Kasse gewesen, die mir nicht gefallen hatte. Ich beschimpfte alte Männer als Friedhofsgemüse, ich brachte Mevrouw De Wilde mühelos dazu, sich wegen mir heiser zu brüllen, ich konnte ohne die geringsten Gewissensbisse alte Frauen mit Hund dermaßen erschrecken, dass sie sich ein paar Tage lang nicht mehr in den Beatrixpark trauten. Es machte mir nichts aus, literweise Gin zu kaufen oder Pflaumen zu stehlen. Von all meinen Versprechen im Leben habe ich nur einige wenige gehalten und dann alle möglichen Ausreden erfinden müssen, weil ich Angst hatte, was die Leute sagen würden, wenn ich ihnen die Wahrheit gestand. Ich hätte was drum gegeben, wenn ich nur einem einzigen

Menschen hätte erklären können, warum ich mich so anstellte, aber das wollten natürlich auch die größten Schufte. Außerdem wusste ich es selbst nicht.

Ich erzählte ihr, dass alle Kondomautomaten leer oder kaputt gewesen waren.

»Trottel«, sagte sie.

»Ja«, sagte ich. Wir saßen auf dem Teppich, und ich sah die leeren Bierflaschen auf dem Tisch und die Bücher, die auf dem Boden verstreut lagen, einen offenen Deckstift in einem Weinglas und die triefenden Haare, die ihr ins Gesicht hingen.

Erst fluchte sie eine Weile, dann beruhigte sie sich nach und nach, und ich betrachtete ihren nackten Körper, der mir noch nie so wenig nackt vorgekommen war wie jetzt.

»Lass uns kämpfen«, sagte sie.

»Nein«, sagte ich, denn im Mund lief mir immer noch dauernd dieses saure Zeug zusammen. Sie nahm meinen Kopf und drückte ihn auf den Boden. Ich sah ihren Fuß und die Adern, die genauso aussahen wie meine, und ihre Zehennägel, die einmal rot lackiert gewesen waren. Ich war zu müde und zu betrunken, um mich zu wehren.

»Du bist ein Schlappschwanz«, sagte sie, »weißt du, was das ist?«

Ohne auf eine Antwort zu warten, trat sie mir

ein paarmal gegen die Brust. Mit ihrem kleinen, zitternden Körper stand sie vor mir und fragte: »Warum wehrst du dich nicht?«

Ich sah ihre zitternden Füße, den Deckstift im Weinglas und die Zahnputzbecher und Gläser. »Ich geh nach Hause«, sagte ich.

»Ja, geh nur schön nach Hause«, sagte sie, »deine Mami wartet.«

Am Kinn hatte sie einen Leberfleck, von dem ich immer gedacht hatte, er sei mit einem Stift aufgemalt. Seit dem Abend wusste ich, dass er echt war. In meinem Kopf schwirrten all die Wörter, die Leute benutzen, wenn sie einander weh tun wollen. Meistens gelingt ihnen das auch noch, obwohl diese Wörter schon mindestens so alt sind wie unsere drei Erzväter.

»Treppenflittchen, du kleines, mieses Treppenflittchen«, sagte ich, und: »Du Zwillingsschwester von Lucinda.« Fast niemand weiß, wer Lucinda ist, doch ich wusste es, und sie wusste es auch, und ich kann jedem versichern, dass sie tausendmal lieber ein Treppenflittchen sein wollte als die Zwillingsschwester von Lucinda.

Dann nahm ich eine von den Zigaretten, die herumlagen, und musste daran denken, dass ich früher immer in einen orangefarbenen Eimer mit weißem Henkel gepinkelt hatte, weil ich mich nachts nicht aufs Klo traute. Das erzählte ich ihr, und sie antwortete, dass wir jetzt auch nicht aufs Klo konnten, weil ihre Mutter alles hörte. Darum suchten wir einen Eimer, doch wir fanden keinen, nur eine kleine Puppenkiste aus Plastik. Rosie schüttete die Puppen heraus, und dann pinkelten wir beiden in die Kiste.

Nachdem wir gevögelt hatten, spülte sie sich innen mit Salzwasser aus. Ich stand am Fenster und sah hinunter auf den Platz, an dem sie wohnte.

Wir konnten noch zwei Stunden schlafen. Um acht Uhr musste ich weg, weil dann ihre Mutter aufstand. Rosie schlief neben mir ein. Ich roch hunderttausend Gerüche durcheinander und betrachtete alles ganz genau, soweit ich es im Licht dieser blöden Straßenlaterne erkennen konnte, denn ich wollte so wenig wie möglich vergessen.

Vladimir Nabokov
Lolita

Die Tür des erleuchteten Badezimmers stand halb offen; dazu kam von den Bogenlampen draußen ein skeletthaft gerippter Lichtschimmer durch die Jalousien; über Kreuz drangen diese Strahlen in das Dunkel des Schlafzimmers und ließen folgende Situation erkennen. In einem ihrer alten Nachthemden lag meine Lolita in der Mitte des Bettes auf der Seite, den Rücken mir zugekehrt. Ihr leicht verhüllter Körper und die nackten Glieder bildeten ein Z. Sie hatte beide Kissen unter ihren dunklen, zerzausten Kopf gesteckt; ein blasser Lichtstreif fiel über ihren obersten Halswirbel.

Mit jener phantastischen Plötzlichkeit, die einem suggeriert wird, wenn in einer Filmszene die Prozedur des Aus- und Anziehens geschnitten ist, muss ich meine Sachen von mir geworfen haben und in den Pyjama geschlüpft sein; und ich hatte bereits mein Knie auf dem Bettrand, als Lolita den Kopf wandte und mich durch die gestreiften Schatten anstarrte.

Das war nun allerdings etwas, das der Eindringling nicht erwartet hatte. Das ganze Pillchenspielchen (eine ziemlich schmutzige Sache, *entre nous soit dit*) hatte auf einen so festen Schlaf abgezielt, dass ein ganzes Regiment ihn nicht hätte stören können, und da lag sie nun, richtete den Blick auf mich und nannte mich mit schwerer Zunge »Barbara«. In meinem Schlafanzug, der ihr viel zu eng war, erstarrte Barbara über der kleinen Somniloquentin. Weich, mit einem hoffnungslosen Seufzer, drehte sich Dolly wieder in ihre ursprüngliche Lage zurück. Ich wartete mindestens zwei Minuten gespannt am Rand des Abgrunds, wie vor vierzig Jahren jener Schneider mit dem selbstgemachten Fallschirm, als er im Begriff stand, vom Eiffelturm zu springen. Ihr sanfter Atem hatte den Rhythmus des Schlafs. Endlich wuchtete ich mich auf meine schmale Bettkante, zog verstohlen an den diversen Betttuchenden, die südlich von meinen eiskalten Fersen aufgehäuft waren – da hob Lolita den Kopf und starrte mich an.

Wie ich von einem hilfsbereiten Pharmazeuten später erfuhr, gehörten die Purpurpillen nicht einmal zu der großen und edlen Familie der Barbiturate, und obschon sie einem Neurotiker, der sie für ein wirksames Mittel hielt, Schlaf hätten bringen können, waren sie doch ein zu schwaches Beruhigungsmittel, um ein alertes, wenn auch übermüdetes Nymphchen für längere Zeit auszuschalten. Ob der Arzt in Ramsdale ein Scharlatan war oder ein durchtriebener alter Gauner, fällt und fiel nicht ins Gewicht. Ins Gewicht fiel lediglich, dass ich betrogen worden war. Als Lolita zum zweiten Mal die Augen öffnete, wurde mir klar, dass selbst dann, wenn die Wirkung später in der Nacht doch noch eintreten sollte, die Sicherheit, auf die ich gebaut hatte, eine trügerische war. Langsam wandte sich ihr Kopf weg und sank auf ihre unfair üppige Kissenportion zurück. Ich lag ganz still am Rand meines Abgrunds, spähte nach ihrem verwuschelten Haar, nach dem Schimmer von Nymphchennacktheit, wo undeutlich ein halber Schenkel und eine halbe Schulter zu erkennen waren, und versuchte, aus ihrer Atemrate die Tiefe ihres Schlafes abzuschätzen. Einige Zeit verging, nichts änderte sich, und ich beschloss, das Risiko auf mich zu nehmen und diesem lockenden, verrücktmachenden Schimmer etwas näher zu rücken; kaum aber war ich in seinen warmen Umkreis vorgedrungen, da stockte ihr Atem, und ich hatte das abscheuliche Gefühl, dass die kleine Dolores hellwach sei und losschrie, wenn ich sie mit irgendeinem Teil meines armseligen, jammervollen Körpers berührte. Bitte, Leser: Wie sehr Sie auch über den zartfühlenden, krankhaft empfindsamen, unendlich vorsichtigen Helden meines Buches außer sich sein mögen, überschlagen Sie diese wesentlichen Seiten nicht! Stellen Sie sich mich vor; sonst existiere ich nicht. Versuchen Sie, in mir den Damhirsch zu erkennen, der im Wald seines eigenen Frevels zittert; lächeln wir sogar ein wenig. Ein Lächeln kann schließlich nicht schaden. Beispielsweise hatte ich nichts, worauf ich meinen Kopf betten konnte, und ein Anfall von Sodbrennen (sie nennen ihre Fritten »französisch«, *grand Dieu!*) kam zu meinem Unbehagen noch hinzu.

Es schlief wieder fest, mein Nymphchen, und doch wagte ich nicht, mich auf meine verzauberte Reise zu begeben. *La Petite Dormeuse ou l'Amant Ridicule.* Morgen würde ich sie mit jenen früheren Pillen vollstopfen, die ihre Mami so gründlich betäubt hatten. Im Handschuhfach – oder in der zweiteiligen Reisetasche? Sollte ich eine gute Stunde warten und dann wieder herankriechen? Nympholepsie ist eine exakte Wissenschaft. Die direkte Berührung würde es in knapp einer Sekunde schaffen. Ein Zwischenraum von einem Millimeter in zehn. Warten wir ab.

Nichts ist lauter als ein amerikanisches Hotel; und dabei, bitte schön, sollte dieses hier eine besonders ruhige, behagliche, altmodische, gemütliche Herberge sein – »stilvolles Wohnen« etcetera. Das Gerassel des Fahrstuhlgitters – knappe zwanzig Meter nordöstlich von meinem Kopf, aber so deutlich vernommen, als wäre es in meiner linken Schläfe – wechselte mit dem Bummern und Rattern der verschiedenen Manöver dieser Maschine und hielt bis lange nach Mitternacht an. Direkt im Osten meines linken Ohrs (ich lag ja auf dem Rücken und wagte nicht, meine gemeinere Seite dem undeutlich sichtbaren Gesäß meiner Bettgenossin zuzuwenden) war der Korridor randvoll von fröhlichen, schallenden, albernen Rufen, die mit einem Hagel von Gute-Nacht-Wünschen endeten. Als das endlich aufhörte, meldete sich nördlich von meinem Kleinhirn eine Toilette; es war eine männliche, energische, rauhkehlige Toilette, und sie wurde oft benutzt. Ihr Gegurgel und Gerausche und der langanhaltende Nachfluss ließen die Wand hinter mir erzittern. Dann war jemandem in südlicher Richtung speiübel, er würgte mit dem Alkohol fast seine ganze Seele aus, und sein Wasserschwall kam dicht hinter unserm Badezimmer wie ein regelrechter Niagara heruntergestürzt. Und als die Verzauberten Jäger endlich in tiefem Schlaf lagen, artete der Boulevard unter dem Fenster meiner Schlaflosigkeit, westlich meiner Rückseite – ein gesetzter, ganz und gar dem Wohnen vorbehaltener, würdevoller Boulevard mit riesigen Bäumen – zum verächtlichen Tummelplatz riesiger Lastwagen aus, die durch die nasse und windige Nacht röhrten.

Und knapp fünfzehn Zentimeter von mir und meinem brennenden Leben befand sich, nebelhaft, Lolita! Nach einer langen, regungslosen Wache bewegten sich meine Tentakel wieder auf sie zu, und diesmal weckte das Knarren der Matratze sie nicht. Es gelang mir, ihr mein gieriges Fleisch so nahe zu bringen, dass ich die Aura ihrer nackten Schulter wie einen warmen Atem an meiner Wange spürte. Und dann setzte sie sich auf, rang nach Luft, murmelte mit irrsinniger Geschwindigkeit etwas von Booten, zerrte an den Laken und fiel in ihre blühende, dunkle, junge Unbewusstheit zurück. Als sie sich in diesem überquellenden Schlafstrom hin und her warf, schlug ihr Arm – eben noch kastanienbraun, jetzt mondblass – über mein Gesicht. Einen Augenblick lang hielt ich sie. Sie befreite sich aus meiner kaum merklichen Umarmung – unbewusst, ohne Heftigkeit, ohne persönlichen Widerwillen, sondern mit dem neutralen, klagenden Gemurmel eines Kindes, das seine legitime Ruhe will. Und wieder war die Lage die gleiche: Lolita, ihr gekrümmtes Rückgrat Humbert zugewandt, Humbert, den Kopf auf die Hand gestützt, brennend vor Verlangen und Magensäure.

Letztere erforderte einen Gang ins Badezimmer, um dort einige Schluck Wasser zu trinken, in meinem Fall das beste mir bekannte Mittel, außer vielleicht Milch mit Radieschen; und als ich den seltsamen, strahlengegitterten Kerker wieder betrat, wo Lolitas alte und neue Kleidungsstücke in verschiedenen Posen der Verzauberung über den Möbeln hingen, die vage zu schweben schienen, setzte sich meine unmögliche Tochter auf und verlangte mit klarer Stimme ebenfalls etwas zu trinken. Sie nahm den nachgiebigen, kalten Pappbecher in ihre schattenhafte Hand und goss seinen Inhalt dankbar hinunter, die langen Wimpern becherwärts geneigt; und mit einer kindlichen Bewegung, die reizender war als jede sinnliche Liebkosung, wischte die kleine Lolita ihre Lippen an meiner Schulter ab. Sie fiel auf ihr Kissen zurück (ich hatte ihr meines weggezogen, während sie trank) und schlief sofort wieder ein.

Ich hatte nicht gewagt, ihr eine zweite Portion des Schlafmittels zu verabreichen, und die Hoffnung nicht aufgegeben, dass die erste ihren Schlaf doch noch festigen würde. Auf jederlei Enttäuschung gefasst, wohl wissend, dass Warten besser wäre, aber unfähig zu warten, begann ich wieder, mich ihr zu nähern. Mein Kopfkissen roch nach ihrem Haar. Ich rückte auf meine schimmernde

Liebste zu und hielt inne oder zog mich zurück, sooft ich meinte, dass sie sich rege oder im Begriff sei, sich zu regen. Ein leichter Wind aus Wunderland wirkte auf meine Gedanken, sodass sie wie in Kursivschrift abgefasst waren, als wäre die Oberfläche, die sie spiegelte, vom Trugbild dieser Brise gekräuselt. Hin und wieder schlug mein Bewusstsein falsch um, geriet mein sich schwerfällig voranarbeitender Körper in die Schlafsphäre, arbeitete sich wieder heraus, und ein- oder zweimal ertappte ich mich beim Abrutschen in ein melancholisches Schnarchen. Nebel der Zärtlichkeit umfingen Berge der Sehnsucht. Ab und zu wollte es mir scheinen, als komme die verzauberte Beute dem verzauberten Jäger auf halbem Wege entgegen, als bahne sich ihr Gesäß unter dem weichen Sand eines fernen und märchenhaften Strandes seinen Weg auf mich zu; und dann regte sich das Trübchen mit den Grübchen, und ich wusste, sie war mir entrückter denn je.

Wenn ich so ausgiebig bei dem Zittern und Tasten jener fernen Nacht verweile, so weil ich unbedingt beweisen will, dass ich kein brutaler Schurke bin, noch es je war, noch es jemals hätte sein können. Die milden und träumerischen Regionen, durch die ich kroch, waren die Gefilde der Poesie – nicht die Jagdgründe des Verbrechens. Hätte ich mein Ziel erreicht, so wäre meine Ekstase ganz sanft gewesen, ein Fall innerer Verbrennung, dessen Hitze sie selbst dann kaum gespürt hätte, wenn sie hellwach gewesen wäre. Aber ich hoffte noch immer, dass sie nach und nach in eine völlige Betäubung sänke, die es mir erlauben würde, nicht nur einen Schimmer von ihr zu genießen. Und so, zwischen versuchsweisen Annäherungen und verwirrten Wahrnehmungen, die sie entweder in Augenflecken aus Mondschein oder in ein flauschig blühendes Gebüsch verwandelten, träumte ich, ich wäre wieder wach, träumte, ich läge auf der Lauer.

In den Stunden vor dem Morgengrauen trat Stille in der ruhelosen Hotelnacht ein. Etwa um vier dann rauschte die Kaskade der Korridortoilette, und ihre Tür knallte zu. Kurz nach fünf traf in mehreren Folgen ein hallender Monolog ein, der von einem Hof oder einem Parkplatz herkam. In Wahrheit war es kein Monolog, denn der Sprecher schwieg alle paar Sekunden, vermutlich, um einen anderen Kerl anzuhören, aber die zweite Stimme erreichte mich nicht, und so ergab das, was an mein Ohr drang, keinen richtigen Sinn. Der sachliche Tonfall jedoch tat ein Übriges, der Dämmerung den Weg freizumachen, und das Zimmer lag bereits in lilagrauem Zwielicht, als etliche eifrige Toiletten sich eine nach der anderen an die Arbeit machten, und klappernd und wimmernd begann der Fahrstuhl auf- und niederzusteigen, um Frühaufsteher und Frühniederfahrer nach unten zu befördern, und ein paar Minuten lang döste ich elendiglich vor mich hin, und Charlotte war eine Nixe in einem grünlichen Aquarium, und draußen auf dem Korridor sagte Dr. Knabe mit frischgepresster Stimme: »Ich wünsche einen schönen guten Morgen«, und Vögel waren in den Bäumen zugange, und dann gähnte Lolita.

Frigide Damen Geschworene! Ich hatte gedacht, es würden Monate, vielleicht Jahre vergehen, ehe ich den Mut aufbrächte, mich Dolores Haze zu entdecken; doch um sechs war sie hellwach, und um Viertel nach sechs waren wir im Wortsinn ein Liebespaar. Ich werde Ihnen etwas sehr Sonderbares verraten. Es war sie, die mich verführte.

Als ich ihr erstes Morgengähnen hörte, spielte ich den Schlafenden, der ihr sein gutaussehendes Profil zuwandte. Ich wusste einfach nicht, was ich tun sollte. Wäre sie schockiert, mich an ihrer Seite vorzufinden und nicht in einem Extrabett? Nähme sie ihre Sachen und schlösse sich im Badezimmer ein? Würde sie verlangen, sofort nach Ramsdale gebracht zu werden? Ans Krankenbett ihrer Mutter? Zurück ins Camp? Aber meine Lo war ein mutwilliges Mädchen. Ich fühlte ihre Augen auf mir, und als sie endlich den geliebten Glückslaut ausstieß, wusste ich, dass ihre Augen gelacht hatten. Sie rollte sich zu mir herüber, und ihr warmes braunes Haar berührte mein Schlüsselbein. Mittelmäßig mimte ich Erwachen. Wir lagen still da. Ich streichelte sanft ihr Haar, und wir küssten uns sanft. Ihrem Kuss war zu meiner ekstatischen Verlegenheit eine recht komische flatternde und forschende Kunstfertigkeit zu eigen, aus der ich entnahm, dass sie in sehr jungen Jahren von einer kleinen Lesbierin in die Lehre genommen worden war. Kein Charlie hätte ihr *das* beibringen können. Als wollte sie sehen, ob ich zufrieden sei und meine Lektion gelernt hätte, bog sie sich zurück und musterte mich. Ihre Wangen waren gerötet, ihre volle Unterlippe glänzte, und ich war nah am Verströmen. Plötzlich legte sie in einem Ausbruch rüpelhafter Lustigkeit (Kennzeichen des Nymphchens!) den Mund an mein Ohr – aber eine ganze Weile konnte mein Verstand den heißen Donner ihres Geflüsters nicht in Worte gliedern, und sie lachte, strich sich das Haar aus dem Gesicht und versuchte es wieder, und als mir klar wurde, was sie vorschlug, überkam mich allmählich das seltsame Gefühl, in einer absolut neuen, verrückt neuen Traumwelt zu leben, in der alles erlaubt ist. Ich sagte, ich wisse nicht, welches Spiel sie und

Charlie gespielt hätten. »Willst du etwa behaupten, du hast nie...?« Ihr Gesicht verzog sich zu einer Grimasse angewiderter Ungläubigkeit. »Du hast nie...«, begann sie von neuem. Um Zeit zu gewinnen, beschnüffelte ich sie ein bisschen. »Lass das gefälligst«, winselte sie näselnd und entzog ihre braune Schulter hastig meinen Lippen. (Es war sehr merkwürdig, wie sie – und das noch lange Zeit hindurch – alle Liebkosungen außer Küssen auf den Mund und dem schlichten Liebesakt – für »romantischen Quatsch« oder »unnormal« hielt.)

»Du behauptest«, beharrte sie und kniete sich über mich, »du hast es als Junge nie gemacht?«

»Nie«, antwortete ich ganz wahrheitsgetreu.

»Na gut«, sagte Lolita, »dann fangen wir mal an.«

Indessen werde ich meine gebildeten Leser nicht mit einem ausführlichen Bericht über Lolitas Dünkel langweilen. Es genügt zu sagen, dass ich in diesem schönen, eben erst reifenden jungen Mädchen, das von der modernen Koedukation, den jugendlichen Sitten, dem Lagerfeuerschwindel und so fort total und unrettbar verdorben worden war, keine Spur von Schamhaftigkeit entdeckte. Sie betrachtete den schlichten Akt als festen Bestandteil der heimlichen Jugendwelt, von der Erwachsene nichts wissen. Was die Erwachsenen zum Zweck der Zeugung trieben, war nicht ihre Sache. Das Szepter meines Lebens wurde von Lolitalein auf so energische, sachliche Weise gehandhabt, als sei es ein fühlloser Mechanismus ohne Beziehung zu mir. So bemüht sie auch war, mir mit den Umgangsformen abgebrühter Jugendlicher zu imponieren, so war sie doch auf gewisse Unterschiede zwischen den Maßen eines Knaben und meinen nicht gefasst. Nur Stolz hinderte sie, es aufzugeben; denn in meiner sonderbar heiklen Lage spielte ich den absolut Dummen und ließ sie gewähren – wenigstens solange ich es noch aushalten konnte. Das jedoch sind Belanglosigkeiten; was man so »Sex« nennt, ist überhaupt nicht mein Thema. Jene Elemente des Animalischen kann jeder sich vorstellen. Mich lockt eine größere Aufgabe: ein für allemal den verderblichen Zauber der Nymphchen festzuhalten.

Ich muss behutsam vorgehen. Ich muss flüstern. O du, altgedienter Kriminalberichterstatter, du, würdiger alter Gerichtsdiener, du, einst beliebter Polizist, jetzt in Einzelhaft, nachdem du jahrelang eine Zierde des Straßenübergangs für Schulkinder warst, du, elender Ex-Professor, dem ein Knabe als Vorleser dient! Es wäre doch ungut, nicht wahr, wenn ihr Kerle euch nun allesamt wie verrückt in meine Lolita verliebtet! Wäre ich Maler gewesen, hätte die Direktion der Verzauberten Jäger eines schönen Sommertags den Verstand verloren und mir den Auftrag erteilt, den Speisesaal mit Wandgemälden eigener Herstellung neu zu dekorieren, so hätte ich vielleicht das folgende ersonnen (um nur einige Bruchstücke aufzuzählen):

Einen See hätte es gegeben. Es hätte einen Obstgarten in flammender Blüte gegeben. Es hätte Naturstudien gegeben – einen Tiger, der einen Paradiesvogel verfolgt, eine würgende Schlange, die den abgehäuteten Rumpf eines Ferkels verschluckt. Es hätte einen Sultan gegeben, im Gesicht den Ausdruck großen Leids (Lügen gestraft freilich von seiner nachformenden Liebkosung), der einem kallipygen Sklavenkind hilft, eine Onyxsäule zu erklimmen. Es hätte jene gonaden-glühenden Leuchtkügelchen gegeben, die an der opaleszierenden Seite von Musikautomaten emporwimmeln. Es hätte alle Arten von Sommerlageraktivitäten seitens der mittleren Gruppe gegeben: Canoes, Comics, Courantändeleien in der Ufersonne. Es hätte Pappeln gegeben, Äpfel, einen Sonntag in Suburbia. Es hätte einen feurigen Opal gegeben, der sich in den ringförmigen Wellchen einer Teichoberfläche auflöst, ein letztes Erbeben, einen letzten Schuss Farbe, stechend rot, schmerzend rosa, ein Seufzen, ein zusammenzuckendes Kind.

Alles dies versuche ich nicht zu beschreiben, um es in meinem jetzigen grenzenlosen Elend noch einmal zu durchleben, sondern um in jener schrecklichen, verrücktmachenden Welt – der der Nymphchenliebe – das Höllische vom Himmlischen zu trennen. Das Viehische und das Schöne verschmolzen an einem Punkt miteinander, und ich würde gern die Grenzlinie bestimmen und habe das Gefühl, dass es mir ganz und gar misslingt. Warum?

Die Klausel des römischen Rechts, nach der ein Mädchen mit zwölf Jahren heiraten darf, wurde von der Kirche übernommen und gilt in manchen der Vereinigten Staaten stillschweigend noch heute. Und mit fünfzehn erlaubt das Gesetz es überall. Beide Hemisphären halten es für völlig in Ordnung, wenn ein vierzigjähriges Viech mit dem Segen des zuständigen Geistlichen und aufgeschwemmt vom Saufen seinen schweißgetränkten Staat abwirft und sich bis ans Heft in seine jugendliche Braut rammt. »In so stimulierenden gemäßigten Klimaten wie St. Louis, Chicago und Cincinnati [schreibt eine alte Illustrierte dieser Gefängnisbibliothek] werden Mädchen gegen Ende des zwölften Lebensjahres geschlechtsreif.« Von Dolores Hazes Geburtsort zum stimulierenden Cincinnati waren es weniger als dreihundert Meilen. Ich bin nur der Natur gefolgt. Ich bin der getreue Spürhund der Natur. Warum also dies Grauen, das ich nicht abschütteln kann? Habe ich sie ihrer Blüte beraubt? Feinfühlige Damen Geschworene, ich war nicht einmal ihr erster Liebhaber.

Sie erzählte mir, wie sie verführt worden war. Wir aßen fade, mehlige Bananen, angestoßene Pfirsiche und sehr schmackhafte Kartoffelchips, und die Kleine erzählte mir alles. Ihren beredten, aber abgehackten Bericht begleitete drolliges Gesichterschneiden. Ich habe schon bemerkt, glaube ich, dass ich mich ganz besonders einer sarkastischen Grimasse auf »Uff«-Ebene erinnere: seitwärts verzogener Wackelpetermund, die Augen in einer Standardmischung aus komischem Ekel, Resignation und Nachsicht mit jugendlichen Schwächen aufwärts verdreht.
   Ihre erstaunliche Geschichte hob an mit einer Erwähnung ihrer Zeltgenossin vom vergangenen Sommer, in einem anderen Camp, einem »piekfeinen«, wie sie sich ausdrückte. Diese Zeltgenossin (»eine ziemlich verwahrloste Person«, »halb verrückt«, aber ein »feiner Kerl«) hatte ihr verschiedene Manipulationen beigebracht. Zuerst weigerte sich die loyale Lo, mir ihren Namen zu nennen.
   »War es Grace Angel?«, fragte ich.

Sie schüttelte den Kopf. »Nein, die nicht, es war die Tochter von einem hohen Tier. Er...«

»War es vielleicht Rose Carmine?«

»Nein, natürlich nicht. Ihr Vater...«

»Dann war es wohl Agnes Sheridan?«

Sie schluckte und schüttelte den Kopf – und hakte nach einer kleinen Denkpause nach: »Sag mal, woher kennst du eigentlich all die Kids?«

Ich erklärte es.

»Weißt du«, sagte sie, »ein paar aus der Schule sind schon ziemlich übel, aber so übel nun doch nicht. Wenn du es unbedingt wissen willst, ihr Name ist Elizabeth Talbot, sie geht jetzt auf eine schicke Privatschule, ihr Vater ist Topmanager.«

Es gab mir einen Stich, als ich mich daran erinnerte, wie häufig die arme Charlotte in ihr Partygeplauder elegante Brocken wie »als meine Tochter voriges Jahr mit der kleinen Talbot eine Wanderung machte« hatte einfließen lassen.

Ich wollte wissen, ob ihre oder Elizabeths Mutter von diesen sapphischen Zerstreuungen erfahren hatte. »Um Himmels willen«, hauchte eine zusammensinkende Lo und mimte Schreck und Erleichterung, indem sie eine vorgeblich zitternde Hand an die Brust drückte.

Ich interessierte mich allerdings mehr für heterosexuelle Erlebnisse. Sie war mit elf in die sechste

Klasse gekommen, bald nachdem sie aus dem Mittelwesten nach Ramsdale gezogen war. Was verstand sie unter »ziemlich übel«?

Also, die Miranda-Zwillinge hatten jahrelang im selben Bett geschlafen, und Donald Scott, der größte Dummkopf der Schule, hatte es mit Hazel Smith in der Garage seines Onkels gemacht, und Kenneth Knight – der Klügste – hatte sich entblößt, wo und wann immer sich eine Gelegenheit bot, und…

»Jetzt zu Camp Q«, sagte ich. Und prompt erfuhr ich die ganze Geschichte.

Barbara Burke, eine stämmige Blondine, zwei Jahre älter als Lo und bei weitem die beste Schwimmerin des Camps, hatte ein ganz besonderes Kanu, das sie mit Lo teilte, »weil ich das einzige Mädchen außer ihr war, das die Weideninsel schaffte« (irgendein Schwimmtest, denke ich mir). Den ganzen Juli hindurch, jeden Morgen – beachten Sie, Leser, jeden verdammten Morgen – hatte der dreizehnjährige Charlie Holmes, Sohn der Camp-Leiterin und einziges männliches Wesen auf Meilen im Umkreis (abgesehen von einem zahmen, stocktauben alten Hilfsarbeiter und einem Farmer in einem alten Ford, der, wie Farmer so sind, den Kindern im Camp Eier verkaufte), den beiden Mädchen, Barbara und Lo, das Boot zum Onyx oder Eryx (zwei kleine Waldseen) tragen helfen; jeden Morgen, o Leser, schlugen die drei Kinder eine Abkürzung ein, quer durch das schöne, unschuldige Dickicht voll von all den Emblemen der Jugend, Tau, Vogelsang, und an einer bestimmten Stelle im üppig wuchernden Unterholz wurde Lo als Wache zurückgelassen, während Barbara und der Junge hinter einem Busch kopulierten.

Zuerst hatte Lo sich geweigert, »es mal auszuprobieren«, aber Neugier und Kameraderie überwogen, und bald trieben sie und Barbara es abwechselnd mit dem grobschlächtigen, griesgrämigen, aber unermüdlichen Charlie, der ebenso viel Sexappeal hatte wie eine rohe Mohrrübe, aber eine faszinierende Sammlung von Verhütungsmitteln vorweisen konnte, die er aus einem dritten nahe gelegenen See herausfischte, einem erheblich größeren und besuchteren, Lake Climax genannt, nach der prosperierenden jungen Fabrikstadt gleichen Namens. Obwohl sie zugab, dass es »irgendwie ganz witzig« und »gut für den Teint« gewesen war, hegte Lolita erfreulicherweise die größte Verachtung für Charlies Mentalität und Manieren. Auch war ihr Temperament durch diesen schmutzigen Satan nicht geweckt worden. Ich glaube im Gegenteil, dass er es, der »Witzigkeit« zum Trotz, eher gedämpft hatte.

Mittlerweile war es fast zehn. Mit dem Abebben der Lust überkroch mich ein aschiges Gefühl des Entsetzens, dem die realistische Trübnis eines grauen, neuralgischen Tages Vorschub leistete, und summte in meinen Schläfen. Lo, braun, nackt, zerbrechlich, stand, die Arme in die Seiten gestemmt, ihren schmalen weißen Hintern mir, ihr brummiges Gesicht einem Türspiegel zugewandt, die Füße (in neuen Pantoffeln mit Miezekatzaufsätzen) weit gespreizt, und schnitt ihrem Spiegelbild unter einer überhängenden Locke hervor eine banale Fratze. Vom Korridor her drangen die gurrenden Stimmen der farbigen Zimmermädchen, die bei der Hausarbeit waren, und gleich darauf wurde ein zaghafter Versuch gemacht, unsere Tür zu öffnen. Ich schickte Lo ins Badezimmer, um eine dringend notwendige Seifendusche zu nehmen. Das Bett war ein grauenvolles Durcheinander mit Obertönen von Kartoffelchips. Sie probierte ein zweiteiliges, marineblaues Wollkleid an, dann eine ärmellose Bluse mit einem wirbelnden gittergemusterten Rock, aber das eine war zu eng und das andere zu weit, und als ich sie zur Eile drängte (die Situation fing an, mir Angst zu machen), schleuderte Lo meine netten Geschenke gemeinerweise in eine Ecke und zog das Kleid von gestern an. Als sie endlich fertig war, schenkte ich ihr ein wunderhübsches neues Geldtäschchen aus imitiertem Kalbsleder (in das ich eine Menge Kupfergeld und zwei münzfrische Zehner hineingesteckt hatte) und sagte ihr, sie solle sich in der Halle eine Illustrierte kaufen.

John Irving
Partnertausch

Anfangs war der Gedanke an Severin Winter mit Utsch erregend. Er entfachte eine alte Begierde neu, die nicht gänzlich verflogen, aber vielleicht zu sporadisch gewesen war. Edith sagte, sie reagiere ganz genauso; das heißt, der Gedanke an ihn mit Utsch erregte auch ihre Gefühle neu. Nun ja, eine Lust anregen ist so viel wie sie alle anregen. Vielleicht. Utsch sagte, sie empfinde mir gegenüber manchmal so; zu anderen Zeiten, räumte sie ein, sei der Effekt nicht so gut. Was für einen Effekt es auf *ihn* hatte, ist typischerweise verwirrend. Severin war zu klein, um Edith im Stehen zu lieben. Nicht dass sie es besonders gut finde, im Stehen zu lieben, beeilte sich Edith hinzuzufügen, aber ich gebe zu, dass ich dafür empfänglich war, dass er irgendwelche körperlichen Unzulänglichkeiten hatte. Edith und ich liebten uns gerne im Stehen unter der Dusche; das jeweils, ehe wir ins Bett gingen, wo wir uns oft noch einmal liebten. Es war ein durchaus unschuldiger Anfang; als Nächstes wurde uns bewusst, dass es zum Ritual geworden war. (»Das Erste, Nächste und Letzte ist immer, dass einem bewusst wird, dass es ein Ritual ist«, sagte Severin.)

Edith legte mir die Arme über die Schultern und ließ mich ihre Brüste einseifen. Sie schlug dicken Schaum in meinem Nacken und ließ ihn mir in Klumpen den Rücken hinunter und über den ganzen Körper laufen. Ich schlug Schaum, so steif wie Eiweiß, und betupfte sie damit. Dann machten wir uns unter der Dusche nass und ließen uns zusammenschäumen; wir hatten die idealen Größenverhältnisse dafür (Severin, nehme ich an, kam einfach nicht dran). Sie schlüpfte unter meinen Armen durch und schmiegte sich eng an meine Brust, und ich schob sie an die kühlen, feuchten Kacheln, bis ich spürte, dass sie hinter mir nach der Handtuchstange griff, die etwas Hartes war, woran sie sich festhalten und gegen mich schnellen konnte.

Wir gingen sauber und nach Seife riechend und flüsternd ins Bett, berührten und betrachteten einander im Kerzenlicht, rauchten Zigaretten, nippten ein wenig kühlen Weißwein, bis wir wieder Lust hatten. Aber im Bett war es für mich nie ganz dasselbe mit ihr. Sie hatte mir gesagt, dass Severin »im Liegen« genau die richtige Größe für sie habe (»oben oder unten oder nebeneinander«). In der Dusche, das wusste ich, war ich schön neu. Ich hörte ihn nie klopfen; es war immer Edith, die mich aufweckte. Er pochte einmal scharf, und dann sagte Edith »Einen Moment, Lieber« und weckte mich auf. Ich liebte diesen schläfrigen, angeschlafenen Geruch – als wäre der Sex zellular, und unser Duft nach Würze und Gärung wären die alten, abgestreiften Zellen. Manchmal wollte ich sie dann noch schnell lieben, bevor ich mich anzog und ging, aber sie ließ mich nie. Sie sagte, Severin warte nicht gern darauf, dass ich ging; offenbar war das hart für ihn. Ich erbot mich oft, derjenige zu sein, der als Erster ging. Ich sagte ihm, es würde mir nichts ausmachen, ihn und Utsch zu wecken; ich sagte, es würde mir nichts ausmachen zu warten. Aber er musste derjenige sein. Nur einmal, als er damit einverstanden war, dass ich zu ihnen kam, blieben er und Utsch zusammen, bis ich nach Hause kam. Und da war ich spät dran – als ob das etwas ausmachte! Ich hatte drei oder vier Uhr gesagt, aber Edith und ich hatten verschlafen; ich kam mehr so gegen fünf nach Hause und traf ihn dabei, wie er wutschnaubend und in der Kälte zitternd den Bürgersteig vor unserem Haus auf und ab marschierte, nicht einmal bei Utsch geblieben war. Er stieg in sein Auto und fuhr heim, ehe ich auch nur den Mund aufmachen konnte.

Wenn man um drei oder vier Uhr morgens aufsteht, ist es immer kalt. Ich stolperte nach unten, nachdem ich Edith zum Abschied geküsst hatte – ihr Atem war ein wenig herb von den Zigaretten und dem Wein und dem Schlaf, aber er hatte einen reifen Duft, wie das Bett, und erregte mich immer. Unten leerte Severin Aschenbecher, schwenkte Gläser aus und füllte die Geschirrspülmaschine. Er wollte nie reden; er nickte zum Abschied. Einmal, als ich an seiner ruhelosen Geschäftigkeit um die Geschirrspülmaschine merkte, dass ich zu lange gebraucht hatte zum Anziehen, bot er mir für die Heimfahrt eine kalte Dose Bier an. »Das hilft, die Trägheit zu vertreiben«, sagte er. Und ich ging nach Hause zu Utsch, deren Atem fruchtig und süßlich abgestanden war; unser Bett war mit ihren Kleidern übersät, die Matratze halb zu Boden geglitten. Und dann trottete *ich* durchs Haus – leerte keine Aschenbecher, sondern räumte die Apfelgehäuse und Birnenbutzen, Käserinden, Salamipellen, Traubenstiele und leeren Bierflaschen weg. Er wusste, wie Essen im Schlafzimmer mich anwiderte! »Und du weißt, wie er Ediths Raucherei hasst«, sagte Utsch. »Er sagt, ihr lasst überall im Haus wie Kamine qualmende Aschenbecher herumstehen.« Eine leichte Übertreibung. Er war auch ein Irrer, was den Umgang mit seinen Schallplatten anging, und tobte offenbar darüber, wie ich sie behandelte. Er benutzte immer diese Innenhüllen; er drehte sie seitwärts, so dass man eine Platte zweimal herausnehmen und zurückstecken musste. »Er glaubt, dass du seine Plattensammlung absichtlich schlecht behandelst«, sagte Utsch.

»Es ist wie mit den verdammten Eisschalen«, sagte ich zu ihr. »Er schnauzt Edith an, weil sie die Eisschalen nicht auffüllt, du lieber Himmel. Wir füllen einen Kübel, um den Wein zu kühlen, und er will alle Eisschalen in dem Augenblick aufgefüllt haben, in dem sie geleert werden.«

»Und dazu habt ihr's zu eilig?«, fragte Utsch.

»Hör auf!«, rief ich.

Wenn ich Utsch in diesen Stunden vor Tagesanbruch sah, hingerekelt, geil und geschändet, fühlte ich mich zu ihr und zu der Leidenschaft hingezogen, die er in meiner Vorstellung in ihr hervorgerufen hatte. Ich ging immer zu ihr, erstaunt, dass mein Verlangen zum dritten oder vierten Mal an diesem Abend wiedergeweckt wurde. Und manchmal ging sie darauf ein, als sei auch ihre Begierde endlos – als lockte Ediths Geruch an mir sie noch einmal aus der Reserve und machte die Fremdheit unserer vertrauten Körper besonders verführerisch. Aber oft stöhnte Utsch und sagte: »O Gott, ich kann einfach nicht, bitte, ich kann's nicht nochmal machen. Holst du mir ein Glas Wasser?« Und sie lag still, als wäre sie innerlich verletzt und hätte Angst vor einer Sickerblutung, und manchmal waren ihre Augen verschreckt, und sie drückte meine Hand an ihre Brust, bis sie einschlief.

Edith sagte, sie verspüre wie ich die gleiche erregte Empfänglichkeit, wenn Severin endlich ins Bett kam; sie hielt die Stelle, die ich in ihrem Bett verlassen hatte, für ihn warm, und ihre Vorstellung von ihm mit Utsch erregte sie und hielt sie wach – obwohl er oft noch lange, nachdem ich gegangen war, im Erdgeschoss des Hauses herumwerkelte und -hantierte. Wenn er ins Bett kam, raunte und flüsterte sie ihm zu; sie roch gern an ihm. Wir waren alle in jener voll-schweren Phase, wo süße Düfte in Zersetzung übergehen. »Sex-Schnüffler« nannte uns Severin einmal.

Aber Severin Winter stieg ins Bett wie ein Soldat, der in einem feuchten Schützenloch Trost sucht; er musste erst das Zimmer von Weingläsern, dem Eiskübel, einem weiteren Aschenbecher, der heruntergebrannten Kerze säubern – die er laut Edith alle anfasste, als seien sie besudelt. Dann lag er keusch am äußersten Rand seiner Bettseite; wenn sie ihn anfasste, schien er zusammenzuzucken. Sie rieb sich an ihm, aber es war, als würgte es ihn ob ihres Geruchs. Befangen, verletzt, rollte sie sich von ihm weg und fragte: »Hast du einen schlechten Abend gehabt?«

»Hast du einen guten gehabt?«

»Ich will wissen, wie es für dich war.«

»Nein, das willst du nicht. Das ist dir egal.«

Puh. Natürlich war er nicht immer so offenkundig düster, aber er konnte die ausgesprochen unschuldigsten erotischen Dinge ins Perverse verkehren. (»Du riechst kräftig«, sagte Edith einmal zu ihm, während sie an seinem Ohr knabberte. »Du *miefst*«, sagte er zu ihr.)

Ich weiß, dass es für ihn Zeiten gegeben haben muss, da die reine Sinnlichkeit unseres Einander-Gehörens ihn erregt und sein pubertäres Brüten unterbrochen haben muss, aber solche Zeiten waren so selten, dass ich mich höchst lebhaft an sie erinnere. Zum Beispiel verbrachten wir einmal ein Wochenende auf Cape Cod, im Haus von Ediths Mutter. Bloß wir vier waren da – keine Kinder; die hatten wir glücklich woanders untergebracht. Es war Ende September, und das große Haus am Cape war sonnig und kühl. Wie Ediths Mutter waren die meisten Sommerfrischler schon nach Boston und New York zurückgefahren.

Wir brachen so früh mit Severins Auto auf, dass wir vor dem Lunch dort waren. Edith und Severin waren natürlich mit dem Ort vertraut, aber es war

Utsch, die sich als Erste zu unserer Abgeschiedenheit und Ungestörtheit bekannte; sie war die Erste, die sich unten an dem windigen und verlassenen Strand auszog. Ich bemerkte, wie Edith sie ansah. Ins Haus zurückgekehrt, schauten beide Frauen einander nackt an, während Severin eine riesige Paella zubereitete und ich als ersten Gang rohe Austern öffnete. Wir berührten uns alle ungehemmt, und alle waren wir sehr laut. Severin ging mit einer Hummerschere auf Utschs Hintern los. In seiner weißen Kochschürze, mit nichts darunter oder hinten drauf, stand er da, die eine Hand auf Ediths langem, die andere auf Utschs rundem Schenkel. Während seine Hände nach oben glitten, sagte er zu mir: »Die New Yorker Lende fällt magerer aus als die mitteleuropäische Abart, aber ein guter Koch kann bei beiden das Aroma herausbringen.«

»Ganz bestimmt unterschiedliche Aromen«, sagte ich.

»Lang lebe der Unterschied!«, sagte Edith, die unter Severins Schürze nach etwas griff und dort Utschs Hand berührte.

Ich gab Edith eine Auster zu essen; ich gab Utsch eine Auster zu essen. Ich trug Shorts, und Edith machte sie auf; Utsch zog sie herunter und sagte zu Edith: »Warum verstecken sich diese Männer?«

»Ich bin der Koch«, sagte Severin. »Will mir nichts verbrennen.«

»Ich mache Austern auf«, sagte ich. »Ein einziger Ausrutscher mit der Hand...«

Edith fasste Utsch plötzlich um die Hüfte. »Du bist so kompakt, Utsch, ich kann's einfach nicht fassen!«, rief sie, und Utsch erwiderte die Umarmung. »An ihr ist vergleichsweise ganz hübsch was dran«, sagte Edith zu Severin.

Der spratzelte und brutzelte am Herd; er schlug seine Schürze hoch und fächelte sich. Utsch ließ ihre eckige, breite Hand Ediths Bauch hintergleiten. »Du bist so *lang*«, sagte sie bewundernd; Edith lachte und zog Utsch an sich; deren Scheitel paßte an Ediths Kehle. Utsch hob Edith rasch und mit erstaunlicher Kraft hoch. »Und du wiegst überhaupt nichts!«, rief sie.

»Mich kann Utsch auch hochheben«, sagte ich. Edith sah plötzlich erschrocken aus, als Utsch mich mit tiefem Stöhnen hochhob.

»Lieber Himmel, Utsch«, sagte Edith. Severin hatte seine Schürze ausgezogen und sich mit Wurstketten umwickelt. Er drückte sich an Edith, die kreischte und von ihm wegsprang, als sie die kalte, glitschige Wurst auf sich spürte. »Mein Gott, Severin...«

»Hab 'ne ganze Kette Schwänze für dich, mein

Liebes«, sagte er, während seine Paella hinter ihm dunstete und sich zusammenbraute.

Als Severin und Utsch noch einmal schwimmen gingen, liebten Edith und ich uns auf der langen, L-förmigen Kordcouch im Wohnzimmer. Hinterher lagen wir dösend da, als Severin und Utsch mit vom Ozean kalter Haut und nach Salz schmeckend zurückkamen; sie bibberten. Ihr Anblick machte mir auch Lust zum Schwimmen, aber Edith war nicht danach. Ich sprang von der Couch auf und rannte, während es gerade dunkel wurde, nackt über den blassgrünen Rasen und auf den Sand, der noch warm war von der Sonne. Das Wasser brannte; ich brüllte, so laut ich konnte, aber da waren nur Möwen und Strandläufer, die mich hören konnten. Ich sprintete zum Haus zurück, wo mich so viel Fleisch erwartete.

Als ich durch die Verandatür ins Sonnenzimmer kam, konnte ich hören, dass mich eigentlich niemand vermisst hatte, während ich weg war. Ich konnte sie im Wohnzimmer nicht sehen und ging diskret in die Küche und wärmte mich über Severins dampfender Paella, bis die drei fertig waren. Die drei! Utsch erzählte mir später, dass sie und Severin sich auf der Couch frierend und zitternd an Edith gekuschelt hatten, weil Edith angesichts ihres Bibberns die Arme ausgebreitet hatte oder sie davon angezogen worden waren, wie warm und klebrig sie war. Sie umfing Utsch und küsste sie, und Severin berührte und streichelte sie beide, und plötzlich war Utsch unter ihnen festgenagelt, und Severin küsste ihren Mund, und Edith küsste sie tief, bis Utsch sich kommen spürte und Severin in sich wollte. Edith hatte nichts dagegen, und Severin kam in sie; Edith hielt Utschs Kopf gegen Severins Schulter; sie war Mund an Mund mit Edith, ihre Zungen tauschten Rezepte aus, als Severin sie zum Kommen brachte. Utsch sagte, dass Edith da auch fast gekommen wäre. Dann war Edith dran, weil Severin sich zurückgehalten hatte, und sie hielt Ediths Kopf, während Severin in sie kam; er kam rasch und rollte sich weg. Aber Edith war immer noch nicht gekommen, wie Utsch wusste, und so half ihr Utsch. Edith war so leicht, dass Utsch sie mühelos manipulieren konnte; sie hob Edith an den Hüften hoch, stemmte die Schultern gegen Ediths schlanke Hinterbacken und rührte mit der Zunge ganz leicht an Edith, wo sie feuchter und salziger war als das Meer. Als Edith schrie, verschloss Severin ihren Mund mit seinem. Ich hörte bloß einen kurzen Aufschrei, ehe das Orchester der Paella meine Aufmerksamkeit wieder gefangennahm.

Dann war Severin neben mir in der Küche, ausgeprägter riechend als Schalentiere. Er schubste mich in Richtung Wohnzimmer. »Los«, sagte er, »du hast keine Ahnung von Paella. Geh und halt die Damen... bei Laune«, sagte er und bedachte mich mit einem verwirrten Augenrollen (das ehrlichste, besorgteste und intimste Geständnis, das er mir, glaube ich, je gemacht hat). »Los, Mann«, sagte er und schubste mich noch einmal. Er grub einen Holzlöffel tief in die Paella, brachte die unwahrscheinliche und köstliche Mischung – Huhn, Schweinefleisch, Wurst, Hummer, Mies- und Sandmuscheln – nach oben und schob sich den dampfenden Löffel in den Mund. Eine hellrote Paprikaschote hing ihm übers Kinn, und ich fand zur Couch, wo Utsch und Edith eng umschlungen, aneinandergeschmiegt dalagen; sie strichen einander über Brüste und Haar, aber als ich auftauchte, rückten sie auseinander und kuschelten mich wohlig zwischen sich ein. Ich hatte nichts dagegen, wie sie mich benutzten.

Danach hatten wir Lust zu schwimmen und rannten alle drei über den mittlerweile grünschwarzen Rasen und sahen die Lichter auf den Kanalbojen draußen im Wasser schimmern. Und wir gingen alle drei ins Meer und sahen diese Schreckensgestalt allein vor den Lichtern aus den offenen Türen der Veranda. Er sprintete den Rasen hinunter auf uns zu und überwand die erste lange Düne wie ein Weitspringer. Mit einem Blick hätte man ihn als Gewinner eines ausgefallenen Fünfkampfes – Kochen, Essen, Trinken, Ringen und Ficken – ausgemacht. »Da bin ich, ihr Lieben!«, rief er. Eine Welle wiegte uns und ließ den Horizont kippen, so dass Severin kurz verschwand, und dann brach er durch sie hindurch und umarmte uns drei; wir waren brusttief im Ozean. »Die Paella ist fertig, Leute«, sagte er, »falls wir lange genug mit Vögeln aufhören können, um sie zu essen.« Ein vulgärer Mensch.

Aber wir hörten bis nach dem Essen damit auf, als wir wohl alle lange genug Zeit hatten, uns wie schon oft gemeinsam dem normalen, vergleichsweise zivilisierten Vorgang des Essens zu widmen, wodurch das Bewusstsein, wie wir uns an diesem Nachmittag verhalten hatten, sich uns einprägte und uns alle glücklich, aber befangen machte.

Severin kritisierte seine Paella, bezweifelte die Zartheit des Schweinefleisches, schmähte das Alter des Huhns, unterstellte ein Schnellverfahren bei der Herstellung der italienischen frischen Wurst, räumte ein, dass Sandmuscheln in der Regel Sandmuscheln seien, dass Miesmuscheln ohnehin besser seien als Sandmuscheln und dass der Hummer der ungeschlagene George James Bender des Meeres sei.

»Verdirb mir nicht den Appetit«, sagte Edith. »Mäßige dich etwas bei deinen Vergleichen.«

»Die Mäßigung hat gerade Urlaub«, sagte Severin. »Ich sehe niemand sonst, der sich mäßigt.« Er warf mir eine Hummerschere in den Schoß; ich warf sie zurück; er lachte. »Das ist kein Urlaub«, sagte ich. »Das ist ein Anfang.« Es war ein Trinkspruch. Edith stand auf und stürzte ihren Wein so hinunter, wie ich es von Utsch gewohnt war.

Aber Severin sagte: »Nein, es ist bloß ein freier Tag. Es ist, wie wenn man eine Auszeit nimmt.«

Utsch sagte überhaupt nichts; ich merkte, dass sie ein bisschen betrunken war. Edith verkündete, dass sie ihre Zigarettenmarke wechseln wolle. »Ich will filterlose«, sagte sie und zerknüllte ein volles Päckchen von mir; ihre waren ihr schon vor Stunden ausgegangen. »Wenn das bloß eine Auszeit ist«, sagte sie, »dann amüsier ich mich auch.«

Severin sagte, er würde ihr Zigaretten besorgen gehen. »Was ist die schlechteste Zigarette? Was ist die stärkste, scheußlichste, halszerreißendste, lungenverschleimendste Zigarette, die man kaufen kann? Davon besorge ich dir nämlich eine Stange«, sagte er zu Edith, »und damit werden wir dich das ganze Wochenende zwangsernähren. Du kannst Kette rauchen, bis sie alle weg sind. Vielleicht kuriert dich das.«

»Geh mit ihm«, sagte Edith zu mir. »Er kauft mir wahrscheinlich eine Kiste Zigarren.«

»Du solltest nicht rauchen«, sagte Utsch zu Edith. »Du weißt doch, dass es ihn aufregt.« Sie hatte ein starres Lächeln im Gesicht, und ich wusste, dass sie sich morgen an nichts, was sie sagte, erinnern würde. Ihre linke Hand lag im Salat, als habe sie es da bequem. Edith lächelte ihr zu und nahm ihre Hand aus dem Salat. Utsch zwinkerte sie an und warf ihr eine Kusshand zu.

Im Auto sagte Severin: »Lieber Himmel, wir beeilen uns besser, sonst gehen diese Frauen noch ohne uns ins Bett.«

»Stört dich das?«, fragte ich. »Mir kommt es natürlich vor, dass sie diese Gefühle füreinander haben. Ich weiß nicht warum, aber mich stört's nicht.«

»Ich weiß nicht, was natürlich ist«, sagte Severin, »aber mich stört's eigentlich auch nicht. Ich will bloß nicht zurückkommen und vor verschlossenen Schlafzimmern stehen. Ich meine, ich bin nicht den ganzen Weg hergekommen, um das Wochenende mit *dir* zu verbringen.« Aber es war nur ein Scherz; er war nicht eigentlich ärgerlich.

Wir stritten uns darüber, ob wir Edith Lucky Strike, Camel oder Pall Mall kaufen sollten. Severin bestand auf den Pall Mall, weil sie länger waren und er meinte, sie würden ihr stärkeres Halsbrennen machen. Auf der Rückfahrt wollte ich ihm sagen, wie gut es mir ging – wie ich es kaum glauben könne, dass er sich hier plötzlich entspannt hatte, und wie optimistisch ich in Bezug auf uns alle sei. Ich wollte sagen, dass ich fände, unsere Zukunft sehe prima aus, aber er sagte plötzlich: »Wir sollten achtgeben, dass keiner sich zu sehr erregt.« Es war wie seine Äußerung, dass wir alle einen freien Tag hatten, und ich wusste nicht, was ich damit anfangen sollte. »Warum trinkt Utsch so viel?«, fragte er mich. »Warum lässt du zu, dass sie sich so besäuft?«

Ich sagte: »Du weißt doch, eine Erregung führt zur nächsten.«

»Bei Vierjährigen schon«, sagte er.

»Hör schon auf«, sagte ich. »Ich meine, es erregt mich wirklich, wenn ich weiß, dass Utsch mit dir zusammen gewesen ist. Und mit Edith zusammen zu sein – na ja, das macht auch Utsch sehr erregend für mich.«

»Polymorph pervers«, sagte Severin. »So was Ähnliches. Es ist normalerweise eine Phase der kindlichen Sexualität.«

»Hör schon auf«, sagte ich. »Erregt es dich nicht? Findest du nicht, dass du im Allgemeinen sexuell stärker erregt bist?«

»Es hat schon immer bestimmte Momente am Tag gegeben, wo ich glaubte, dass ich eine Ziege ficken könnte«, sagte Severin.

Ich war wütend auf ihn. »Ich hoffe, du meinst nicht Utsch.«

»Ich hoffe, ich habe nicht *Edith* gemeint«, sagte er.

»Weißt du, Severin, ich versuche bloß, dich kennenzulernen.«

»Das ist ein bisschen schwierig«, sagte er. »Es ist ein bisschen spät. Ich meine, es ist ja nicht so, als wären wir zuerst Freunde geworden, und alles hätte sich ganz natürlich daraus ergeben. Alles hat damit angefangen, und jetzt bist du vor allen Dingen Ediths Freund.«

»Ich habe sowieso nie allzu viele männliche Freunde gehabt«, sagte ich zu ihm. »Ich weiß, du hast welche. Wir sind eben verschieden.«

»Ich habe ein paar alte Freunde«, sagte er, »aber zur Zeit keinen in meiner Nähe. Ich habe eigentlich nicht mehr Freunde als du. Ich hatte bloß mal welche.«

»Und Freundinnen?«, fragte ich. »Ich meine, seit Edith und vor Utsch?«

»Nicht so viele wie du«, sagte er. Aber er mutmaßte nur; er wusste gar nichts.

»Wie viele sind ›nicht so viele‹?«

»Ziegen mitgerechnet?«, fragte er, aber da war dieser gespaltene Zahn, dieser unheilstiftende Zahn, dieser Lügenbold von Zahn. »Wenn du's wissen willst, frag Edith«, sagte Severin.

»Du meinst, sie weiß es?«, fragte ich.

»Alles. Wir haben keine Geheimnisse voreinander.«

»Manche Leute möchten lieber nicht alles wissen«, sagte ich. »Utsch und ich sind uns einig – nicht dass wir so häufig untreu wären, oder wie immer du das nennen willst –, dass, wenn einer von uns jemanden hat, bloß eine unbedeutende Gelegenheitsbekanntschaft, wir es nicht wissen wollen. Solange man's nicht merkt, so lange betrifft es uns beide nicht. Und wenn es ein kleines Nichts ist, warum sollten wir's dann wissen? Wir würden uns vielleicht aufregen, wo es doch gar keinen Grund dazu gibt.«

»Ich könnte kein ›kleines Nichts‹ haben«, sagte Severin. »Was hat es für einen Sinn, nichts zu haben? Wenn ich eine Beziehung mit jemand hätte, und man würde es nicht merken – und Edith könnte es nicht sehen und spüren –, dann könnte an der Beziehung nicht viel dran sein. Ich meine, wenn man *eine* gute Beziehung hat, warum sollte einem dann daran liegen, ein kleines Nichts von einer Beziehung zu haben? Wenn man eine gute

Beziehung hat, dann ist das umso mehr Grund, *noch eine* gute zu haben. Und genau da liegt das Problem«, fügte er hinzu.

Ich fragte Edith einmal: »Erzählst du ihm alles von uns?«

»Wenn er fragt«, sagte sie. »Er will das so.« Dann lächelte sie. »*Fast* alles«, sagte sie. »Aber wenn er immer wüsste, was er fragen muss, würde ich's ihm immer erzählen.«

Im Auto fragte ich ihn: »Findest du nicht, dass das ein Eingriff in die Privatsphäre ist? Findest du nicht, dass es die Unabhängigkeit von jemand anderem verletzt?«

»Was für eine Unabhängigkeit?«, fragte er mich. »Ich erkenne den Grad von Unabhängigkeit, den ich *nicht* habe, ehrlich an, wenn ich mit jemandem zusammenlebe«, sagte er, »und wer immer mit mir zusammenlebt, von dem erwarte ich das Gleiche.« (Später, erinnere ich mich, schrie er: »Hier läuft eine ganz schöne Scheiße ab, von wegen auf zwei Hochzeiten tanzen.«)

Das Haus am Cape war dunkler, als wir es verlassen hatten. »Ich wette, die schlabbern sich da drin sozusagen geradewegs auf«, sagte Severin. Aber ich wusste, wie betrunken Utsch gewesen war, als wir gegangen waren, und war nicht überrascht, sie hingesackt auf der Couch zu sehen – vom

Wein umgekippt, da war ich sicher, nicht liebestrunken von einer Runde mit Edith. Edith saß da und flocht Utsch Zöpfe, während die schnarchte. Zöpfe schmeichelten Utsch nicht gerade.

»Brünhilde ist vom Met gefällt worden, oder von den Fürsten des Rittersaals, oder von beidem«, sagte Edith. Sie hatte sich das Haar gewaschen; es war in einem großen, pfefferminzgrünen Handtuch hochgesteckt, das aus dem Badezimmer neben dem Grünen Zimmer stammte. Wie ein stattliches englisches Anwesen auf dem Lande hatte das Haus Schlafzimmer mit Namen: das Grüne Zimmer, die Grotte, das Rote des Hausherrn, das Gelbe der Hausherrin. Ich war Ediths Mutter nie begegnet, aber Severin ahmte sie perfekt nach, sagte Edith, und er hatte alle Zimmer für uns umbenannt, als er uns bei der Ankunft das Haus zeigte. Da gab es das Feuchte-Träume-Zimmer – es hatte ein einschläfriges Bett – und das Heiße-und-kalte-Schauer-Zimmer (das Zimmer von Ediths Mutter; sie klagte über solche Symptome) und das Komm-wenn-du-kannst-Zimmer, so benannt wegen seiner Lage neben dem Zimmer von Ediths Mutter (und eine Schicksalsprüfung in den frühen Tagen ihrer Ehe, behauptete Severin; Edith lachte), und das Große grüne Schrauborgasmus-Zimmer – das privateste der oberen Zimmer, das abgelegenste und, wenn das Haus voll war, am begehrtesten. »Es hat die beste Orgasmus-Bilanz«, behauptete Severin. »Töchter haben Schwierigkeiten, im Haus ihrer Mütter Orgasmen zu haben.« Es hatte ein Messingbett, das dafür berüchtigt war, zusammenzubrechen. An dem glänzenden Fußteil hing, an eine Seidenschnur gebunden, ein Schraubenschlüssel für Notreparaturen.

Durch ihre Wahl des pfefferminzgrünen Handtuchs hatte Edith zu verstehen gegeben, dass das Große grüne Schrauborgasmus-Zimmer für uns sein würde. »Lieber?«, sagte sie und berührte Severin sanft. »Ihr nehmt das Komm-wenn-du-kannst, okay? Ich meine, wenn Mutter nicht da ist, verdient das Zimmer seinen Namen nicht, oder?«

Aber später erzählte mir Edith, dass Severin, als ich pinkeln ging, mit einer abfälligen Kopfbewegung zu der schnarchenden Utsch hin gesagt habe: »Du meinst wohl Komm-wenn-*sie*-kann? Was ist der übliche Preis fürs Babysitten? Warum soll er's umsonst kriegen?«

Ich merkte, dass da etwas war zwischen ihnen, als ich zurückkam, deshalb erbot ich mich, Utsch zu Bett zu bringen; Severin scheuchte mich weg. »Sie schläft es normalerweise aus«, sagte ich ihm.

»Irgendwelche besonderen Instruktionen?«,

fragte er. Ich dachte, er mache Witze; da war sein Zahn. Aber Edith verließ uns und ging zu Bett. *Wessen* Bett, fragte ich mich. »Sie ist im Grünen Zimmer«, sagte mir Severin. »Ich kümmere mich um Utsch; mach dir bloß keine Sorgen.«

Ich ging hinauf in das Große grüne Schrauborgasmus-Zimmer, wo Edith noch auf war, im Bett rauchte und sich über Severin aufregte. »Der wird mir dieses Wochenende nicht verderben«, sagte sie. »Oder sonst einem von uns, obwohl er's zweifellos versucht.« Ich erinnerte sie daran, was am Nachmittag zwischen uns allen geschehen war; wir hatten uns schließlich amüsiert, und das war erstaunlich gewesen. Sie lächelte; ich argwöhnte, dass sie mit ihm schmollte, wenn er sie aufregte, aber mit mir hatte sie das nie gemacht.

»Sprich weiter«, sagte sie müde, »red einfach mit mir.« Aber dann wollte sie auf Zehenspitzen den Flur hinuntergehen und Severin gute Nacht sagen. Ich wusste nicht, was ihr Beweggrund war, aber ich ließ sie gehen. Ich betrachtete die grünen Wände, die grünen Vorhänge, das berüchtigte Messingbett, den am Fußteil baumelnden Schraubenschlüssel. Ich lauschte auf Edith im Flur, wie sie an die Tür des Komm-wenn-du-kannst-Zimmers klopfte. »Schlaf schön!«, rief sie Severin heiter zu. »Komm, wenn du kannst!«

Als sie zurückkam, wurde ich wütend auf sie; ich sagte ihr, dass die schnellste Art, unsere Beziehung zu beenden, darin bestehe, unser Zusammensein als eine Art Provokation von Severin zu missbrauchen. Da schmollte sie mit mir. Ich wollte in diesem Augenblick sehr gern mit Edith schlafen, weil ich wusste, dass Utsch und Severin *nicht konnten,* aber ich erkannte, dass ihre Wut auf ihn sie wütend auf alles gemacht hatte und dass es unwahrscheinlich war, heute mit ihr zu schlafen.

Als ich dachte, sie schlafe, flüsterte sie: »Es hat manchmal nichts mit dir zu tun. Es ist bloß zwischen uns. Mach dir keine Sorgen. Weißt du, er weiß nicht, was er will; die meiste Zeit ärgert er sich über sich selber.« Ein paar Minuten später murmelte sie: »Er denkt nur an sich.«

Wir schliefen beide, als Severin klopfte und uns dadurch weckte. »Gute Nacht!«, rief er. »Passt auf, wofür ihr den Schraubenschlüssel benutzt! Er ist nur dazu da, das *Bett* zu reparieren! Gute Nacht, gute Nacht...«

Aber Edith fing an zu schnauben, zu stöhnen, zu keuchen und sich hin und her zu werfen, packte die Stangen am Kopfteil des alten Messingbettes und wuchtete auf und ab – hörte sich an, wie sie sich nie anhörte, wenn sie tatsächlich tat, was sie nun seinetwegen zu tun vorgab. »Ooooh!«, schrie sie auf; das Bett wogte. »Uuuuh!«, ächzte sie, und die Laufrollen trugen uns durch das grüne Zimmer wie ein Boot auf bewegter See. »Gott!«, schrie sie auf, die langen dünnen Arme so starr wie die Messingstangen. Als das Bett unter uns zusammenbrach, war Severin wahrscheinlich schon wieder auf dem Weg zu Utsch, aber er hörte es. Edith saß lachend auf dem Fußboden; zumindest glaube ich, dass sie lachte – es war ein seltsames Lachen. Das Bett, das sich vollständig vom Kopfende gelöst hatte und noch am rechten Pfosten des Fußendes festhing, hatte die Matratze und uns auf den Vorleger gekippt und das Nachtschränkchen auf die Chaiselongue geschleudert.

»Alles in Ordnung?«, fragte Severin an der Tür. Edith lachte.

»Ja. Danke«, sagte ich. Dann überlegte ich, wie ich es reparieren konnte. Ich hatte keine Ahnung, was man mit diesem verdammten Schraubenschlüssel tun sollte.

Mit einem irren Blick auf mich rollte sich Edith auf der Chaiselongue zusammen und sagte: »Wenn du es reparieren kannst, fick ich dich richtig.« Ich hatte sie nie so grob reden hören. Aber das Bett war ein hoffnungsloser Fall; in technischer Hinsicht habe ich noch nie gewusst, was wohin gehört. Ich wollte gerade vorschlagen, dass wir in ein anderes

Zimmer umziehen, als wir hörten, wie Utsch sich hinten im Flur erbrach.

»Ist schon gut«, sagte Severin tröstend. »Lass alles rauskommen, dann geht's dir besser.« Wir hörten Utschs schrecklichem Würgen zu. Ich musste natürlich zu ihr gehen; Edith küsste mich hastig, und ich ging den Flur hinunter.

Severin hielt ihren Kopf über die Toilette im Badezimmer neben dem Komm-wenn-du-kannst-Zimmer. »Es tut mir leid«, sagte Utsch schwächlich zu ihm, dann übergab sie sich wieder.

»Ich bin da, Utsch«, sagte ich.

»Ist mir egal«, sagte sie. Sie erbrach noch etwas, und dann ließ Severin uns beide allein. Wir erbten das Komm-wenn-du-kannst-Zimmer, und ich hörte ihn mit Edith ins Heiße-und-kalte-Schauer-Zimmer umziehen. Offensichtlich hatte Severin keine Lust, das Messingbett zu so später Stunde zu reparieren, obwohl er es schon oft repariert hatte, wie ich wusste.

Utsch und ich umarmten uns im Komm-wenn-du-kannst-Zimmer, während Severin und Edith im Zimmer nebenan offenbar keine Schwierigkeiten hatten zu kommen. Wahrlich heiße und kalte Schauer. Ich lauschte Edith, die sich so anhörte, wie sie sich, das wusste ich, in Wirklichkeit anhörte. Utschs kräftige Hand senkte sich auf meine Rückgratwurzel. Wir wussten beide, was der andere dachte: Wir alle hatten von diesem Wochenende als von einer Gelegenheit gesprochen, den 3-Uhr-morgens-Ankunfts-und-Abfahrts-Plan zu durchbrechen. Wir hatten gedacht, es wäre schön, echte Liebende zu sein, die gelegentlich auch einmal morgens zusammen aufwachten.

Aber ich erwachte neben Utsch, deren Atem noch von Erbrochenem durchsetzt war. Edith machte beim Frühstück Witze darüber, aber Severin sagte: »Ach, ich weiß nicht, für *uns* war es trotzdem was Neues, Edith. Ich wollte dich schon immer mal im Zimmer deiner Mutter auf die Matte pinnen.«

»Arme Mami«, sagte Edith.

Der Tag klarte auf; mittags zog Utsch ihr Jersey aus. Severin, der gerade Brote belegte, tupfte einen Klecks seiner selbstgemachten Mayonnaise auf eine ihrer verfügbaren Brustwarzen, aber niemand erbot sich, ihn abzulecken, und Utsch musste eine Serviette benutzen. Edith behielt ihre Bluse an. Severin kündigte an, er werde schwimmen gehen, und Utsch ging mit ihm. Edith und ich unterhielten uns über Djuna Barnes. Wir waren uns einig, dass ›Nightwood‹ eine Art blutloser Immoralität an sich habe; es war Kunst, aber war es nicht klinisch? Edith sagte plötzlich: »Ich nehme an, sie tun's unten am Strand. Ich frage mich, ob sie je über irgendetwas *reden*.«

»Warum hast du was dagegen, falls sie's tun?«, fragte ich.

»Hab ich eigentlich gar nicht«, sagte sie. »Es ist nur, dass Severin der Ansicht ist, dass wir die Zeiten nacheinander richten sollten oder so was, und der Gedanke ist ansteckend. Und er weiß, dass du und ich es letzte Nacht nicht getan haben.«

»Ich glaube, Utsch meint, dass doch«, sagte ich. »Ich glaube, sie findet, sie ist leer ausgegangen.«

»Du hast ihr nicht gesagt, was passiert ist?«

»Nein«, sagte ich. Sie dachte darüber nach, dann zuckte sie die Achseln.

Als sie zurückkamen, fragte Edith leichthin: »Na, was habt ihr beide gemacht?« Sie fuhr mit der Hand Severins Badehose hinunter und drückte zu. Utsch hatte ihr Jersey wieder angezogen.

Severin zuckte zusammen; seine Augen wurden nass; Edith ließ ihn los. »Na ja«, sagte er, »wir haben unseren freien Tag genossen.« Schon wieder dieses Wort!

»*Wovon* ist es ein freier Tag?«, fragte Edith.

»Von den Kindern und der Wirklichkeit«, sagte er. »Aber hauptsächlich von den Kindern.«

Ich gebe zu, dass mein eigener Familiensinn unter unserem Vierer litt. An die Kinder erinnere ich mich am allerwenigsten, und das beunruhigt mich. Natürlich hatten wir alle auch andere Freunde und unser Leben mit unseren Kindern. Aber ich weiß nicht mehr, wo die Kinder waren. Einmal, als ich bei Edith war, klopfte Dorabella zaghaft an die Schlafzimmertür. Ich fuhr zusammen; ich dachte, es sei Severin, der früh nach Hause kam, obwohl ich mir nicht vorstellen konnte, dass er so sanft klopfte. Es gab ein hastiges Gewühle von Knien und anderen Gliedmaßen, und ich weiß, dass Edith sich Sorgen machte, dass Severin sie gehört hatte.

»Mami?«, sagte Dorabella. Ich kroch unter die Decken, und Edith ließ sie ins Zimmer.

Sie hatte geträumt; das Kind schilderte den Traum mit tonloser, gleichförmiger Stimme, und seine Hand zupfte und tappte nervös an dem Klumpen neben ihrer Mutter, der ich war. »Pscht«, sagte Edith leise, »weck Daddy nicht auf.«

Das Kind stieß mich an. »Warum schläft Daddy so?« Sie machte Anstalten, die Decke zu lüften, aber Edith hielt sie zurück.

»Weil er friert«, sagte Edith.

In dem Traum des Kindes kamen heulende Hunde und ein Schwein vor, das unter einem Auto quiekte, dessen Räder »eingeklappt sind«, sagte sie, »wie die Räder bei einem Flugzeug.« Das Schwein war zerquetscht, aber nicht tot; die Hunde heulten, weil das Gequieke des Schweins ihnen in den Ohren weh tat. Dorabella rannte immer wieder um das Auto herum, aber sie konnte dem Schwein nicht helfen. »Und dann war *ich* auf einmal unter dem Auto«, sagte das Kind, und seine Stimme zitterte ob dieser Ungerechtigkeit. »Und dann war's *mein* Geschrei, was ich gehört hab und warum die Hunde geheult haben.« Sie knetete mein Hinterteil wie Teig, ihre kleinen Fäuste rollten die Knöchel auf mir ab.

»Arme Fiordiligi«, sagte Edith.

»Ich bin Dorabella, Mami!«, schrie das Kind.

Edith machte das Licht an. »Ach so, Dorabella«, sagte sie. »Was für ein schrecklicher Traum.«

»Das ist doch nicht Daddys Hemd, oder?«, fragte Dorabella, und ich wusste, wessen Kleider sie anstarrte.

»Na ja, Daddy hat was dafür eingetauscht«, sagte Edith. Sie war sehr fix; es gab kein Zögern.

»Was hat er dafür eingetauscht?«, fragte Dorabella, und ich erinnere mich noch an das Schweigen.

Fiordiligi und Dorabella waren allerdings die Kinder der Winters. An meine eigenen Kinder erinnere ich mich kaum, dabei habe ich sie einmal sehr gut gekannt.

»Was hat er dafür eingetauscht?«, fragte Dorabella noch einmal. Von den Kindern weiß ich nichts mehr, aber an dieses Schweigen erinnere ich mich noch.

Ray Bradbury

Die beste aller möglichen Welten

Die beiden Männer saßen schwankend Seite an Seite und sprachen nicht während der langen Zeit, die der Zug brauchte, um durch das kalte Dezemberzwielicht von einem Überlandbahnhof zum andern zu fahren. Nach der zwölften Station murmelte der Ältere der beiden »Idiot, Idiot!« durch die Zähne.

»Wie bitte?« Der jüngere Mann blickte von seiner *Times* auf.

Der alte Mann nickte freudlos. »Haben Sie den verdammten Narren gesehen, der eben hinausgerannt ist, um dieser Frau nachzusteigen, die nach Chanel duftet?«

»Ach, die?« Der junge Mann machte ein Gesicht, als könnte er sich nicht entscheiden, ob er lachen oder deprimiert sein sollte. »Ich bin ihr selbst einmal aus dem Zug gefolgt.«

Der alte Mann schnaufte verächtlich und schloss die Augen. »Ich auch, vor fünf Jahren.«

Der junge Mann starrte seinen Mitreisenden an, als hätte er einen Freund gefunden, wo er das am wenigsten erwartet hätte.

»Ist – ist Ihnen das Gleiche passiert, als Sie das Ende des Bahnsteigs erreicht hatten?«

»Vielleicht. Erzählen Sie weiter.«

»Also, ich war vielleicht sechs Meter hinter ihr und holte rasch auf, als ihr Mann mit einem Auto voller Kinder vor dem Bahnhof vorfuhr! Peng! Der Wagenschlag knallte zu. Ich sah sie lächeln wie die Cheshire-Katze, als sie abfuhr. Eine halbe Stunde lang, durchgefroren bis auf die Knochen, musste ich auf den nächsten Zug warten. Jedenfalls war es mir eine Lehre, bei Gott!«

»Überhaupt nichts war es Ihnen«, erwiderte der alte Mann trocken. »Blöde Böcke sind wir alle, Sie, ich, die anderen Männer, dumme Jungen, die wie Laborfrösche zucken, wenn man sie an der richtigen Stelle reizt.«

»Mein Großvater hat einmal gesagt: ›Groß im Hintern, klein im Hirn, das ist das Schicksal des Mannes.‹«

»Ein weiser Mann, Ihr Großvater. Aber sagen Sie, was halten Sie eigentlich von *ihr*?«

»Von dieser Frau? Oh, sie hält sich eben gern in Form. Es muss sie ganz schön aufmöbeln, wenn sie weiß, dass sie mit ein bisschen Augenverdrehen jederzeit die Männer hier im Zug antanzen lassen kann. Sie hat die beste aller möglichen Welten, meinen Sie nicht? Ehemann, Kinder und dazu das Wissen, dass sie immer noch eine Wucht ist und das auf fünf Fahrten die Woche demonstrieren kann, ohne jemand dabei zu verletzen, am wenigsten sich selbst. Dabei ist sie, alles in allem, keine besondere Schönheit. Sie *riecht* einfach nur so gut.«

»Quatsch«, sagte der alte Mann. »Das allein zieht nicht. Sie ist ganz einfach durch und durch Frau. Alle Frauen sind Frauen, alle Männer sind geile Böcke. Wenn Sie das nicht akzeptieren, werden Sie Ihr Leben lang nach Vernunftgründen für Ihre Drüsentätigkeit suchen. Wie die Dinge aber liegen, werden Sie keine Ruhe finden, bis Sie so um die Siebzig geworden sind. Bis dahin gibt Ihnen vielleicht Selbsterkenntnis den Trost, den man in einer verfänglichen Situation überhaupt bekommen kann. Trotz all dieser absoluten und unentrinnbaren Wahrheiten werden nur einige Männer jemals Bilanz ziehen. Fragen Sie einen Mann, ob er glücklich ist, und er wird sofort glauben, Sie fragten ihn, ob er *befriedigt* sei. Befriedigung bis zum Überdruss ist der Wunschtraum der meisten Männer. Ich kenne nur einen Mann, der in den Genuss der besten aller möglichen Welten gekommen ist, wie Sie das nennen.«

»Guter Gott«, sagte der junge Mann mit glänzenden Augen, »über den würde ich gern etwas hören.«

»Ich hoffe, die Zeit reicht dafür. Dieser Bursche ist der glücklichste Rammler, der unbeschwerteste Bock in der Geschichte. Weiber und Freundinnen massenweise, wie's in der Milieusprache heißt. Doch er hat keine Gewissensbisse, Schuldgefühle, keine schlaflosen Nächte voller Wehklagen und Selbstkasteiung.«

»Unmöglich«, warf der junge Mann ein. »Man kann sich nicht überessen und keine Verdauungsbeschwerden haben!«

»Er konnte es, er kann es, und er wird es weiter können! Kein Zittern, keine Spur von moralischer Seekrankheit nach einer stürmischen Nachtfahrt über ein bewegtes Meer von Gefühlen! Erfolgreicher Geschäftsmann. Apartment in New York in der besten Gegend, in der richtigen Höhe über dem Verkehrslärm, plus ein passendes Haus für lange Wochenenden in Bucks County an einem mehr als passenden, plätschernden kleinen Bach auf dem Lande, wo er seine Schäfchen hütet, der glückliche Schäfer. Doch ich bin ihm zum ersten Mal im vorigen Jahr in seinem New Yorker Apartment begegnet, als er gerade geheiratet hatte. Seine Frau war beim Dinner geradezu überwältigend: sahneweiße

Arme, schwellende Lippen, eine Fülle erntereifer Felder unter, die doppelte Fülle über der Gürtellinie. Honig im Glas, ein Fass voller Äpfel für den Winter, so schien sie mir *und* ihrem Mann, der im Vorbeigehen ihren Oberarm zwickte. Als ich gegen Mitternacht ging, überraschte ich mich dabei, wie ich die Hand hob, um ihr wie einer Vollblutstute die Hinterhand zu tätscheln. Während der Abwärtsfahrt im Fahrstuhl glitt das Leben unter mir davon. Ich wieherte.«

»Ihre Schilderungsgabe«, sagte der junge Pendler, schwer atmend, »ist einfach unglaublich.«

»Ich schreibe Werbetexte«, antwortete der Ältere. »Aber um fortzufahren: Ich traf ihn, wollen wir ihn Smith nennen, keine zwei Wochen später wieder. Rein zufällig nahm mich ein Freund als ungeladenen Gast zu einer Party mit. Als wir in Bucks County ankamen, in wessen Haus fand wohl diese Party statt? Natürlich im Haus von Mr. Smith! Und neben ihm, in der Mitte des Wohnzimmers, stand diese dunkle italienische Schönheit, ganz lohfarbener Panther, Mitternacht und Mondsteine, gekleidet in Erdfarben, Braun, Siena, Umbra, Ocker, all die Töne eines überschwenglich fruchtbaren Herbstes. In dem Stimmengewirr verstand ich ihren Namen nicht. Später sah ich Smith sie in seine Arme pressen wie eine große, sonnenwarme Rebe üppiger Oktobertrauben. Dummer Narr, dachte ich. Glückspilz, dachte ich. Frau in der Stadt, Geliebte auf dem Lande. Wie ein Winzer, der den Wein mit den Füßen keltert, und so weiter. Wunderbar. Aber ich werde nicht zum Winzerfest bleiben, dachte ich, und verdrückte mich unerkannt.«

»Viel mehr von diesem Gerede halt ich nicht aus«, meinte der junge Pendler und versuchte, das Fenster hochzuschieben.

»Unterbrechen Sie mich nicht«, sagte der Ältere. »Wo war ich stehengeblieben?«

»Wein. Mit den Füßen keltern.«

»Ah, ja! Also, als die Party zu Ende ging, schnappte ich schließlich den Namen der schönen Italienerin auf: *Mrs.* Smith!«

»Er hatte demnach noch einmal geheiratet, ja?«

»Kaum. Die Zeit reichte nicht. Verblüfft überlegte ich rasch. Er musste zwei verschiedene Freundeskreise haben. Der eine Kreis kennt seine Frau in der Stadt, der andere seine Geliebte auf dem Lande, die er Ehefrau *nennt,* Smith ist zu smart für Bigamie. Keine andere Möglichkeit. Mysteriös.«

»Weiter, weiter«, forderte der junge Pendler ihn ungeduldig auf.

»Smith fuhr mich in jener Nacht in bester Laune zum Bahnhof. Unterwegs fragte er mich: ›Was halten Sie von meinen Frauen?‹

›Frauen, im Plural?‹, fragte ich.

›Plural, zum Teufel!‹, entgegnete er. ›Ich hatte zwanzig in den letzten drei Jahren, jede besser als die letzte! Zwanzig, zählen Sie sie, zwanzig! Hier!‹ Als wir am Bahnhof hielten, zog er ein dickes Taschenalbum mit Fotos hervor. Während er es mir gab, warf er einen Blick in mein Gesicht. ›Nein, nein‹, lachte er, ›ich bin kein Blaubart mit einem Haufen alter Theaterkoffer auf dem Dachboden, vollgestopft mit ehemaligen Geliebten. Sehen Sie!‹

Ich blätterte die Bilder durch. Sie flogen wie ein Film an meinen Augen vorbei. Blonde, Brünette, Rotschöpfe; Einfache, Exotische, unglaublich Anmaßende oder sanft Fügsame schauten mich daraus an, lächelnd, stirnrunzelnd. Das Flackern und Flickern hypnotisierte mich, wurde mir unheimlich; denn in allen Fotos entdeckte ich eine vertrackte Ähnlichkeit.

›Smith‹, sagte ich, ›Sie müssen sehr reich sein, dass Sie sich alle diese Frauen leisten können.‹

›Doch nicht reich, nein. Schauen Sie noch mal hin!‹

Ich blätterte die Bilder in meiner Hand durch. Ich schnappte nach Luft. Ich wusste Bescheid.

›Die Mrs. Smith, der ich heute Abend begegnet bin, die italienische Schönheit, ist die wahre und einzige Mrs. Smith‹, sagte ich. ›Aber gleichzeitig ist die Frau, die ich vor zwei Wochen in New York getroffen habe, ebenfalls die wahre und einzige Mrs. Smith. Daraus kann ich nur folgern, dass beide Frauen ein und dieselbe Person sind!‹

›Korrekt!‹, rief Smith, stolz auf meine Spürnase.

›Unmöglich!‹, entfuhr es mir.

›Nein‹, erklärte Smith, freudig erregt. ›Meine Frau ist erstaunlich. Eine der vorzüglichsten Off-Broadway-Schauspielerinnen, als ich sie kennenlernte. Selbstsüchtig bat ich sie, der Bühne ade zu sagen, indem ich ihr das Ende unserer beiderseitigen Verrücktheit, unseres Herumtobens von einer Seite der Chaiselongue auf die andere androhte. Aus Liebe wurde die Riesin zur Zwergin, schlug die Theatertür hinter sich zu und lief mit mir davon. In den ersten sechs Monaten unserer Ehe bewegte die Erde sich nicht, sie bebte. Doch Süchtiger, der ich nun einmal bin, begann ich unvermeidlich nach anderen Frauen zu schielen, die wie wunderschöne Pendel an mir vorbeitickten. Meine Frau ertappte mich dabei, wie mir die Zeit lang wurde. Sie hatte inzwischen begonnen, im Vorbeigehen ein Auge auf Theaterplakate zu werfen. Ich fand sie, wie sie in Tränen aufgelöst die Kritiken in der Morgenausgabe der *New York Times* las. Die Krise! Wie aber kann man zwei stürmische Karrieren miteinander verbinden, die einer von Bühnenleidenschaft zerrissenen Schauspielerin und die eines zwanghaften Frauenverführers?

Eines Abends‹, fuhr Smith fort, ›erspähte ich einen vorbeischlendernden Pfirsich Melba, und im selben Moment wehte der Wind meiner Frau einen alten Theaterzettel an den Knöchel. Es war, als ob diese beiden gleichzeitigen Ereignisse einen Rollladen losgelöst und laut rasselnd an die Oberkante des Fensters hätten knallen lassen. Licht *strömte* herein! Meine Frau packte meinen Arm. War sie eine Schauspielerin, oder war sie keine? Sie war es! Also dann! Sie schickte mich für vierundzwanzig Stunden aus dem Hause, ließ mich nicht eher wieder in die Wohnung, während sie gewisse umfangreiche, aufregende Vorbereitungen traf. Als ich am nächsten Nachmittag zur blauen Stunde, wie die Franzosen sagen, zurückkam, war meine Frau verschwunden! Eine dunkle Südländerin streckte mir die Hand entgegen. »Ich bin eine Freundin Ihrer Frau«, erklärte sie und stürzte sich auf mich, knabberte an meinen Ohrläppchen, drückte meine Rippen fast ein, bis ich sie zurückschob und, plötzlich argwöhnisch geworden, ausrief: »Das ist nicht irgendeine Frau, das ist *meine* Frau!« Und wir fielen um und rollten uns lachend auf dem Fußboden. Es *war* meine Frau, mit anderer Kosmetik, anderer Garderobe, anderer Haltung und anderer

Aussprache. »Meine Schauspielerin!«, sagte ich. »Deine Schauspielerin!«, lachte sie. »Sag mir, wer ich sein soll, und ich bin's! Carmen? In Ordnung, ich bin Carmen. Brünhilde? Warum nicht? Ich studiere, erschaffe, und wenn es dir langweilig wird, kreiere ich neue Gestalten. Ich habe mich in der Tanzakademie eingeschrieben. Ich lerne auf zehntausend verschiedene Arten sitzen, stehen, gehen. Ich stecke bis zum Hals im Sprechunterricht, ich nehme Stunden an der Berlitz-Schule! Außerdem bin ich Mitglied im Yamayuki-Judo-Club.« – »Du lieber Himmel!«, rief ich. »Wofür denn das?« – »Dafür!«, antwortete sie und warf mich mit elegantem Schulterschwung ins Bett!

›Also‹, erklärte Smith, ›von diesem Tag an habe ich das Leben von Reilly und neun weiteren Iren gelebt! Ungezählte Phantasieerscheinungen, köstliche Schattenspiele von Frauen aller Farben, Gestalten, Figuren, Leidenschaften zogen an mir vorbei! Als meine Frau ihre Bühne, nämlich unser Wohnzimmer samt Zuschauer, nämlich mich, fand, erfüllte sich ihre Sehnsucht, die größte Schauspielerin des Landes zu sein. Zu wenig Publikum? Nein! Denn ich mit meinen immer anderen Vorlieben bin hier, um ihr entgegenzutreten, welche Rolle sie auch spielen mag. Meine animalische Begabung deckt sich mit ihrem weitreichenden Genie.

So, endlich eingefangen und doch frei, liebe ich sie und in ihr alle! Es ist die beste aller möglichen Welten, mein Freund, die beste aller möglichen Welten.‹«

Für einen Augenblick trat Stille ein.

Der Zug ratterte übers Geleis in die junge Dezemberdunkelheit.

Die beiden Pendler, der junge und der alte, waren nachdenklich geworden, so kurz nach dem vermeintlichen Ende der Geschichte.

Schließlich schluckte der junge Mann und nickte respektvoll. »Ihr Freund Smith hat sein Problem tatsächlich gelöst.«

»Das hat er.«

Der junge Mann überlegte einen Augenblick und lächelte dann ruhig: »Auch ich habe einen Freund, der sich in einer ähnlichen Situation befand, die aber – doch anders gelagert war. Soll ich ihn Quillan nennen?«

»Ja«, sagte der alte Mann, »aber beeilen Sie sich. Ich muss bald aussteigen.«

»Quillan«, begann der junge Mann rasch, »sah ich eines Abends mit einer fabelhaften Rothaarigen in einer Bar. Die Menge teilte sich vor ihr wie das Meer vor Moses. Phantastisch, dachte ich, erfrischend, unwahrscheinlich! Eine Woche später sah ich Quillan mit einer rundlichen kleinen

Frau durch Greenwich schlendern, in seinem Alter natürlich, erst zweiunddreißig, aber früh verblüht. Fade, plump, knollennasig, ungenügend geschminkt, faltige Strümpfe, ungepflegtes Haar und unglaublich still; anscheinend genügte es ihr, neben Quillan herzugehen und seine Hand zu halten. Ha, dachte ich, hier ist seine kleine, unscheinbare Frau, die den Boden anbetet, über den er schreitet, während er an anderen Abenden diesen unwahrscheinlichen Rotschopf aufreißt! Wie traurig, was für eine Schande! Und ich ging meines Weges.

Einen Monat später traf ich Quillan erneut. Er wollte gerade in einen dunklen Torweg in der MacDougal Street flitzen, als er mich sah. ›Oh, mein Gott!‹, rief er schwitzend. ›Verraten Sie mich nicht! Meine Frau darf es nie erfahren!‹

Ich wollte ihm gerade meine Verschwiegenheit schwören, als eine Frau aus einem Fenster über uns Quillan rief.

Ich blickte hoch. Mein Kinn klappte herunter.

Dort oben am Fenster stand die dickliche, verblühte kleine Frau!!

Mir fiel es wie Schuppen von den Augen. Die wunderschöne Rothaarige war seine *Frau*! Sie tanzte, sie sang, sie redete laut und lange, eine brillante Intellektuelle, ein weibgewordener Gott Schiwa mit tausend Armen, das edelste je von sterblicher Hand gesäumte Ruhekissen. Dennoch war sie auf seltsame Art – ermüdend.

Deshalb also hatte mein Freund Quillan dieses obskure Zimmer im Village gemietet, wo er zwei Abende die Woche ruhig mit dieser guten, schlichten, dicklichen, bequemen, schweigsamen Frau in mausbrauner Stille sitzen oder durch schwach beleuchtete Straßen spazieren konnte, mit dieser Frau, die nicht, wie ich sogleich vermutet hatte, seine Ehefrau war, sondern seine Geliebte!

Ich blickte von Quillan zu seiner plumpen Gefährtin am Fenster über uns hoch und schüttelte ihm heftig, mit ungekannter Herzlichkeit und Verständnis, die Hand. ›Kein Wort darüber, Ehrensache!‹, erklärte ich. Zuletzt sah ich sie dann in einem Feinkostladen sitzen, Quillan und seine Geliebte, wo sie schweigend zärtliche Blicke tauschten und Pastrami-Sandwiches aßen. Auch er hatte, wenn man's recht bedenkt, die beste aller möglichen Welten gefunden.«

Der Zug polterte, ließ seine Dampfpfeife ertönen und verlangsamte die Fahrt. Beide Männer standen auf, blieben stehen und sahen sich überrascht an. Beide sprachen gleichzeitig: »Steigen Sie *hier* aus?«

Beide nickten lächelnd.

Schweigend gingen sie zur Tür, und als der Zug

in der frostigen Dezembernacht hielt, stiegen sie aus und schüttelten sich die Hand.

»Also, meine besten Grüße an Mr. Smith!«

»Und meine an Mr. Quillan!«

Zwei Hupen ertönten von entgegengesetzten Enden des Bahnsteigs. Beide Männer schauten sich zu einem Wagen um. Eine schöne Frau saß darin. Beide Männer drehten den Kopf nach dem anderen Wagen. Eine schöne Frau saß darin.

Sie trennten sich, jeder schaute sich noch einmal nach dem andern um, wie zwei Schuljungen, und jeder warf einen verstohlenen Blick nach dem Wagen, zu dem der andere hinging.

›Ich möchte gern wissen‹, dachte der alte Mann, ›ob die Frau dort vielleicht...‹

›Ich möchte gern wissen‹, dachte der junge Mann, ›ob die Dame in seinem Wagen möglicherweise...‹

Aber jetzt rannten beide. Zwei Wagentüren knallten wie Pistolenschüsse zum Ende einer Vorstellung.

Die Autos fuhren davon. Der Bahnsteig war verlassen. Da es Dezember und kalt war, fiel bald Schnee, wie ein Vorhang.

Javier Marías
Eine Liebesnacht

Die sexuelle Beziehung zu meiner Frau, Marta, ist sehr unbefriedigend. Meine Frau ist nicht besonders sinnlich und nicht gerade phantasievoll, sie sagt mir nichts Nettes und gähnt, sobald ich ihr in galanter Weise nähertrete. Deshalb gehe ich manchmal zu den Nutten. Aber die werden immer ängstlicher und immer teurer, und außerdem sind sie so routiniert. Wenig begeisterungsfähig. Mir wäre es lieber, wenn meine Frau, Marta, sinnlicher und phantasievoller wäre und wenn nur sie mir genügte. Ich war eine Nacht lang glücklich, in der allein sie mir genügte.

Zu den Dingen, die mein Vater mir bei seinem Tod vererbt hat, zählt ein Bündel Briefe, das immer noch einen leichten Duft nach Eau de Cologne verströmt. Ich glaube nicht, dass der Absender sie parfümiert hat, sondern vielmehr, dass mein Vater sie im Laufe seines Lebens irgendwann einmal in der Nähe eines Flakons aufbewahrt hat und dieser über ihnen ausgelaufen ist. Man sieht noch den Flecken, außerdem ist es zweifellos der Duft nach jenem Eau de Cologne, das mein Vater gewöhnlich benutzte und dann nicht mehr (vorausgesetzt, es war ausgelaufen), und nicht derjenige der Frau, die die Briefe abgeschickt hatte. Dieser Geruch ist zudem sehr typisch für ihn; ich kannte ihn sehr gut, er veränderte sich nie, und ich habe ihn nicht vergessen, immer derselbe Geruch während meiner Kindheit, während des Heranwachsens und während eines guten Teils meiner Jugend, die ich immer noch verbringe oder die ich noch nicht abgeschlossen habe. Deswegen habe ich mich, bevor das Alter meinem Interesse für diese Dinge – das Galante oder das Leidenschaftliche – in die Quere kommt, entschlossen, das Briefbündel durchzusehen, das er mir vererbt hat, wenn ich auch bisher keine Neugier darauf verspürte.

Eine Frau, die Mercedes hieß oder noch so heißt, hat diese Briefe geschrieben. Sie benutzte bläuliches Papier und schwarze Tinte. Ihre Schrift ist groß und mütterlich, schnell hingeworfen, so als habe sie nicht vorgehabt, damit einen großen Eindruck zu hinterlassen, zweifellos weil sie wusste, dass sie ihn schon bis in alle Ewigkeit hinterlassen hatte. Denn die Briefe sind geschrieben, wie von jemandem, der schon tot war, als er sie schrieb, sie lesen sich wie Botschaften aus dem Jenseits.

Ich kann mir nur denken, dass es sich um ein Spiel handelte, eines jener Spiele, denen Kinder und Verliebte so zugetan sind und bei denen es im Wesentlichen darum geht, sich als jemand anderer auszugeben, als man ist, oder, anders ausgedrückt, sich erfundene Namen zu geben und erfundene Existenzen zu schaffen, sicher aus der Angst heraus (nicht bei den Kindern, wohl aber bei den Verliebten), die übermächtigen Gefühle könnten sie zugrunde richten, wenn sie sich eingestehen würden, dass sie selbst es sind, die solche Erfahrungen durchleiden. Es ist ein Kunstgriff, die größte Leidenschaft, das zutiefst Empfundene zu mildern, so zu tun, als geschehe es jemand anderem, und es ist zugleich der beste Trick, all das zu beobachten, auch Zuschauer zu sein und sich der Dinge bewusst zu werden. Nicht allein sie zu erleben, sondern sich ihrer bewusst zu werden.

Diese Frau, die mit Mercedes unterschrieb, hatte sich für die Fiktion entschieden, meinem Vater ihre Liebe von jenseits des Grabes zu übermitteln, und sie schien von dem ewigen Augenblick oder dem Ort, den sie einnahm, während sie schrieb, so überzeugt zu sein (oder so sicher, der Empfänger werde diese Vorgaben akzeptieren), dass es ihr wenig oder gar nichts ausmachte, ihre Umschläge der Post anzuvertrauen oder dass sie mit normalen Briefmarken versehen waren und den Poststempel von Gijón trugen. Sie waren datiert, und das Einzige, was fehlte, war der Absender, für eine heimliche Beziehung (die Briefe stammten alle aus der Zeit, als mein Vater bereits Witwer war, aber er hatte mir nie von dieser späten Leidenschaft erzählt) allerdings eine Selbstverständlichkeit. Auch wäre allein die Existenz dieses Briefwechsels, von dem ich nicht weiß, ob mein Vater auf normalem Wege antwortete oder nicht, nichts Besonderes gewesen, denn nichts findet man häufiger als Witwer, die verwegenen und feurigen (oder desillusionierten) Frauen hörig sind. Andererseits sind die Erklärungen, Versprechungen, Forderungen, Erinnerungen, das Ungestüm, die Einwände, das Feuer und die Obszönitäten in diesen Briefen (vor allem die Obszönitäten) konventionell und zeichnen sich weniger durch ihren Stil als durch ihre Kühnheit aus. Nichts von alledem wäre etwas Besonderes gewesen, meine ich, wenn ich nicht selbst, einige Tage nachdem ich mich entschieden hatte, das Bündel zu öffnen und – eher gelassen als empört – einen Blick auf die bläulichen Blätter zu werfen, einen Brief von der Frau namens Mercedes erhalten hätte, von der ich allerdings nicht mitteilen kann, ob sie noch lebt, denn sie schien vielmehr von Anfang an tot gewesen zu sein.

Der Brief, den Mercedes an mich richtete, war überaus korrekt, sie nahm sich aufgrund der Tatsache, dass sie mit meinem Vater eine intime Beziehung unterhalten hatte, weder irgendwelche Vertraulichkeiten heraus, noch verfiel sie auf die Geschmacklosigkeit, ihre Liebe zu meinem Vater nun, da er tot war, in eine krankhafte Liebe zum Sohn umzuwandeln, der lebte und der weiterlebt und der ich war und der ich bin. Mit einer gewissen Scham darüber, dass ich über ihre Beziehung Bescheid wusste, beschränkte sie sich darauf, mir eine Sorge und eine Beschwerde vorzutragen und die Anwesenheit des Geliebten einzufordern, der, entgegen den immer wieder gegebenen Versprechen, sechs Monate nach seinem Tod noch nicht an ihrer Seite war. Er hatte sich nicht am vereinbarten Ort mit ihr getroffen, oder vielleicht sollte es besser heißen: zur vereinbarten *Zeit*. Aus ihrer Sicht konnte dies nur auf zwei mögliche Gründe zurückzuführen sein: auf eine plötzliche und letzte Lieblosigkeit im Angesicht des Todes, die den Verstorbenen veranlasst hatte, nicht Wort zu halten, oder aber darauf, dass, im Gegensatz zu dem von ihm Verfügten, sein Körper beerdigt und nicht eingeäschert worden war, was – so Mercedes, die das ganz ungezwungen erklärte – die Begegnung oder Wiederbegegnung im Jenseits wenn nicht unmöglich gemacht, so doch erschwert haben könnte.

Es stimmte, dass mein Vater, wenn auch nicht mit allzu großem Nachdruck (vielleicht weil es schon dem Ende zuging, mit geschwächter Willenskraft), seine Einäscherung gewünscht hatte und dass er dennoch neben meiner Mutter beerdigt worden war, da noch ein Platz im Familiengrab frei gewesen war. Marta und ich hielten das für angebrachter, vernünftiger und bequemer. Den Scherz empfand ich als geschmacklos. Ich warf Mercedes' neuen Brief in den Papierkorb und war versucht, dasselbe mit den alten Briefen zu tun. Der neue Umschlag war mit gültigen Briefmarken versehen und trug ebenfalls den Stempel von Gijón. Er roch nach nichts. Ich war nicht bereit, die sterblichen Überreste exhumieren zu lassen, um sie anschließend dem Feuer zu übergeben.

Bald darauf kam der nächste Brief, und Mercedes bat mich darin, so als wisse sie Bescheid über den Stand meiner Überlegungen, meinen Vater einäschern zu lassen, denn sie könne in der Ungewissheit nicht weiterleben (so sagte sie: weiterleben). Ihr sei es lieber zu wissen, dass mein Vater beschlossen hätte, sich schließlich doch nicht mit ihr zu vereinen, als weiterhin in alle Ewigkeit auf ihn zu warten, vielleicht vergebens. Jetzt siezte sie mich. Ich kann nicht verhehlen, dass mich dieser Brief vorübergehend bewegte (das heißt, während ich ihn las, länger nicht), aber der wohlbekannte Poststempel aus Asturien war zu ernüchternd, als dass ich hinter der ganzen Angelegenheit etwas anderes als einen makabren Scherz vermuten konnte. Der zweite Brief wanderte ebenfalls in den Papierkorb. Meine Frau, Marta, sah, wie ich ihn zerriss, und fragte: »Was hat dich denn so wütend gemacht?« Meine Bewegungen mussten sehr heftig gewesen sein. »Nichts, gar nichts«, sagte ich und sammelte sorgfältig die Schnipsel auf, damit sie den Brief nicht wieder zusammensetzen konnte.

Ich wartete auf einen dritten Brief, und gerade weil ich auf ihn wartete, kam er viel später als vorgesehen, oder aber die Wartezeit kam mir länger vor. Er unterschied sich sehr von den vorherigen und glich eher denen, die mein Vater eine Zeitlang erhalten hatte: Mercedes duzte mich und bot mir ihren Körper, nicht ihre Seele, an: »Du kannst mit mir machen, was Du willst«, sagte sie, »alles, was Du Dir vorstellst und was Du nicht wagst, Dir vorzustellen, was man mit einem fremden Körper machen kann, mit dem Körper des anderen. Wenn Du meiner Bitte nachkommst, Deinen Vater zu exhumieren und einzuäschern, ihm erlaubst, sich mit mir vereinen zu können, wirst Du mich Dein ganzes Leben lang nicht vergessen, nicht einmal im Tod, denn ich werde Dich verschlingen, und Du wirst mich verschlingen.« Ich glaube, ich bin rot geworden, als ich das zum ersten Mal las, und für den Bruchteil einer Sekunde schoss mir der Gedanke durch den Kopf, nach Gijón zu fahren, um gleich loslegen zu können (das Ungewöhnliche zieht mich an, ich bin ein Ferkel, was Sex angeht). Aber sofort dachte ich: »Wie absurd. Ich weiß nicht einmal ihren Nachnamen.« Dennoch wanderte dieser dritte Brief nicht in den Papierkorb. Ich verstecke ihn immer noch.

Zu jener Zeit begann Marta, ihr Verhalten zu ändern. Nicht etwa, dass sie sich von einem Tag auf den anderen in eine feurige Frau verwandelt und nicht mehr gegähnt hätte, aber ich bemerkte ein größeres Interesse und eine stärkere Neugier mir oder meinem nicht mehr ganz jungen Körper gegenüber, so als vermutete sie einen Seitensprung und belauerte mich, oder aber sie war es, die ihn begangen hatte, und nun wollte sie herausfinden, ob das, was sie gerade entdeckt hatte, auch mit mir möglich wäre. »Komm her«, sagte sie manchmal, und sie hatte mich nie begehrt. Oder aber sie redete ein wenig, sagte zum Beispiel: »Ja, ja, jetzt, ja.«

Jener dritte, so verheißungsvolle Brief ließ mich

auf einen vierten warten, mehr noch als mich der verwirrende zweite auf einen dritten hatte warten lassen. Aber dieser vierte Brief kam nicht, und ich stellte fest, dass ich mit jedem Tag ungeduldiger auf die Post wartete. Ich merkte, dass ich jedes Mal zusammenzuckte, wenn ein Umschlag keinen Absender trug, und dann huschten meine Augen zum Poststempel, um zu sehen, ob er aus Gijón kam. Aber niemand schreibt jemals aus Gijón.

Die Monate vergingen, und zu Allerseelen brachten Marta und ich Blumen zum Grab meiner Eltern, das auch das meiner Großeltern und meiner Schwester ist.

»Ich weiß nicht, was aus uns werden soll«, sagte ich zu Marta, während wir, auf einer Bank in der Nähe unseres Familiengrabs sitzend, die klare Friedhofsluft atmeten. Ich rauchte eine Zigarette, und sie kontrollierte ihre Nägel, wobei sie die Finger ein wenig von sich wegstreckte, wie jemand, der einer Menschenmenge Ruhe gebietet. »Ich meine, wenn wir sterben, ist hier kein Platz mehr.«

»Du kommst auf merkwürdige Gedanken.«

Ich blickte in die Ferne, um einen träumerischen Ausdruck anzunehmen, der rechtfertigen sollte, was ich sagen wollte, und ich sagte: »Ich möchte gern beerdigt werden. Das gibt einem eine Vorstellung von Ruhe, anders als die Einäscherung.

Mein Vater wollte, dass wir ihn einäschern, erinnerst du dich, und wir haben seinen Wunsch nicht erfüllt. Ich glaube, wir sollten ihm jetzt nachkommen. Mich würde es stören, wenn sich mein Wunsch, beerdigt zu werden, nicht erfüllte. Was meinst du? Wir sollten ihn exhumieren. So hätten wir außerdem Platz für mich im Familiengrab, wenn ich sterbe. Du könntest in das Deiner Eltern gehen.«

»Lass uns von hier weggehen, du machst mich krank.«

Wir gingen auf der Suche nach dem Ausgang zwischen den Gräbern umher. Die Sonne schien. Aber nach zehn oder zwölf Schritten blieb ich stehen, betrachtete die Asche meiner Zigarette und sagte: »Glaubst du nicht, dass wir ihn einäschern sollten?«

»Mach, was du willst, aber lass uns endlich von hier weggehen.«

Ich warf die Zigarette zu Boden und begrub sie mit dem Schuh in der Erde.

Marta hatte kein Interesse, an der Zeremonie teilzunehmen, bei der keinerlei Gefühl aufkam und ich der einzige Zeuge war. Die gerade noch wiederzuerkennenden Überreste meines Vaters in einem Sarg verwandelten sich in gar nicht mehr wiederzuerkennende in einer Urne. Ich fand nicht, dass es nötig sei, sie zu verstreuen; außerdem ist das verboten.

Als ich nach Hause kam, es war schon spät, fühlte ich mich deprimiert; ich setzte mich in den Sessel, ohne den Mantel auszuziehen oder das Licht einzuschalten, und ich verharrte dort wartend, murmelnd, nachdenkend, ich hörte von weitem Marta unter der Dusche, vielleicht bürdete sie mir die schwere Verantwortung dafür auf, dass ich etwas getan hatte, was seit langer Zeit anstand, einen Wunsch erfüllt zu haben (einen fremden Wunsch). Nach einer Weile kam meine Frau Marta, in ihren Bademantel gehüllt, der blassrosa ist, aus dem Badezimmer, die Haut noch feucht. Das Licht aus dem Badezimmer, das voller Dampf war, beschien sie. Sie setzte sich auf den Boden, zu meinen Füßen, und stützte den feuchten Kopf auf meine Knie. Nach einigen Augenblicken sagte ich: »Solltest du dich nicht besser abtrocknen? Du machst meinen Mantel und meine Hose ganz feucht.«

»Ich werde dich überall feucht machen«, sagte sie, und sie hatte nichts an unter dem Bademantel. Das Licht aus dem Bad beschien uns aus der Ferne.

In dieser Nacht war ich glücklich, weil meine Frau Marta sinnlich und phantasievoll war, mir etwas Nettes sagte, nicht gähnte und nur sie mir genügte. Das werde ich niemals vergessen. Es hat sich nicht wiederholt. Es war eine Liebesnacht. Es hat sich nicht wiederholt.

Einige Tage später erhielt ich den vierten, so lang erwarteten Brief. Ich habe noch immer nicht gewagt, ihn zu öffnen, und manchmal bin ich versucht, ihn einfach zu zerreißen, ihn niemals zu lesen. Zum Teil, weil ich zu wissen glaube und fürchte, was in diesem Brief steht, der, im Unterschied zu den dreien, die mir Mercedes zuvor geschickt hat, einen Duft an sich hat, er riecht ein wenig nach Eau de Cologne, nach einem Eau de Cologne, das ich nicht vergessen habe und das ich gut kenne. Ich habe keine Liebesnacht mehr erlebt, und deshalb, weil es sich nicht wiederholt hat, habe ich manchmal das merkwürdige Gefühl, wenn ich mich sehnsüchtig daran erinnere, dass ich in jener Nacht meinen Vater betrogen habe oder dass meine Frau Marta mich mit ihm betrogen hat (vielleicht weil wir uns erfundene Namen gaben oder uns Existenzen schufen, die nicht unsere waren), obwohl außer Zweifel steht, dass in jener Nacht, im Haus, in der Dunkelheit, auf dem Bademantel, nur Marta und ich waren. Wie immer, Marta und ich.

Ich habe keine Liebesnacht mehr erlebt, und es ist auch nicht wieder vorgekommen, dass nur sie mir genügte, und deshalb gehe ich auch weiter zu den Nutten, die jedes Mal teurer und ängstlicher werden; ich weiß nicht, ob ich es mal mit Transvestiten versuchen sollte. Aber all das interessiert mich wenig, es bedrückt mich nicht und geht vorüber, obwohl es noch andauern wird. Manchmal denke ich zu meiner eigenen Überraschung, es wäre, wenn die Zeit gekommen ist, am einfachsten und auch wünschenswert, wenn Marta zuerst stürbe, denn dann könnte ich sie auf dem freigebliebenen Platz im Familiengrab beerdigen. Auf diese Art und Weise müsste ich ihr keine Erklärungen über meinen Sinneswandel abgeben, denn jetzt wünsche ich, dass man mich einäschert und nicht beerdigt, dass man mich auf keinen Fall beerdigt. Ich weiß zwar nicht, ob mir das etwas bringt – denke ich zu meiner eigenen Überraschung –, denn mein Vater hält sicher seinen Platz neben Mercedes besetzt, meinen Platz, für alle Ewigkeit. Wenn ich erst eingeäschert bin, ja dann – denke ich zu meiner eigenen Überraschung – würde ich versuchen, meinen Vater zu erledigen, aber ich weiß nicht, wie man jemanden erledigt, der schon tot ist. Manchmal frage ich mich, ob dieser Brief, den ich noch nicht geöffnet habe, nicht etwas anderes sagen wird als das, was ich mir vorstelle und was ich befürchte, ob sie mir nicht die Lösung verraten könnte, ob sie mich ihm nicht vorziehen wird. Dann denke ich: »Wie absurd. Wir haben uns noch nicht einmal gesehen.« Dann schaue ich den Brief an und rieche daran und drehe und wende ihn in meinen Händen, und schließlich verstecke ich ihn wieder, ohne ihn bisher geöffnet zu haben.

David Lodge
Hotel des Tittes

»Hotel des Pins?«, sagte Harry. »Hat sich was ... Wie wär's denn mit Hotel des Tittes?«

»Komm weg vom Fenster«, mahnte Brenda. »Du benimmst dich wie ein Spanner.«

»Was heißt hier Spanner?« Harry, der durch die Jalousieschlitze den Swimmingpool anpeilte, ließ sich nicht stören. »Ein Spanner ist ein Mensch, der anderer Leute Intimsphäre verletzt.«

»Und die braucht man in einem Hotel nicht zu beachten, meinst du?«

»Hotel des Tittes. Hotel Zwillingsburg. Hotel Amper. Nicht schlecht, wie?«

Brenda äußerte sich nicht, und Harry ging wieder auf Beobachtungsposten. »Von Verletzung der Intimsphäre kann bei mir keine Rede sein. Wenn frau nicht will, dass man ihr auf die Titten guckt, soll sie sich gefälligst was drüberziehen.«

»Dann geh runter zum Pool und guck gleich richtig hin.« Brenda fuhr sich ärgerlich durchs Haar. »Mach eine gründliche Besichtigung.«

»Du wirst dich in diesem Urlaub auf Oben-ohne umstellen müssen, Brenda.«

Seine Frau schnaubte verächtlich.

»Warum nicht? Du brauchst dich doch nicht zu verstecken.« Er sah sie an und griente ermutigend. »Bei dir ist doch alles bestens.«

»Vielen Dank für die Blumen, aber ich fühle mich angezogen wohler.«

»Manchmal heißt es eben mit dem Strom schwimmen«, sagte Harry.

»Hier ist kein Strom, sondern die Côte d'Azur.«

»Côte des Tittes. Côte der Möpse.«

»Hätte ich geahnt, dass du so einen Zirkus machst, wäre ich nie hergekommen!«

Jahrelang waren Harry und Brenda zum Familienurlaub nach Guernsey gefahren, wo Brendas Eltern lebten. Nachdem die Kinder jetzt alt genug waren, um sich auch in dieser Beziehung selbständig zu machen, hatten sie beschlossen, sich mal was anderes anzusehen. Brenda hatte sich schon immer gewünscht, Südfrankreich kennenzulernen, und ein bisschen Luxus, fanden sie, hatten sie sich wirklich verdient. Finanziell waren sie, nachdem Brenda ihren Abschluss an der Open University gemacht und eine Vollstelle als Lehrerin bekommen hatte, nicht schlecht gestellt. Im Kasino für die Leitenden der Firma Barnard Castings hatte es einen nicht unwillkommenen kleinen Wirbel gegeben, als Harry beim Gespräch über die Vor- und Nachteile von Benidorm und Palma, der Costa X und der Costa Ypsilon den Namen ihres Urlaubsortes in die Debatte geworfen hatte.

»Französische Riviera, Harry? Alle Achtung...«

»Ein kleines Hotel bei Saint-Raphaël, Brenda hat den Namen in irgendeinem Buch gefunden.«

»Vornehm geht die Welt zugrunde...«

»Na ja, ganz billig ist es nicht, aber warum nicht mal richtig zuschlagen, haben wir uns gesagt, solange wir noch jung genug sind, um Spaß dran zu haben.«

»An den knackigen Oben-ohne-Bräuten, meinst du.«

»Ach ja?« Harrys Ahnungslosigkeit war nicht nur gespielt. Theoretisch wusste er natürlich, dass sich an gewissen Stränden des Mittelmeers die Frauen barbusig der Sonne darboten, er hatte Fotos von diesem Phänomen in einer bestimmten Zeitung gesehen, die er eben solcher Abbildungen wegen seiner Sekretärin zu stibitzen pflegte. Die Realität aber war ein Schock. Nicht so sehr die willkürlich-anonyme Entblößung des Busens am Strand als vielmehr die intimere, gesellschaftlich komplexere Nacktheit am Swimmingpool des Hotels. Anders und beunruhigender war die Situation am Pool dadurch, dass Mann eben jenen Frauen, die den ganzen Tag dort halbnackt herumlagen, abends einwandfrei bekleidet beim Dinner begegnete, ihnen in der Hotelhalle höflich lächelnd zunickte und mit ihnen in der Bar über das Wetter plauderte. Und da Brenda den ein paar Meilen im Land gelegenen, von Bäumen beschatteten Pool der Hitze, dem gleißenden Licht und dem Gewimmel am Strand (von der mutmaßlichen Wasserverschmutzung des Mittelmeers ganz zu schweigen) bei weitem vorzog, spielte sich hauptsächlich dort Harrys Einführung in den neuen Kodex busenspezifischer Sitten und Gebräuche ab. Harry stand auf Frauenbrüste und gab das auch unumwunden zu. Manche Männer machten Beine oder ein Hintern an, aber Harry war von jeher ein Tittenfex, wie die Kollegen in der Firma sich ausdrückten. »Dich haben sie zu früh entwöhnt«, pflegte Brenda zu sagen, eine Diagnose, die Harry mit selbstzufriedenem Grinsen akzeptierte. In einem automatischen Reflex begutachtete er die Büste jedes sexuell auch nur einigermaßen reizvollen weiblichen Wesens und verbrachte so manche Mußestunde damit, über die Formen zu spekulieren, die ihre Pullover, Blusen und BHs verbargen. Dass dieser harmlose Zeitvertreib unter der provenzalischen Sonne völlig überflüssig geworden war, empfand er als, gelinde gesagt, beunruhigend. Kaum hatte er damit angefangen, die Statur der Frauen im Hotel des Pins zu taxieren, da befriedigten sie schon seine Neugier bis zur letzten Pore, ja, in den meisten Fällen bekam er sie halbnackt zu Gesicht, noch ehe er gewissermaßen offiziell ihre Bekanntschaft gemacht hatte. Die großkotzige Engländerin zum Beispiel, Mutter von Zwillingsknaben und Frau des rundlichen Börsenmaklers, den man nie ohne die *Financial Times* von gestern in der Hand und einem selbstsicheren Grinsen im Gesicht antraf. Oder die weibliche Hälfte des deutschen Paares, die ihre Sonnenanbetung mit religiösem Eifer betrieb und sich nach einem strengen Zeitplan und mit Hilfe eines Quarzweckers drehte und salbte. Oder die tief gebräunte Brünette unbestimmten Alters, die Harry bei sich Carmen Miranda nannte, weil sie in schnellem, erwartungsvollen Spanisch – es mochte auch Portugiesisch sein – in das schnurlose Telefon sprach, mit dem Antoine, der Ober, ständig bei ihr antanzen musste.

Mrs. Großkotz hatte im Liegen praktisch keine Brüste, sondern lediglich leicht verdickte Muskelstränge wie ein Junge, auf denen zwei lustige, nach oben gerichtete Brustwärzchen saßen, die wie die Nasen von zwei kleinen Nagern zuckten, wenn sie aufstand und herumlief. Die Brüste der deutschen Dame waren perfekte Kegel, so glatt und fest, als kämen sie von einer Drehbank, und in der Form nahezu unveränderlich, ganz gleich, in welcher Lage sich die Dame befand. Carmen Mirandas Brüste hingegen waren wie zwei braune Satinsäckchen, in denen eine viskose Flüssigkeit wogte, wenn sie sich, den nächsten Anruf des fernen Liebsten erwartend, ruhelos auf ihrer Liege hin und her warf. Und an diesem Vormittag waren zwei junge Mädchen im Teenageralter unten am Pool, die Harry noch nicht kannte. Sie lagen nebeneinander, die eine in grünem, die andere in gelbem Bikinihöschen, und besahen sich die ihnen unlängst zugewachsenen Brüste – Halbkugeln, die so glatt und makellos waren wie Puddingförmchen – mit der stillen Zufriedenheit von Hausfrauen, die das Aufgehen der Scones im Backofen verfolgen.

»Zwei Neue«, berichtete Harry. »Oder vielleicht sollte ich besser sagen vier.«

»Kommst du nach unten?« Brenda war schon an der Tür. »Oder willst du den ganzen Vormittag durch die Jalousie luchsen?«

»Komme schon. Wo ist meine Lektüre?« Er sah sich suchend nach seinem Jack-Higgins-Taschenbuch um.

»Sehr weit bist du ja damit noch nicht gekommen«, sagte Brenda spöttisch. »Ich an deiner Stelle würde schon anstandshalber das Buchzeichen jeden Tag ein paar Seiten weiter nach hinten legen.«

Ein Buch war unverzichtbar als Grundausstattung für die diskrete Busenbespitzelung am Pool. Man konnte darüber weg- oder daran vorbeisehen oder von der Buchseite hochblicken, als sei man just in dem Moment, da die Puppe ein paar Meter vor einem das Oberteil von den Schultern streifte oder sich auf den Rücken rollte, von einem plötzlichen Geräusch, einer plötzlichen Bewegung abgelenkt worden. Ein weiteres wichtiges Requisit war eine Sonnenbrille mit möglichst dunklen Gläsern, damit niemand erkennen konnte, in welche Richtung man gerade sah. Denn Barbusigkeit – so viel hatte Harry inzwischen gelernt – erforderte ein gewisses Protokoll. Als Mann einen nackten Busen anzustarren oder auch nur eine gewisse Zeitspanne seinen Blick auf besagtem Körperteil ruhen zu lassen gehörte sich nicht, weil es gegen das Grundprinzip der ganzen Übung verstieß, dass es sich nämlich dabei um nichts Bemerkenswertes, sondern um das Natürlichste, Unanstößigste auf der Welt handelte. (Zumal Antoine verstand es vortrefflich, sich bei der Bedienung seiner weiblichen Gäste mit kalten Getränken oder beim Aufnehmen der Bestellungen für den Lunch tief über die hingegossenen Gestalten zu beugen, ohne von ihrer Blöße erkennbar

Notiz zu nehmen.) Doch wurde dieses Prinzip durch ein anderes stark in Frage gestellt, das die Entblößung der weiblichen Brust auf den Pool und sein unmittelbares Umfeld beschränkte. Sobald die Frauen sich auf die Terrasse oder ins Hotel begaben, bedeckten sie den Oberkörper. Verhielt es sich vielleicht so, dass ein nackter Busen je nach dem Territorium, auf dem er sich zeigte, erotisch an Wert gewann oder verlor? Wurde die gierig begaffte, von Ehemann oder Liebhaber in der Abgeschiedenheit des Schlafzimmers gestreichelte und gehätschelte Brust an der betonierten Einfassung des Swimmingpools zu einem durchaus gleichgültigen Gegenstand, einer anatomischen Protuberanz, die nicht mehr Interesse weckte als ein Ellbogen oder eine Kniescheibe? Aber nein – diese Vorstellung war grotesk. Für Harry stand fest, dass alle anwesenden Männer – Antoine eingeschlossen – den Anblick der meisten Frauen, die dort barbusig herumlagen, als angenehm und äußerst anregend empfanden, und es war unwahrscheinlich, dass die Frauen sich dieser Tatsache nicht bewusst waren. Vielleicht, spekulierte Harry, erregte es sie, sich zu entblößen, weil sie wussten, dass die Männer sich ihre Lustgefühle nicht anmerken lassen durften; und an dieser Erregung konnten die eigenen Partner gewissermaßen stellvertretend und mit einigem Besitzerstolz teilhaben, besonders dann, wenn die eigene Frau besser bestückt war als andere. Den neidvoll bewundernden Blick aufzufangen, den ein anderer Mann auf die Titten der Partnerin wirft, sich zu sagen: »Alles klar, Kumpel: Gucken kannst du, solange du es nicht zu auffällig machst, aber anfassen darf nur ich, ätsch!« – doch, das konnte schon sehr erregend sein.

Während Harry, benommen von der Hitze und dem Kampf mit diesen Rätseln und Widersprüchen, neben Brenda am Pool lag, durchfuhr ihn plötzlich wie ein Stich der verrückte Wunsch, seine Frau durch die Augen anderer Männer nackt zu sehen und zu begehren. Er rollte sich auf den Bauch und flüsterte Brenda ins Ohr:

»Wenn du dein Oberteil abnimmst, kauf ich dir das Kleid, das wir in Saint-Raphaël gesehen haben. Das für zwölfhundert Francs.«

So weit war der Autor in seiner Erzählung gekommen, die er, an einem sonnenschirmbeschatteten Tisch auf der Terrasse mit Blick auf den Swimmingpool des Hotels sitzend, wie gewohnt mit einem Füllfederhalter auf linierten Bogen zu Papier brachte, umgeben – auch wie gewohnt – von zahlreichen korrigierten und umgeschriebenen Seiten, als sich jäh ein kräftiger Wind erhob. Er schüttelte die Pinien im Hotelpark, schlug Wellen im Pool, warf mehrere Sonnenschirme um und wirbelte die Manuskriptblätter des Autors in die Luft. Einige sanken auf der Terrasse sacht wieder zu Boden, viele aber folgten dem heißen Sog erstaunlich rasch bis hoch über die Baumwipfel hinaus. Der Autor erhob sich taumelnd und starrte ungläubig auf die linierten Blätter, die sich wie entfesselte Drachen höher und höher schraubten und sich – weiß vor dem azurblauen Himmel – graziös drehten und wendeten. Es war wie die Heimsuchung eines Gottes oder Dämons, ein umgekehrtes Pfingsterlebnis, bei dem einem Worte nicht vermittelt, sondern entzogen wurden. Der Autor kam sich wie geschändet vor. Die Sonnenanbeterinnen am Pool bedeckten, als hätte sie ein ganz ähnlicher Gedanke gestreift, die nackten Brüste, während sie den davonwirbelnden Blättern nachsahen. In den Blicken, die den Autor trafen, hielten sich Mitgefühl und Schadenfreude die Waage. Der scharfen Stimme der Mutter gehorchend, liefen die englischen Zwillinge um den Pool herum, sammelten fliegende Blätter ein und brachten sie dienstbeflissen wie brave Hündchen dem Eigentümer zurück. Die Deutsche, die zur Zeit der Windbö im Wasser gewesen war, stieg, zwei durchweichte, mit zerflossener Schrift bedeckte Seiten zwischen Zeigefinger und Daumen haltend, aus dem Pool und legte sie behutsam zum Trocknen auf den Tisch des Autors. Ein weiteres Blatt präsentierte ihm Pierre, der Ober, auf seinem Tablett. »*C'est le petit mistral*«, sagte er und verzog mitfühlend den Mund. »*Quel dommage!*« Der Autor bedankte sich mechanisch, den Blick noch immer auf die fliegenden Blätter gerichtet, die inzwischen nur noch ferne Pünktchen waren und sich langsam zum Pinienwald hin senkten. Um das Hotel herum hatte sich der Wind inzwischen wieder völlig gelegt. Die Gäste kehrten auf ihre Liegen und Luftmatratzen zurück. Die Frauen entblößten diskret die Brüste, trugen eine weitere Schicht Ambre Solaire auf und widmeten sich erneut dem Streben nach perfekter Bräune.

»Simon! Jasper!«, sagte die Engländerin. »Lauft doch mal ein bisschen durch den Wald und seht zu, ob ihr noch ein paar Blätter für den Herrn findet.«

»Bitte machen Sie sich keine Mühe«, protestierte der Autor hastig. »Die sind inzwischen bestimmt meilenweit weg. Und es ist auch gar nicht weiter wichtig.«

»Von Mühe kann keine Rede sein«, sagte die Engländerin. »Sie haben bestimmt Spaß daran.«

»Wie an einer Schatzsuche«, sagte ihr Mann. »Oder einer Schnitzeljagd.« Erfreut belachte er seinen Witz. Die Jungen trollten sich gehorsam in Richtung Pinienwald. Der Autor zog sich auf sein Zimmer zurück und harrte der Rückkehr seiner Ehefrau, die in Saint-Raphaël gewesen war und folglich von dem aufregenden Ereignis nichts mitbekommen hatte.

»Ich habe ein entzückendes Kleidchen gekauft«, verkündete sie, kaum dass sie im Zimmer war. »Frag mich nicht, wie viel es gekostet hat.«

»Zwölftausend Francs?«

»Himmel, nein, so viel denn doch nicht. Siebenhundertfünfzig, wenn du es genau wissen willst. Was ist? Du siehst so komisch aus...«

»Wir müssen abreisen.«

Er erzählte ihr, was passiert war.

»Nimm's nicht so schwer. Die kleinen Lümmel werden schon nichts mehr finden.«

»Da bin ich anderer Meinung. Für sie ist es eine preiswürdige Herausforderung, sie werden den ganzen Pinienwald durchkämmen. Und wenn sie was gefunden haben, werden sie es auch lesen.«

»Aber nicht kapieren.«

»Und die Eltern? Stell dir vor, Mrs. Großkotz liest, dass ich ihre Brustwarzen mit den Nasenspitzen kleiner Nager vergleiche.«

Die Frau des Autors wollte sich ausschütten vor Lachen. »Du bist schon ein Trottel!«, sagte sie.

»Was kann ich dafür? Der Windstoß war völlig unerwartet.«

»Höhere Gewalt?«

»Genau.«

»Wahrscheinlich hat dem lieben Gott die Geschichte nicht gefallen. Verdenken kann ich's ihm nicht. Wie sollte sie denn enden?«

Die Frau des Autors kannte die Geschichte bis zu dem bewussten Punkt, weil er sie ihr gestern Abend im Bett vorgelesen hatte.

»Brenda lässt sich bestechen und geht oben ohne.«

»Kann ich mir bei ihr nicht vorstellen.«

»Da kann ich dir nicht helfen. Und Harry freut sich wie ein Schneekönig, weil er das Gefühl hat, dass er und Brenda sich endlich emanzipiert haben und im Jetset mitreden können. Er stellt sich vor, wie er den Kollegen in der Firma davon erzählt und lüsternen Neid in ihnen weckt. Er kriegt einen derartigen Ständer, dass er den ganzen Tag auf dem Bauch liegen muss.«

»Tztztz«, sagte seine Frau. »Ganz schön krude.«

»Abends kann er es gar nicht erwarten, ins Bett zu kommen. Aber als sie gerade auf ihr Zimmer gehen wollen, trennen sie sich aus irgendeinem Grund, den ich noch nicht so richtig ausgearbeitet habe, Harry geht zuerst nach oben, macht sich fertig, legt sich hin und schläft ein. Als er zwei Stunden später aufwacht, ist Brenda immer noch nicht da. Er bekommt es mit der Angst zu tun, zieht seinen Morgenrock und Hausschuhe an und will sich gerade auf die Suche nach ihr machen, da kommt sie. *Wo zum Teufel warst du denn?*, fragt er. Sie macht ein sehr eigenartiges Gesicht, geht zum Kühlschrank und trinkt eine Flasche Perrier. Erst dann erzählt sie ihm ihre Geschichte. Antoine, sagt sie, habe sie unten abgefangen, um ihr einen Blumenstrauß zu überreichen. Das männliche Hotelpersonal stimmt nämlich jede Woche darüber ab, welcher weibliche Gast die wohlgeformtesten Brüste hat. Die Siegerin bekommt dann zum Zeichen ihrer Bewunderung und Hochachtung einen Strauß. Diesmal hat Brenda das Rennen gemacht. Leider, sagt sie, habe sie den Strauß bei Antoine liegengelassen.«

»Bei Antoine?«

»Ja, er hatte sie gefragt, ob sie sich nicht ansehen wolle, wo er wohnt – in einem Häuschen mitten im Wald nämlich –, dort haben sie dann zusammen etwas getrunken, und wie's so geht – schließlich haben sie miteinander geschlafen.«

»Klingt sehr unwahrscheinlich.«

»Nicht unbedingt. In aller Öffentlichkeit den BH abzulegen hat vielleicht in Brenda einen Zug von

Lüsternheit geweckt, den Harry noch nie wahrgenommen hat. Jedenfalls ist sie ziemlich betrunken und völlig schamlos. Sie quält ihn mit anschaulichen Schilderungen von Antoines Liebeskünsten und sagt, er sei viel besser bestückt als Harry.«

»Das wird ja immer besser«, sagte die Frau des Autors.

»Und da schmiert Harry ihr eine.«

»Wie reizend!«

»Brenda zieht sich halb aus und kriecht ins Bett. Zwei Stunden später wacht sie auf. Harry steht am Fenster und schaut auf den leeren, im Mondlicht geisterhaft blau schimmernden Pool. Brenda steht auf, tritt zu ihm und berührt seinen Arm. *Komm ins Bett,* sagt sie. *Es ist alles gar nicht wahr.* Er dreht langsam den Kopf. *Nicht wahr?,* fragt er. *Nein, ich hab's mir ausgedacht. Ich hab mich zwei Stunden mit einer Flasche Wein in den Wagen gesetzt und mir die Geschichte ausgedacht,* sagt sie. *Warum?,* fragt er. *Weiß ich nicht. Vielleicht wollte ich dir eine Lehre erteilen. Ich war sauer auf dich. Es war ein dummer Einfall. Komm ins Bett.* Aber Harry schüttelt den Kopf, dreht sich um und sieht wieder aus dem Fenster. *Du hast immer behauptet, dass es auf die Größe nicht ankommt,* sagt er. *Das finde ich nach wie vor,* sagt sie. *Ich sage doch, ich hab's mir ausgedacht.* Harry schüttelt skeptisch den Kopf und sieht gedankenvoll auf die blaue, busenlose Pooleinfassung hinunter. So sollte die Geschichte enden: Er sieht gedankenvoll auf die blaue, busenlose Pooleinfassung hinunter.«

In diesem Moment stand der Autor selbst am Fenster und sah auf den Hotelpool, den die Gäste inzwischen verlassen hatten, um sich zum Dinner umzuziehen. Nur Pierre ging zwischen den Tischen und Sonnenschirmen herum und sammelte liegengelassene Handtücher und Tabletts mit schmutzigem Geschirr ein.

»Hm«, sagte die Frau des Autors.

»Harrys Fixierung auf weibliche Brüste«, sagte der Autor, »ist durch eigene körperliche Ängste verdrängt worden, die er nun nie mehr loswerden wird.«

»Ja, das ist mir schon klar, ich bin schließlich nicht begriffsstutzig.« Die Frau des Autors kam zum Fenster und sah hinaus. »Armer Pierre«, sagte sie. »Ihm würde es nie einfallen, eine von uns Frauen anzumachen. Er ist eindeutig schwul.«

»Zum Glück«, sagte der Autor, »war ich mit meiner Geschichte noch nicht so weit gekommen, als der Wind sie in der Gegend verstreute. Aber ich denke, du solltest uns doch im Michelin ein anderes Hotel suchen. Hier sitze ich wie auf glühenden Kohlen, weil ich jeden Moment damit rechnen muss, dass einer der Gäste mit einem kompromittierenden Prosatext in der Hand von einem Waldspaziergang zurückkommt. Was einem so alles passieren kann...«

»Eigentlich«, sagte die Frau des Autors, »wäre das eine viel bessere Geschichte.«

»Ja«, sagte der Autor. »Ich denke, ich werde sie schreiben. Den Titel habe ich auch schon. *Eine runde Sache.*«

»Nein«, sagte die Frau des Autors, »nenn sie *Das Busenwunder.* Oder meinetwegen noch *Der Wunderbusen,* das könnten etliche Frauen hier durchaus auf sich beziehen.«

»Du übrigens auch...«

»Meinen lass bitte aus dem Spiel.«

Viel später, als sie zusammen im Bett lagen und schon am Einschlafen waren, sagte die Frau des Autors:

»Sag mal ehrlich: Du willst doch nicht wirklich, dass ich hier barbusig herumlaufe?«

»Nein, natürlich nicht«, sagte der Autor. Aber es klang nicht sehr überzeugt. Und auch nicht sehr überzeugend.

John Updike
Sein Œuvre

Henry Bech, der alternde amerikanische Autor, machte die Entdeckung, dass Frauen, mit denen er vor Jahrzehnten geschlafen hatte, sich auf einmal bei seinen öffentlichen Lesungen blicken ließen. Clarissa Tompkins, zum Beispiel, huschte bei einer Lesung in New Jersey, die in einem alten vorstädtischen, für Kulturveranstaltungen umgemodelten Kino stattfand, verspätet herein, die Saallichter waren schon abgeblendet, und er hatte bereits eines der Prosagedichte aus dem Sammelband *When the saints* (1958) angestimmt, welches einen Trödelladen in East Village erstehen lässt. Als er den Kopf hob, um den Satz »Eine Patina dunklen einstigen Gebrauchs härtet den jungen Firnis höchst gegenwärtigen Staubs« zu klingendem Vortrag zu bringen und die Sibilanten in diesem verklammerten Wörterduett auszukosten, sah er ihre Silhouette vor dem matten Schein, den das altmodisch verschnörkelte Schild neben der Tür zur Damentoilette des ehemaligen Kinos warf. Clarissa verließ die Insel bernsteinbräunlichen Lichts und verschwand irgendwo im Dunkel der hintersten Reihe, aber das hochgekämmte Haar war unverkennbar gewesen: karamellbonbonfarben in Bechs Erinnerungen, hatte diese Frisur ihren ohnehin schon großen Kopf noch größer gemacht, ein Kopf, der herzzerreißend auf ihrem grazilen, busenlosen Körper balancierte. Nach dem Liebemachen im splendiden Apartment der Tompkins an der Fifth Avenue mit Blick aufs Reservoir ließen sie sich meist nackt zu einem Picknick auf dem samtigen Orientteppich in der Mitte des Wohnzimmers nieder, und ein bisschen zusätzliche Karamellbonbonfarbe blitzte arglos auf, wenn sie, es sich im Schneidersitz bequem machend, ihre Hälfte des Truthahnsandwiches verschlang, das die Köchin zubereitet hatte, bevor sie sich für den Nachmittag freinahm. Bei aller Opulenz ihrer Wohnung war Clarissa sparsam. Es gab nur ein Sandwich, und das wurde in der Mitte durchgeschnitten, und ein Teebeutel musste für zwei Tassen reichen. Ihr Gesicht unter all dem gebauschten Haar sah winzig aus, und wenn sie sich gierig kauend über die Sandwichhälfte hermachte, verschwand es fast – die kleine gerade Nase, die kurzsichtigen grünen Augen, die sich für gewöhnlich anstrengten, etwas zu sehen, nun aber weich im Nachwirken des Orgasmus schwammen. Jedes Mal, wenn sie einen Happen abbiss, hinterließ ihre aufgeworfene Oberlippe ein kleines kirschrotes Geschmier am weißen Brotrand. Ihr Lippenstift färbte schrecklich ab, und die Flecken waren schwer zu entfernen; Bech musste sich fast immer einer gründlichen Reinigung unterziehen, nicht bloß mit dem Waschlappen, sondern mit in Wodka getunkten Papiertüchern, bis er es wagte, sich im Lift, vor dem Doorman und auf der Avenue zu zeigen.

Was hatte sie dazu bewogen, nach New Jersey zu kommen, in dieses Community-College in den suburbanen Niederungen nördlich von Newark? Wie hatte sie von seiner Lesung erfahren? Er war so überrascht, dass er nicht mehr wusste, bei welcher Zeile er war, und Stille dehnte sich über den im Dunkel lauschenden Gesichtern aus, bis er die Stelle auf der Seite wieder fand und fortfuhr: »Sich vorbeugend betrachtet man prüfend und voller Argwohn einen größtenteils aus Holz gefertigten Apfelentkerner, ein intrikat geschnitztes Gerät, erinnernd an ein von Borges oder Kafka ersonnenes Folterinstrument, das klug und einträglich, so hofft man, verkauft und abermals verkauft wurde und so aus einer schlecht geheizten Dachstube in Vermont hierhergefunden hat in diesen stickigen, mit Plunder überfüllten Handelsposten im unteren

Gotham.« Der Satz gefiel ihm nicht, zu langatmig, das war ihm bisher nie aufgefallen.

Mr. Tompkins war ein Förderer – der Hauptförderer, genau genommen – einer avantgardistischen Publikation mit dem herben Namen *Missvergnügen* gewesen, für die Bech regelmäßig geschrieben hatte. Clarissa hatte in ihm, vielleicht, einen edlen Wilden gesehen – einen kraushaarigen, kräftig gebauten Bohemien, der über bourgeoise Skrupel aller Art hinaus war. Die Fünfziger waren eine Blütezeit gewesen für edle Wilde nach dem Muster Henry Millers, mehr oder minder jedenfalls, bis die Sechziger sie dann in solchen Scharen hervorbrachten, dass sie zu einer politisch relevanten breiten Masse wurden. Bech indes empfand eine zarte Wertschätzung – vielleicht nicht gerade für Reichtum als eine jeden marxistischen Widerstand niederwalzende Macht, eine seelenlose Menge von Zahlen auf der Habenseite, aber doch für die erlesenen Gegenstände, die sich mit Reichtum erwerben ließen: für Tompkins' üppige Teppiche, für die goldbetupften orientalischen Drucke, für die Küche mit den blitzenden Messingarmaturen aus der Schweiz und mit den grünmarmornen Arbeitsflächen, für das Kingsize-Bett und die Laken aus Sea-Island-Baumwolle. Das Paar war kinderlos; diese Besitztümer waren seine wehrlosen Kinder.

Jedes Rendezvous in der luxuriösen zweigeschossigen Wohnung – Mädchen und Köchin waren von der Hausherrin zwar taktvoll weggeschickt worden, machten sich aber wer weiß was für schmutzige Gedanken – hatte Bech moralisches Unwohlsein bereitet. Tompkins fördert die Kunst; der literarische Künstler dankt es ihm, indem er seine Frau vögelt. Nennt man das Gerechtigkeit?

Clarissa, das musste man ihr lassen, spürte, dass ihr Geliebter in einer heiklen Lage war. Sie setzte ihre physischen Forderungen auf eine Weise durch, als habe sie es mit einem Leidenden zu tun: Im sanften, aber unnachgiebigen Ton einer Besucherin am Spitalbett schmeichelte sie ihm Vitalität ab; und sie führte ihn, als sei er noch ein Teenager, auf gewisse Nebenwege der Befriedigung, auf denen die Lippenstiftspuren zwischen ihrer beider Körper hin und her wechselten wie die Abprallmarkierungen in einem Squash-Court. Der Weg zu ihren Orgasmen war bisweilen reich an Windungen. Eine Meisterin in Yoga, liebte sie es, auf einem mit Seide bezogenen weichen Schemel sitzend, sich so weit hintüberzubiegen, dass ihr Kopf auf dem Boden ruhte, etwa dreißig Zentimeter unterhalb ihrer Hüften, und ihre grünen Augen sein Gesicht suchten und durch ihr toupiertes, ausgebreitetes Haar das strudelnde Teppichmuster zu sehen war. Nach und nach gab sie ihm zu verstehen, dass sie gewissen Hindu-Varianten der Standardstellungen nicht abgeneigt sei, und mit wortlosen Andeutungen lockte sie seine maskuline Kraft aus dem Schneckenhaus von Scheu und Misstrauen heraus. Seine Zurückhaltung, sein Zögern, gerade das, so schien es, machte es ihr möglich, gewisse Hemmungen zu überwinden, in denen sie selbst gefangen war.

Dennoch, sie konnte ihn nicht halten. Das Gefühl, sich an Arnold Tompkins' nobler Wohnung, an den zarten Seiden und exquisiten Satinpolstern zu vergehen, wurde so stark, dass er Clarissa einen Brief schrieb, in dem er sich ehrlich zu dem Wunsch bekannte, sich zurückziehen zu wollen von ihr und den sie umgebenden Schätzen, deren Schönheit und Wert sie nicht zu würdigen wisse, er hingegen umso mehr. Kurz, er wollte einen Skandal vermeiden, in dessen Folge er womöglich für den Unterhalt einer an Reichtum gewöhnten Frau aufkommen musste, auch wenn die sich verhalten hatte, als sei sie glühend erpicht darauf, sich zu verschlechtern.

Er stand an dem wackligen, matt beleuchteten Lesepult und tat sich schwer mit dieser vierzig Jahre alten Prosalyrik, die ihm auf einmal fatal manieriert und grässlich überholt vorkam, und begann dann mit dem abgedroschenen Anthologiestück, der Truckstop-Schlägerei aus seinem Road-Novel *Unterwegs mit leichtem Gepäck* von 1955, und zwischen den Sätzen ließ er seinen Blick immer wieder über das Publikum gleiten, auf der Suche nach einem Schimmer ihrer hohen luftigen Haarkrone. Sie hatte sich in der Dunkelheit fortbewegt von ihrem ursprünglichen Platz in der hinteren Reihe nahe dem trüb leuchtenden Bernsteinschild, das, blinzelnd erkannte er's, eine Art Laterna magica war, ein elegant verspieltes Schmuckelement, wie es sie oft in den alten Kinopalästen gab: eine kastenförmige Metallabdeckung, die so ausgestanzt war, dass sich vor der Glühbirne die Silhouette einer Frau aus dem achtzehnten Jahrhundert zeigte, mit Pompadourfrisur und vor ihrem Toilettentisch sitzend, und darunter der eingeschnittene Schriftzug *Mesdames*.

Als die Saallichter für die Apfelentkernertortur des Frage-und-Antwort-Teils angingen, war Clarissa fort, für immer versunken im lächelnden Meer nicht mehr ganz junger, ach was, ältlicher Bücherliebhaberinnen und Schriftstellergroupies. Wie boshaft von ihr, so magisch aufzutauchen und dann zu verschwinden! Hatte sie ihn tadeln wollen für sein Verschwinden aus ihrem Leben, zu dem sie ihm so unbeschränkten Zutritt gewährt hatte? Sie waren einander nie wieder begegnet, nicht einmal auf einer Redaktionsparty, denn Tompkins hatte dem *Missvergnügen* kurz darauf seine Gönnerschaft entzogen, und die Zeitschrift hatte noch ein Weilchen vor sich hin gekrebst und war dann eingegangen.

Im West-Side-»Y« – als Veranstaltungsort viel angenehmer als das East-Side-Forum an der Ninetysecond Street, für das so laut die Trommel gerührt wurde – suchte Bech nach einem freundlichen Gesicht im Publikum, an dem er sich bei seiner Lesung festhalten könne. Er las dieses Kapitel aus seinem Roman *Große Pläne* (1979) wahrlich nicht zum ersten Mal und gab sich Mühe, Leben in die Szene zu bringen, in der Olive, die endlich herausgefunden hat, dass sie lesbisch ist, ihre früheren Amouren beichtet, während sie in den Armen von Thelma liegt, der abgehalfterten Mätresse von Tod Greenbaum, und orangerotes Sonnenuntergangslicht horizontal, Notenlinien gleich, von jenseits der Palisades ins Zimmer fällt. Es war ein heikles Unterfangen, diese Passage mit ihrem schleppenden Hin und Her zwischen zwei liebestrunkenen Frauenstimmen so zu lesen, dass sie lebendig wirkte, und er brauchte zur Ermutigung das bereitwillige Lächeln einer Zuhörerin. Nach diesem Lächeln – strahlend, sinnlich-saftig geradezu in dem breiten weißen Gesicht – musste er heute Abend nicht lange suchen; es schien vielmehr ihn gesucht zu haben. Während er las und in das knisternde, zuweilen tief brummende Mikrofon gurrte, ließ das Gefühl ihn nicht los, dass er dieses ermutigende Gesicht kannte. Das Lächeln, umrahmt von einem Lippenstiftrot, so dunkel, dass es schwarz wirkte im Halblicht des Zuhörerraums, war auf der einen Seite gütig, verzeihend schief gezogen, als wolle es auf eine alte Vertrautheit hinweisen, auf eine tiefere Kenntnis von ihm, angesichts deren seine schauspielerischen Bemühungen, dem papierenen Liebesgeflüster zweier ausgedachter Bilitistöchter Leben einzuhauchen, nicht verschlugen. Das Einzige, das wirklich stimmte bei dem, was er las, war das Zimmer: es entsprach exakt dem Apartment am Riverside Drive, wo er einige Jahre gewohnt hatte, vor seiner unseligen Heirat mit Bea Latchett, Norma Latchetts vergleichsweise sanftmütiger Schwester.

Halt, dachte er, ließ seine Stimme aber weiterarbeiten. In der von den Schwestern Latchett beherrschten Spanne seines Lebens gab es eine Ritze, eine Nische, da passte dieses körperlose schwarzlippige Lächeln hinein. Burgunderroter Mund, Augen mit violetter Iris und langen Wimpern, glattes schwarzes Haar, niederfallend auf schimmernde breite Schultern, lebhaftes schwarzes pfeil-spitzenförmiges Dreieck mittig zwischen weißen, weich gepolsterten Beckenkämmen. Eine Frau, mit der er sich in großen zeitlichen Abständen getroffen hatte, eine Frau, die eine Spur zu fleischig und zu dogmatisch für ihn gewesen war, zu deren erstaunlicher wächserner Blässe, die Licht in trübe Räume brachte, es ihn aber dann und wann hinzog, damals in den verlotterten Sechzigern, als er sich nach Lust und Laune in den literarischen Zirkeln der Stadt umtat. *Gretchen.* Gretchen Folz, die so gern eine Dichterin sein wollte. Ihr rührendes Kämmerchen in der Bleecker Street, das schmale Bett an der petersiliengrünen Wand, der Zugang zur anderen Seite erschwert durch kippelig aufgestapelte New Directions und Grove-Press-Paperbacks. Das Bett hatte eine amische Tagesdecke mit einem Muster aus dreieckigen Flicken, das ihn an Davidsterne erinnerte, und ein eisernes Kopfende, dessen senkrechte Rundstäbe ihm Rillen in den Rücken gruben, wenn Gretchen rittlings, mit aufgestützten Händen, über ihm kauerte und seinen Mund mit ihren dunklen Brustwarzen kitzelte.

Ein prickelnder Schauer überlief ihn, als ihm all das ins Gedächtnis zurückkehrte, und seine Stimme dröhnte unpassend bei der Stelle, wo Olive zärtlich zusammenfassend zu Thelma sagt: »Weißt du, das Ganze war wie Schneewittchens Wald, und der Pfad hat zu *dir* geführt.« Vor Jahrzehnten, das wusste er noch, hatte er zwischen »Pfad« und »Weg« geschwankt und »Weg« dann verworfen als ein Wort, das zu viele Bedeutungen hatte und zu sehr an Proust erinnerte, inzwischen aber erschien ihm »Weg« als der natürlichere Ausdruck, auch wenn er nicht so beiläufig, so nebenher, die Vorstellung von sexuellen Irrungen und Wirrungen weckte und von lüsternen Männergesichtern auf disneyesken Baumstämmen.

Gretchens Gedichte hatten sich schmächtig bis an den unteren Rand der Seite gezogen, elliptische Sprünge machend, die, so hatte er's empfunden, ganz der Art entsprachen, wie ihr Gehirn funktionierte, ein Bild gaben von ihrem erratischen Innern. Mit dem Orgasmus hatte sie es gleichfalls nicht leicht. Bechs ziemlich herzhafte Entschlossenheit, das Problem mit ihr zusammen anzugehen, hatte sie anfangs ängstlich und nervös gemacht. »Rein, raus, aus die Maus ist oft am befriedigendsten, wirklich«, versicherte sie ihm.

»Das ist doch bloß ein Vorwand«, sagte er. »Überleg mal, was für ein ausbeuterischer Lump ich dann wäre.«

»Aber was...? Ich meine, wie...?«

Wie entzückend, wie anbetungswürdig ihr breites, gierig intellektuelles Gesicht geglüht hatte in ihrer mädchenhaften Verwirrung, ihrer präfeministischen Scheu, sich ihre Genitalien im Einzelnen vorzustellen. Er hatte ihr Interesse angestachelt, und zusammen kletterten sie über Pound und Burroughs, Céline und Genet, Anaïs Nin und Djuna Barnes hinweg, die umfielen wie eine Reihe Dominosteine, ein Fallen bis zur Mitte des kleinen Zimmers hin.

Warum hatte er sich mit Gretchen so selten, so sporadisch getroffen, wo sie doch so bereit dazu gewesen war und sich von Mal zu Mal empfänglicher gezeigt hatte? Vielleicht hatte es ihn gestört, dass sie schrieb; seine erotische Neigung richtete sich im Allgemeinen nie auf schreibende Frauen, die mit ihm konkurrieren oder gar versuchen könnten, an das unnahbare, unsagbare Herz seiner Raison d'être zu rühren. Außerdem war sie statiös, nicht geschmeidig und grazil, wie er Frauen liebte; er misstraute der Üppigkeit ihres überquellenden Fleisches, der sahnigen Langsamkeit, mit der sie sich, von Schwaden brackigen Brunstgeruchs umgeben, zu sexueller Erlösung hinarbeitete. Wenn sie ein bisschen abgenommen hätte, wenn ein bisschen weniger Fleisch hätte bewegt werden müssen, möglich, dass ihr dann der Weg – der Pfad – leichter gefallen wäre. Seine Handreichungen, dachte er voll

Unbehagen, hatten weniger mit denen eines Liebhabers als mit denen eines Arztes zu tun, der ein therapeutisches Ziel verfolgte; auf seine eigene Erregung wirkte sich das dämpfend aus. Hinzu kam, dass er sich schon einen kleinen Namen gemacht hatte – die vier Titel, die bis 1963 von ihm vorlagen, hatten es sämtlich auf die Weihnachtsliste beachtenswerter Bücher der *New York Times Book Review* geschafft –, und zu der Enge und den vergeblichen literarischen Ambitionen der Bleecker Street hinabzusteigen war ein bisschen so, als gehe man zum Jux in die Slums. Und sie war Jüdin – nach einer Jüdin hatte er zum damaligen Zeitpunkt keinen Bedarf. Er fühlte sich jüdisch genug für zwei. Er hatte etwas, das sie dringend brauchte, seine sexuelle Geduld, und ihr unverhülltes Bedürfnis danach schreckte möglicherweise den mäkligen Vagabunden in ihm. Obwohl er sich oft wochenlang nicht blicken ließ, war sie ihm nie lange böse, wenn er wieder in ihrem Orbit auftauchte.

Auch heute Abend, nachdem er verbissen, geistesabwesend seine Lesung zu Ende gebracht und zu halbherzigen Erwiderungen auf einige der flaumweichen Fragen ausgeholt hatte, die das Publikum hochwarf, begegnete Gretchen ihm ohne eine Spur von Groll wegen seiner launenhaften Gunstbezeigungen und seines wortlosen, reuelosen Fernbleibens, sondern vielmehr mit einer gereiften Form ihrer alten wehmütigen Heiterkeit, ihrer mädchenhaften Hoffnung auf Erfüllung durch ihn. Ihr Begrüßungskuss war von ungewohnter Souveränität; keine Spur mehr von ihrer bohemehaften Verhuschtheit. »Henry, ich möchte dich mit meinem Mann bekannt machen«, sagte sie.

Er war ein fülliger rotgesichtiger Typ, um die sechzig, gesetzt, aber nicht unfreundlich, und trug einen Nadelstreifenanzug, der sich auf Vorstandssitzungen sicher besser machte als bei Belletristiklesungen. »Gute Schreibe«, sagte er tapfer; er ahnte, warum er hierhergeschleppt worden war. Um vorgezeigt zu werden.

»Henry, was du dir aber auch alles so einfallen lässt!«, sagte Gretchen. »Eine Lesbe ist doch das Letzte, was du sein möchtest. Du müsstest dann auf deine Eier verzichten.«

»Ich weiß nicht. Ich bin noch in der Entwicklung«, sagte er und bedauerte es, dass ihr Kuss auf seinen Mundwinkel so flüchtig, so trocken gewesen war. Sie sah erfüllt aus. Ihre breithüftige Schwere war neben der massigen Gestalt ihres Gatten kein Problem; ihre Haare waren fransig kurz geschnitten und mit einem metallischen Zinnoberrot getönt, was sie zu einer ziemlich futuristischen Augenweide machte.

»Was ist aus deinen Gedichten geworden?«, fragte er. Er wusste nie so recht, was er diesen Frauen, die auf einmal auftauchten, sagen sollte.

»Im Privatdruck erschienen«, sagte sie. Die scharfen dunklen Winkel ihres Mundes knifften sich mit einem Anflug von Rachsucht, dem einzigen, den ihre versöhnliche Natur sich gestattete, in ihre cremigen Wangen hinein. »*Wun*dervoll gedruckt. Bob *liebt* sie.«

»Bob«, sagte Bech und dehnte den Vokal, als wolle er Gretchen noch einmal auf der Zunge schmecken, »ist offenkundig ein Kritiker mit einem feinen Urteilsvermögen. Er mag unsere Schreibe. Meine ebenso wie deine.«

Man rechnet in Indianapolis nicht damit, dass noch viel passiert, wenn man erst einmal den Hoosier Dome und das Soldiers' and Sailors' Monument gesehen hat. Diese Paarung erinnerte Bech an eine andere, engere, in London: die Royal Albert Hall – rund, geräumig, rosig – und gegenüber an der Kensington Road der phallische Dorn des Albert Memorial. Vielleicht kann man die Welt in diese zwei Grundformen dekonstruieren, überall sucht die eine die andere. Kurz vor Beginn seiner Lesung in der Public Library des Marion County, als er müßig und für den Augenblick unbetreut neben den

Stufen zur Bühne stand, trat eine resche, kleine, angenehm aussehende Frau in einem magentaroten Tweedkostüm und mit leuchtenden Sternenaugen auf ihn zu.

Er war öfter leuchtenden Sternenaugen begegnet, bei Frauen, die zu viel in einen seiner Romane hineingelesen hatten und sich selbst in der Rolle der Heldin seines skizzenhaften Skripts sahen. Diese Frau aber näherte sich ihm nicht wie ein Fan. »Henry Bech«, sagte sie in dem furchtlosen flachen Tonfall des weiten amerikanischen Binnenlands. »Ich bin Alice Oglethorpe. Du erinnerst dich vielleicht nicht, aber wir sind mal zusammen mit dem Zug von New York nach Los Angeles gefahren.«

Ihr Händedruck war wie ihre Stimme, fest und weder kalt noch warm, aber Bech spürte ein leichtes Zittern. Dann dämmerte ihm, wer da vor ihm stand, das Herz hämmerte ihm in der Brust, schlug ihr entgegen, und er, der professionelle Wortemacher, fühlte, wie sein Mund sich öffnete und nichts kam. Ihre blauen Augen mit der unheimlichen silbrigen Glanzverstärkung hingen aufmerksam an seinen, während sein Gehirn verzweifelt versuchte, sich zurechtzufinden. Er hätte sie nicht wiedererkannt. Sie schien zu jung, um seine Alice zu sein. Sein Blut war ihr entgegengewallt, aber er schämte sich dennoch, dass er seit dem letzten Zusammensein mit ihr ein alter Mann geworden war. »O mein Gott«, brachte er schließlich heraus. »Du. Natürlich erinnere ich mich. Der Twentieth Century Limited.«

»Nur bis Chicago«, korrigierte sie ihn. »Danach war es der Santa Fe Super Chief.«

Seine Linke, die das Buch hielt, aus dem er heute Abend lesen wollte, versuchte ungeschickt, die Hand zu streicheln, dies kostbare Stück von ihr, das er mit seiner Rechten umfasste. »Wie geht es dir?«, fragte er. »Wo lebst du? Wie ging's damals weiter?«

Bechs Verwirrung tat ihr wohl und beruhigte sie. Sie zog ihre Hand zurück. Kein Zittern mehr. Ihre Augen blieben auf seine geheftet, aber ihr Mund, anfangs ein wenig verkrampft, entspannte sich zu einem Lächeln. Sie war wiedererkannt worden. »Ich lebe hier«, sagte sie. »Jedenfalls nicht weit, in Bloomington. Es geht mir gut. Immer noch verheiratet. Ich hab's verwunden.«

Sie war merkwürdig wenig gealtert, hatte nur ganz leicht zugenommen. Ihre Haare waren noch immer blassbräunlich, zu undefinierbar im Ton, als dass sie gefärbt sein könnten – »Straßenköterblond« hatte seine Mutter diese Haarfarbe früher genannt –, und das kühne Magentarot bewahrte ihr Wollkostüm nicht ernstlich davor, ans betulich

Hausbackene zu grenzen. Ihre Verkleidung als brave ehrbare Frau war untadelig.

Ihr Mann, erinnerte er sich, war Anlageanalyst gewesen oder so ähnlich, ein auf mittlerer Ebene tätiger Geldmensch. Sie hatte sich auf die Reise nach L.A. gemacht, um ihn dort zu treffen, nach einer einwöchigen Konferenz, die von der damals noch blühend jungen südkalifornischen Rüstungsindustrie gesponsert wurde. Oh, sie hätte gleich mit Tad fliegen und ins Hotel gehen können, aber was hätte sie den ganzen Tag gemacht – Bustouren zu den Villen der Stars? Mit ihren silbrigen Augen und ihrer trockenen Intonation ließ sie Bech wissen, dass sie sich in mancher Hinsicht selber für einen Star hielt. Zumindest war sie greifbar nah und sprach nur zu ihm. Sie habe immer schon quer durchs Land reisen wollen, erzählte sie ihm, und es sei ihr grässlich zu fliegen, aber wenn sie ein paar steife Drinks intus habe, kriege sie es schon hin. Bech hatte sich an die ferne Küste aufgemacht, um Sondierungsgespräche, vergebliche, wie seine Intuition ihm zuflüsterte, wegen einer eventuellen Verfilmung seines ersten, ziemlich aufsehenerregenden Romans *Unterwegs mit leichtem Gepäck* zu führen. Auch er fuhr lieber mit der Bahn, als seinen Körper den unruhigen Propellermaschinen der späten Fünfziger anzuvertrauen, kurz vor dem

Ansturm der großen Jets. Die schicken Transkontinentalzüge waren aus der Mode, und dass er und Alice sich für eine solche Zugfahrt entschieden hatten, offenbarte eine Seelenverwandtschaft zwischen ihnen, eine beiden gemeinsame romantische Ader. All das kam gleich bei ihrer ersten Unterhaltung zur Sprache – man hatte sie, zwei Alleinreisende, im überfüllten Speisewagen zusammen an einen Tisch platziert.

Das leise Klirren des Bestecks auf dem vibrierenden Tischtuch. Die beruhigende, märchenbuchhafte Gediegenheit der dickwandigen Tassen und Kaffeekannen mit dem New-York-Central-Logo. Die theaterhaft ehrerbietigen schwarzen Kellner in einer Welt, in der zufriedene schwarze Dienstbarkeit ebenfalls aus der Mode war. In dem Augenblick, da man sie an seinen summenden Tisch führte, spürte Bech, dass sie mit ihm schlafen würde. Es lag an dem hellen Licht in ihren Augen, an dem eine Spur zu blauen Blau ihres Gabardinekostüms, an der drängenden Lebhaftigkeit, mit der sie sich bewegte und, nach ein paar Schlucken Wein, auch redete. Nach dem, was in seiner Knabenzeit in Brooklyn als gesichertes Sexualwissen gegolten hatte und was seine begrenzte Erfahrung zu bestätigen schien, waren Frauen, die gern viel redeten, auch sonst nicht zurückhaltend. Er und diese

Frau waren in dem Zug, der in schneller Fahrt am blauen herbstlichen Hudson entlang gen Norden klackerte, so allein wie auf einer einsamen Insel.

Seine Betreuerin, die Bibliotheksdirektorin von Indianapolis, verlangte ihn zurück; es war Zeit, dass er auf die Bühne ging und etwas tat fürs Honorar. Alice Oglethorpe sagte, herzlich, aber konventionell, es sei schön gewesen, ihn nach all den Jahren mal wiederzusehen.

»Du siehst phantastisch aus – phantastisch!«, das war alles, mehr brachte er nicht heraus. Sie wandte sich ab, er wandte sich ab. Wie dumm er sich angestellt hatte! Der schüchternste Schuljunge wäre nicht so auf den Mund gefallen gewesen. Diese tapsige kratzende Liebkosung, die er ihr mit dem Buch in der Hand hatte zukommen lassen. Und dass er sie überhaupt nichts gefragt hatte! Er hatte das Gefühl, als sei er ein mit dem Klöppel geschlagener Gong, geschwollen vom Nachhall. Zu denken, dass sie in der Nähe war, dass sie gekommen war, um ihn zu sehen! Während er sich benommen durch seinen Lesetext pflügte, kamen ihm die Fragen, die er ihr hätte stellen sollen, scharenweise in den Sinn. Wo genau wohnte sie? War sie glücklich? Würde sie mit ihm durchbrennen, jetzt, da ihre Mutterpflicht getan war? Sie hatte von kleinen Kindern gesprochen, erinnerte er sich, die sie in der Obhut der Eltern ihres Mannes in der Bronx gelassen hatte. Aber sie war nicht aus New York City, ihre Reise hatte weiter nördlich begonnen, und das, so schien ihm, machte sie umso mehr zu einem Geschenk von jenseits. Jenseits aller Vernunft. Jenseits aller Erwartungen. Seine Hände sahen im Schein der Lesepultlampe fremd und welk aus, aber trotzdem schön. Artikulierte Gebilde, mit Haaren auf den Fingerrücken. Er war einmal schön gewesen.

In der ersten Nacht schlief sie nicht mit ihm. Sie stand nach dem Kaffee auf und wünschte in festem Ton eine gute Nacht. Zu jener Zeit galten die langen Pullman-Schlafabteile mit oberen und unteren Betten hinter grünen Vorhängen bereits als antiquiert; die Schlafwagen des Twentieth Century Limited waren in Kabinen unterteilt, die jede zwei Meter zehn mal neunzig Zentimeter maßen. Bech schlief kaum, der Gedanke, dass sie nur wenige Schritte von ihm entfernt war, in einer anderen Kabine, hielt ihn wach. Vielleicht wand sie sich wie er zwischen den zu straff gespannten Laken und drehte, vergeblich hoffend, dass die kühle Seite die ersehnte Entspannung bringen werde, das Kopfkissen herum, während unter ihnen das unermüdliche Wummern der Schienenstöße war. Kurz vor Morgengrauen gab es einen längeren hell erleuchteten Tumult; das musste Buffalo gewesen sein.

Sie trafen einander beim Frühstück, im Speisewagen, der gerade klirrend und klingelnd durch Ohio schaukelte. »Wie haben Sie geschlafen?«, fragte er.

»Furchtbar.«

»Vielleicht waren wir einsam.«

»Ich schlafe in der Eisenbahn nie gut, danke der Nachfrage«, sagte sie. Ihre übernächtigte Blässe und das übelnehmerische Morgensonnenlicht, das von den glitzernden Stoppeln der Maisfelder hochprallte, hoben eine leichte Unebenheit unterhalb ihrer Wangenknochen hervor, eine Konstellation winziger Vertiefungen, Spuren eines pubertären Aknehagels vielleicht. Das harsche Sonnenlicht verriet sie, aber Telegraphenmasten, Backsteingiebel, Lagerhäuser am Gleisrand griffen ein und versetzten ihm einen Dämpfer. Make-up hatte den rührenden Makel nicht ganz überdeckt. Bech hatte ihn vergessen, er hatte vergessen, danach zu suchen in den wenigen überwältigenden Augenblicken, da sie ihm wieder erschienen war. Sie hatte ihn einst gefragt, ob er sie je vergessen werde.

Er blätterte die leicht schmirgelnde, von der Lesepultlampe beschienene Seite um. Gott weiß, warum, wahrscheinlich, weil er Indianapolis für eine fromme Stadt hielt, hatte er aus *Bruder Schwein* (1957) jene Passage ausgewählt, wo die Trappistenmönche – in Anlehnung an das, was er bei Thomas Merton gelesen hatte – stumm, mit Handzeichen und bekritzelten Zettelchen, den Plan schmieden, einen jüdischen Reporter von einer New Yorker Boulevardzeitung, einem Skandalblatt, wie man heute sagen würde, einzuschmuggeln und ihn die Tyrannei und die Päderastie des Abtes aufdecken zu lassen. Wie konnte er, Henry Bech, sich in diesem peinlichen Wust an den Haaren herbeigezogener, dekadenter Motive verfangen, wo doch die wunderbarste Bettgenossin seines Lebens irgendwo da unten im Dämmer zwischen den Zuhörern saß, lauter inbrünstigen, in ihrem Zartgefühl verletzten Quayle-Anhängern und Butler-University-Evangelisten?

Alice und er hatten zusammen gefrühstückt und saßen dann schläfrig, jeder mit einem Buch, im Salonwagen. Andere Reisende sprachen sie an und verleiteten sie zu einer Partie Bridge, einem Spiel, dessen Regeln er kaum kannte; neben den von Sonnenlicht überfluteten Fenstern in seine Karten blinzelnd, bemüht, Alices Ansagen zu enträtseln, hatte er die ganze Zeit das Gefühl, mit ihr in einer Traumwelt übernächtigter Sehnsucht und wortlosen Wartens auf die Nacht zu sein. Als der Zug am Spätnachmittag in Chicago einlief und das Rangieren einen halbstündigen Halt erforderlich machte, stürzte Bech aus dem großen Tonnengewölbe des Bahnhofs hinaus auf den Jackson Boulevard zu einem Rexall's und kaufte, in jener Ära kurz vor der befreienden Ankunft der Pille, ein Dreierpäckchen Präservative. Sein Herz hämmerte, als wollte es ihm die Rippen brechen. Der schlitzohrige, blondbärtige Angestellte versuchte, ihn zu einer Packung mit fünfzig Stück zu überreden – »Sie werden sie brauchen«, versicherte er, allein auf Bechs erhitztes Gesicht und sein Keuchen hin –, und gab mit boshafter Langsamkeit, weil er auf seiner Haushaltspackung sitzenblieb, Bech das Wechselgeld heraus. Was, wenn der Zug ohne ihn losfuhr?

Jetzt, in Indianapolis, war er gezwungen, sich durch Seiten zu quälen, die zu schreiben er sich vor Jahrzehnten verpflichtet gefühlt hatte, weil sein verluderter, irreligiöser Journalist einen Familienhintergrund brauchte und einen beruflichen Werdegang, anhand dessen sich die literarischen Klüngel im Nachkriegs-New-York satirisch aufs Korn nehmen ließen. Hatte es je eine derart ungeschickte Auswahl gegeben, eine, die so unerträglich lang war? Einige Zuhörer giggelten nervös, bemüht, sich dem kulturellen Anlass gewachsen zu zeigen. Hörte er Alices Lachen? Sie hatte gelacht, damals, als sie sagte: »Du hast nichts zu befürchten.«

Beim Abendessen, als der Zug in die Dunkelheit

flachen Farmlandes brauste, wo in der Ferne vereinzelte Häuser kleine helle Löcher in die Nachtschwärze stachen, erhob sie sich unsicher von ihrem Kaffee, strich sich ein paar Krümel vom Rock und sagte: »Ich muss mich hinlegen. Mir ist nicht gut.«

»O Liebste, was ist denn?«

Seine neue Freundin lächelte. »Die dauernde Bewegung. Der lange Tag. Es hat nichts mit Ihnen zu tun. Ich mag Sie.« Sie zögerte, musste sich ein wenig anstrengen, nicht das Gleichgewicht zu verlieren, als der Super Chief über eine holprige Stelle des Gleisbetts schlingerte. Sie beugte sich zu ihm, über das klappernde Silberzeug hinweg, und sagte sanft, aber sachlich: »Gib mir eine Stunde. Ich muss mich ein bisschen ausruhen. Abteil sechzehn. Klopf zweimal.«

»»Klein war zu seiner Verblüffung fasziniert von den Trappisten««, hörte er sich lesen. »»Wie die Chassidim schienen sie im Besitz eines archaischen Geheimnisses heiterer Lebensfreude zu sein, eines Geheimnisses, das in ihrer grotesken Haartracht verschlüsselt war. Die Tonsur entblößte ein kreisrundes rosafarbenes Stück Kopfhaut, und auf den Gesichtern der Mönche lag ein kindlicher Schimmer, der zu leuchtender Benommenheit poliert war von den grausam langen Andachtsstunden und der zu kurzen Nachtruhe, denn die trüben, eintönigen Tätigkeiten im Stall und auf dem Feld verlangten ein Aufstehen vor Tau und Tag.‹« Zu viele Dentallaute, dachte Bech. Und dann zwang er seine gefesselte Zunge, sich zu lösen, und las eine lange, veraltete Beschreibung des Bruders von Klein vor, der ein Gewerkschaftsführer war, zu einer Zeit, als Männer dieses Schlages noch die Macht besaßen, ein ganzes Land lahmzulegen.

Nachdem er eine Stunde in die flache, lehmdunkle Landschaft hinausgestarrt hatte – waren sie eigentlich noch in Illinois? –, hatte Bech dem Schlafwagenschaffner aufgetragen, sein Abteil herzurichten, Nummer 5. In Pyjama und feingestreiftem Baumwollschlafrock trat er auf den teppichbelegten Gang hinaus, allein mit dessen strenger, sich verjüngender Perspektive. Er fürchtete, Alice könnte schon schlafen, aber sie antwortete sofort auf sein zweimaliges Klopfen. Das Haar straff zurückgebürstet, das Gesicht frei von allem Makeup – er musste an eine Nonne denken oder an eine Gefangene in ihrer Zelle –, kniete sie im Nachthemd auf dem Bett; einen anderen Platz gab es nicht in der winzigen Kabine. Damit vierundzwanzig Einzelabteile in einem Schlafwagen untergebracht werden konnten, waren sie exakt ineinandergepasst; von je zwei benachbarten Abteilen war das eine um zwei Stufen höher als das andere, und das Bett des etwas tieferen Abteils wurde tagsüber unter den Boden des höheren geschoben, nachts allerdings, wenn man schlafen wollte, musste der, welcher die ein wenig tiefere Kabine innehatte, die Füße unter einen Überhang strecken, was ihm wenig Bewegungsfreiheit ließ. Aber Alice war klein und biegsam, und er war nicht groß, und manchmal war es, als dehnten sie den ihnen zugeteilten Raum zur Weite eines Ballsaals aus. Dann und wann schoben sie das Rouleau hoch, ganz vorsichtig, als könnte der Puritanismus des Mittleren Westens seine Wächter da draußen haben, in der schwarz vorbeiströmenden Luft. Die weite schlafende Landschaft wurde zuweilen von einem jähen Gewirr umrisshafter Architektur unterbrochen oder von heruntergelassenen Schranken, vor denen geduldig Autoscheinwerfer brannten, oder vom Perron einer Bahnstation, der wie ein spannungsvoll leeres Bühnenbild war. Die kleinen Städte mit ihrer Neonreklame und den schnurgerade aufgefädelten Straßenlampen schwenkten heran und fielen ins Dunkel zurück, um den Blick auf das eigentliche Drama zu lenken, die grenzenlose Leere des Farmlands. Niedrige Wolkenstreifen hingen in einer schwachen Phosphoreszenz, wie ein radioaktives Nachglühen.

Sie mussten jetzt in Missouri sein, wahrscheinlich schon in Kansas. Ihre schmiegsame Nacktheit, im Ganzen erfahrbar nur für seinen Tastsinn und seinen Geruchssinn, blitzte in geschwungenen Teilstücken auf, wenn der Zug an Lichtern vorbeidonnerte, die zum Schutz eines Wasserturms oder einer Gruppe von Getreidesilos leuchteten. Als der Zug unter Gezisch an einem Bahnsteig hielt, der leer war, bis auf einen kahlen Gepäckwagen und eine geräuschvoll Wiedersehen feiernde Familie, schob er das steife grüne Rouleau so weit hinauf, dass er die rücklings hingestreckte Schönheit seiner Gefährtin als eine ununterbrochene, ruhige, triumphierende Entität erfassen konnte, mit Erhebungen und Mulden und lieblichen schattigen Winkeln. Das eigentümliche silbrige Licht ihrer Augen war jetzt auch allüberall auf ihrer Haut. In dem kleinen abgetrennten Raum inmitten des sie schützend umgebenden Ratterns und Rasselns des dahinstürmenden Zugs war sie eine Riesin, die ihn, so empfand er's, in einer umarmenden Höhle aufnahm, wo immer es ihn hindrängte. Sie machte alles und musste immer wieder ihr Stöhnen unterdrücken, um die unbekannten Mitreisenden nicht zu stören, die auf Armeslänge entfernt vermutlich im Schlaf lagen. »Wirst du mich vergessen?«, flüsterte sie in einem bestimmten Augenblick, ein Schrei, der leise von weit her kam. Hin und wieder schliefen sie für kurze Zeit ein, ohne sich aus ihrer Vereinigung zu lösen. Der durchtriebene Drogist hatte Recht gehabt: Bech hatte viel zu wenig gekauft. In ihrer Klause gestillter Begierde breitete sich ein warmer brünstiger Geruch aus, der nicht der seine war und nicht der ihre. »Wir sind ganz und gar ineinander geflossen«, flüsterte sie, nachdem sie seinen Samen hinuntergeschluckt hatte und wieder zu Atem kam. Das Herzland, durch das sie endlos hinrollten, erschien ihnen nicht weiter, nicht ausgedehnter als die Territorien, die sie in sich selbst entdeckt hatten. »Du bist vollkommen«, seufzte sie gegen Morgen an seinem Ohr; es klang wehmütig, wie fernes Lokomotivenpfeifen. Sie selbst war nicht ganz vollkommen, das harte Licht beim Frühstück im Speisewagen hatte es ihm verraten. Im Dunkel berührte er ihre Wangen, die ausgesehen hatten, als seien sie von winzigen Einkerbungen verunziert. Ein Wunder. Sie waren vollkommen glatt. »Du auch«, sagte er. Es war die Wahrheit.

Während er las, musste er immer wieder daran denken, dass es der Vorgesetzte seiner unglücklichen Schwägerin gewesen war, ein selbstherrlicher roher Mensch in zweireihigem Kamelhaarmantel, der dem jungen Autor widerwillig Auskunft darüber gegeben hatte, wie Gewerkschaften funktionierten. Damals dachte Bech, er könne in der langen Zukunft, die vor ihm lag, ganz Amerika als ein Mosaik darstellen, zusammengesetzt aus solchen Recherchesteinchen. Jetzt wirkten diese Details, als sie durchs Mikrophon in den Saal hinausdrangen, künstlich und aufgesetzt, und seines Antihelden zynische Sicht der Trappisten – Leute, die sich nicht anpassen können, die gestört sind, die sich drücken – hatte etwas Pubertäres, Herzloses. Er war erleichtert, als er ans Ende kam; aber er musste noch die Fragen aus dem Publikum ertragen. Benutzen Sie ein Textverarbeitungssystem und wenn ja, was für eines? Welche Autoren haben Sie in Ihrer Jugend beeinflusst? Wie hat Ihnen die Verfilmung von *Unterwegs mit leichtem Gepäck* mit Sal Mineo gefallen? Welches Ihrer Bücher – dies die ihm unliebste Frage – ist Ihnen persönlich das liebste? Das Saallicht war eingeschaltet worden, damit er die wedelnden Hände sehen konnte, die eifrigen, respektvollen, aggressiven Gesichter. Er hielt Ausschau nach Alice und konnte sie nirgendwo entdecken, es waren einfach zu viele Leute da, und die Reihen zerfransten an den Enden, zu den Wänden hin, in schummrigem Gewusel. Und nichts an ihr, nicht einmal das magentarote Kostüm, hätte verhindern können, dass sie in der Menge unterging.

Als der Morgen höher heraufzog, fuhren sie durch karg bewässertes Farmland, das sich Meile um Meile der Wüste geschlagen gab. Er war wie ein Gopher aus ihrem Abteil gehuscht und hatte sich für ein paar Stunden in seinem eigenen Bau verkrochen, um zu schlafen. Der Pullmanwagen hatte eine Ökologie, in die sie hineinpassten. Die anderen Reisenden akzeptierten sie inzwischen als Paar. Sie wurden wieder zu einer Bridgepartie eingeladen – Bech war zu zaghaft, um einen Kleinschlemm anzusagen, obgleich Alice ihm deutlich signalisiert hatte, dass ihr Blatt mit Trümpfen gespickt war –, und zum Dinner setzte sich ein korpulentes texanisches Ehepaar mittleren Alters zu ihnen an den Tisch, offenbar ohne Blick dafür, dass die anderen beiden zu erledigt waren, um Konversation zu machen, und ihnen dafür auch eine gemeinsame Vergangenheit fehlte. Bei einem zehnminütigen Halt in irgendeinem Ort, wo die spanische Adobe-Architektur wie betäubt unter einem Himmel voller aufquellender Gewitterwolken hockte, stürzte Bech aus dem Zug und suchte einen Drugstore, um sich mit Präservativen einzudecken. Er sah sich um und sah nichts, nur Töpferwaren und Wildlederandenken an den Westen, und hörte den Zugführer rufen: »Alle einsteigen!« Der Zug war ihm eine Gewissensinstanz geworden, ein Heim, zu dem er zurückeilte, voller Angst, dass es sich in Bewegung setzen und verschwinden könnte.

»Das ist mir nur recht«, sagte Alice in jener Nacht. »Ich hätte nichts dagegen, wenn ich ein Kind von dir bekäme.«

»Aber –«, fing er an und dachte an ihren nichts ahnenden Mann. Tad. Bei dem Namen drängte sich die Vorstellung von einem unsicheren, übertrieben liebenswürdigen Typen mit affektierter abgehackter Sprechweise auf.

»Mein Körper gehört mir«, sagte sie, eine Frau, die ihrer Zeit voraus war. Er fragte sich, ob wohl in jeder konventionellen Hausfrau so eine sexuelle Radikale steckte. Sie war gnädig mit ihm: »Mach dir keine Sorgen, ich bekomme in Kürze meine Tage. Du hast nichts zu befürchten.« Sie lachte dann, ein kurzes, hartes Bellen, als habe sie sich für einen flüchtigen Moment in die Sichtweise eines Mannes eingefühlt und dadurch eine tiefere Stimme bekommen.

Sie gingen wie Schlafwandler durch den Tag, doch als die Nacht sich auf die Dünen und die Kandelaberkakteen der Wüste niedersenkte, hatten sie den toten Punkt überwunden. »Dein Abteil oder meins?«, hatte er gefragt.

»Deins«, sagte sie. Es sich aussuchen zu können, diesen kleinen Spielraum in ihrer Situation zu haben, bereitete ihr Vergnügen. »Ich hasse diesen scheußlichen Vorsprung, meine Füße kriegen in der Enge Klaustrophobie.« In seinem etwas höheren Abteil gab es diese Einschränkung nicht. Sie konnten sich ausbreiten. Als sie die beiden Stufen hinaufgegangen waren, fühlten sie sich wie im Himmel. Sie hatten in ihren gemeinsamen drei Tagen, dachte er oft, junge Liebe, Flitterwochen und Ehe durchlebt. Anfangs vögelt man, um ein Claim abzustecken, und danach, um das abgesteckte Claim zu sichern. Sie waren in dieser zweiten Nacht nicht mehr ganz so heißhungrig, und ihre Genitalien waren ein wenig wund, und mehrmals schliefen sie ein, für eine Stunde oder länger. Am jähen schluckenden Geräusch und an der veränderten Tonhöhe, wie bei einem großen Musikinstrument, konnten sie hören, wenn der Zug in einen Tunnel fuhr, und sie fühlten, wie seine Räder bei einem heiklen Gleiswechsel sich vorsichtig über die Weichen tasteten. Sie fühlten auch, wie der Zug immer höher kletterte und in Schlangenlinien über einen Pass kroch, oben auf dem geschweiften Grat eines Canyons unter den unbeachteten Sternen, die kalt und nah über den Bergen in der Wüste hingen. Als Bech spürte, dass die Nacht krängte und langsam Kurs aufs Ufer nahm, fing er in seiner sexuellen Hysterie und Erschöpfung zu weinen an und verschmierte, gleich einem Hirsch, der einen Baum markiert, die Tränen mit seinem Gesicht auf ihrem Bauch und ihren Brüsten, eine Art spirituellen Samens, eine ganz eigene glitzernde Schleimspur hinterlassend. Sie ließ ihn gewähren und zog unterdes einzelne Locken seines dicken Haars in die Länge und drückte sie wieder zurück.

Die Leute standen an, um sich Bücher signieren zu lassen, und ein Ende der Schlange war nicht in Sicht. »Würden Sie in das hier einfach nur ›Für Roger‹ schreiben? Es ist für meinen Großvater, er liebt Ihr Werk, er sagt, Sie haben seiner Generation wirklich aus der Seele gesprochen.« – »Könnten Sie's hier wohl ein bisschen persönlich gestalten, vielleicht ›Für die einzigartige Lyndi‹? L-Y-N-D-I, ohne E hinten. Perfekt. Tausend Dank. Es ist wunderbar, dass Sie zu uns in den Hoosier State gekommen sind.«

Bei Tageslicht tauchten Oasen in der Mojavewüste auf, erst eine, dann noch eine, und schließlich gab die Wüste nach und machte dem kalifornischen Paradies Platz. Pastellene Häuser und Palmen vervielfachten sich und schufen eine horizontal hingebreitete Stadt, die sich merkwürdig farblos ausnahm unter einem Himmel, der so blau und ungetrübt war wie der gemalte Hintergrund einer Filmdekoration. Der Zug kroch in die im

Missionsstil gebaute Union Station und hielt mit einem endgültigen scharfen Ruck, und in allen Wagen brach das Gestöber los, das hektische Geschwirr einer kleinen Welt, die auseinanderbricht: Schlafwagenschaffner bekamen noch schnell ein Trinkgeld, Gepäckträger wurden herbeigewinkt, man musste sich verabschieden oder wollte ebendas vermeiden, Koffer und Taschen wurden zusammengesucht und in Gewahrsam gegeben. Alice, die den ganzen Vormittag geschlafen hatte, im Salonwagen, den Kopf an Bechs Schulter gelehnt, hatte seine Hand gedrückt, war aufgestanden und hatte gesagt: »Ich bin gleich zurück.« Die Sonne des Südwestens schien heiß durchs Fenster, und er döste ein. Der Zug ruckte. Wo war sie? Er trat auf den Bahnsteig hinaus, in die unwirklich milde Luft. Als er sie erspähte, hatte sie schon die Distanz von zwei oder drei Waggonlängen zwischen sich und ihn gelegt, war, einen Dienstmann mit Gepäckwagen im Schlepptau, vorn auf Höhe der Lokomotive, wo der siegreiche Lokführer mit einem uniformierten Bahnhofsangestellten wiehernd um die Wette lachte. Sie verschmolz mit einem Mann in biederem Braun – Hose und Jacke nicht gleich im Ton – und verschwand in der Menge, hatte sein Claim für sich reklamiert. Bech hatte den Eindruck, dass Tad Oglethorpe groß und kahlköpfig war. Wie ging's weiter? Im Lauf der Jahre vergaß er, warum der Anblick einer Frau mit einer leisen Rötung oder Rauheit auf den Wangen, die von Natur seidig glatt gedacht waren, ihn jedes Mal traurig stimmte und etwas in ihm aufrührte.

Er hatte geglaubt, dass er sie irgendwo, irgendwie wiedersehen würde. Das Universum, das Zeuge einer so sublimen Vereinigung gewesen war, würde dafür sorgen. Und es hatte dafür gesorgt, auf seine unzulängliche Art. Der letzte Fan in der Schlange zog ab mit seiner authentischen Henry-Bech-Signatur, diesem winzigen Stück von ihm, diesem Abschabsel von seiner immer kürzer werdenden Lebensspanne, und im Foyer war niemand mehr, nur die Angestellten des Buchladens, die seine unverkauften Bücher in Kartons packten, und die müde, aber fröhliche Matrone, vielleicht auch sie insgeheim eine sexuelle Radikale, die dem Komitee vorgesessen hatte, welchem es gelungen war, ihn hierher zu holen. Alice war verschwunden, und die Bibliotheksdirektorin von Indianapolis war auch schon nach Haus gegangen.

Der Anblick seiner Bücher, der sieben schmalen überlebten Titel, die flott in Kartons verstaut wurden, erfüllte Bech mit Ekel. Einerlei, wie viele er verkaufte und signierte, immer blieben ganze Stapel übrig, Makulatur zentnerweise. Diese Frauen, die sich bei seinen Lesungen blicken ließen: sie kamen, das schien ihm klar, um seine Bücher spöttisch Lügen zu strafen – kunstfertige, verzwirbelte, eitle Bücher, bar all dessen, was wirklich zählte, sagten diese Frauen, mit denen er geschlafen hatte. Wir, *wir* sind deine Meisterwerke.

Jeffrey Eugenides
Die Bratenspritze

Das Rezept kam per Post:

> Samen von drei Männern mischen.
> Kräftig verrühren.
> In die Bratenspritze füllen.
> Sieb zurücklegen.
> Tülle einführen.
> Zusammendrücken.
>
> Zutaten:
> 1 Prise Stu Wadsworth
> 1 Prise Jim Freeson
> 1 Prise Wally Mars

Zwar stand kein Absender drauf, doch Tomasina wusste, wer es geschickt hatte: Diane, ihre beste Freundin und – seit neustem – Fruchtbarkeitsexpertin. Seit Tomasinas jüngster, desaströser Trennung betrieb Diane den gemeinsamen, von ihnen so genannten Plan B. An Plan A arbeiteten sie schon eine ganze Weile. Er beinhaltete Liebe und eine Hochzeit. Gute acht Jahre hatten sie schon an Plan A gearbeitet. Doch unterm Strich – und darauf wollte Diane hinaus – hatte sich Plan A als viel zu idealistisch erwiesen. Und deshalb sahen sie sich jetzt Plan B genauer an.

Plan B war abwegiger und phantasievoller, weniger romantisch, einsamer, trauriger, aber auch kühner. Er erforderte das Ausleihen eines Mannes mit ordentlichem Gebiss, Körper und Hirn, der keine bösen Krankheiten hatte und gewillt war, sich mittels intimer Phantasien (in denen es nicht um Tomasina zu gehen brauchte) so in Fahrt zu bringen, dass er den winzigen Spritzer zustande brachte, der für die grandiose Errungenschaft, ein Baby zu bekommen, unabdingbar war. Wie zwei Golfkriegsgeneräle erkannten die beiden Freundinnen, dass sich das Schlachtfeld in letzter Zeit verändert hatte: Verringerung ihrer Artillerie (sie waren beide gerade vierzig geworden), zunehmende Guerillataktiken des Gegners (Männer traten nicht einmal mehr aus ihrer Deckung heraus) und vollständige Auflösung des Ehrenkodex. Der letzte Mann, der Tomasina geschwängert hatte – nicht der Boutiquen-Anlageberater, sondern sein Vorgänger, der Psychoanalyse-Dozent –, hatte ihr nicht mal pro forma einen Heiratsantrag gemacht. Seine Auffassung von Ehre bestand darin, sich die Abtreibungskosten mit ihr zu teilen. Leugnen hatte keinen Sinn; die besten Soldaten hatten das Feld verlassen und sich in den friedlichen Hafen der Ehe begeben. Übrig blieb ein zusammengewürfelter Haufen von Ehebrechern und Versagern, Drückebergern und Brandstiftern. Tomasina musste die Vorstellung aufgeben, jemandem zu begegnen, mit dem sie ihr Leben verbringen konnte, und stattdessen jemanden zur Welt bringen, der sein Leben mit ihr verbringen würde.

Doch erst als sie das Rezept bekam, wurde Tomasina klar, dass sie verzweifelt genug war, die Sache durchzuziehen. Noch bevor sie aufgehört hatte zu lachen, wusste sie es. Sie wusste es, als sie sich bei dem Gedanken ertappte: Stu Wadsworth könnte ich mir eventuell vorstellen. Aber Wally Mars?

Tomasina – ich wiederhole, wie eine tickende Uhr – war vierzig. Sie hatte so ziemlich alles im Leben, was sie wollte. Sie hatte einen tollen Job als stellvertretende Produzentin der CBS Evening News mit Dan Rather. Sie hatte ein sagenhaftes, großzügiges Apartment an der Hudson Street. Sie verfügte über gutes, größtenteils intaktes Aussehen. Ihre Brüste waren vom Lauf der Zeit zwar nicht unberührt geblieben, hielten jedoch tapfer die Stellung. Außerdem hatte sie neue Zähne. Einen ganzen Satz nagelneuer, blitzender, hübsch beieinander stehender Zähne. Zuerst, bevor sie sich an sie gewöhnt hatte, hatten sie gepfiffen, aber inzwischen waren sie in Ordnung. Und Bizeps hatte sie. Auf ihrem privaten Rentenkonto hatten sich stattliche einhundertfünfundsiebzigtausend Dollar angesammelt. Doch ein Baby hatte sie nicht. Keinen Ehemann zu haben, konnte sie aushalten. Keinen Ehemann zu haben, war in mancher Hinsicht sogar besser. Aber ein Baby wollte sie.

»Jenseits der fünfunddreißig«, hieß es in der Zeitschrift, »wird die Empfängnis für eine Frau immer schwieriger.« Tomasina konnte es nicht fassen. Gerade als sie anfing durchzublicken, begann ihr Körper auseinander zu fallen. Der Natur war ihr Reifegrad scheißegal. Die Natur wollte, dass sie ihren Freund aus der Collegezeit heiratete. Und rein vom Gesichtspunkt der Fortpflanzung her gesehen, wäre es der Natur im Grunde lieber gewesen, sie hätte ihren *Schul*freund geheiratet. Während Tomasina so vor sich hin gelebt hatte, war ihr gar nicht aufgefallen: Monat für Monat katapultierten sich die Eier hinaus ins große Vergessen. Jetzt sah sie alles vor sich. Während sie im College in Rhode Island für Bürgerinitiativen um Stimmen geworben hatte, waren ihre Gebärmutterwände dünner geworden. Während sie ihren Abschluss in Journalismus gemacht hatte, hatten ihre Eierstöcke die Östrogenproduktion gedrosselt. Und während sie mit Unmengen von Männern geschlafen hatte, waren ihre Eileiter allmählich enger geworden und hatten sich verstopft. *In ihren Zwanzigern.* Jener zeitlichen Erweiterung der amerikanischen Kindheit. Der Zeit, in der sie – ausgebildet und mit Anstellung – sich endlich ein bisschen amüsieren konnte. Geparkt in der Gansevoort Street, hatte Tomasina mit einem Taxifahrer namens Ignacio Veranes einmal fünf Orgasmen gehabt. Er hatte einen gebogenen Penis europäischen Stils und roch nach Crème Caramel. Tomasina war damals fünfundzwanzig gewesen. Sie würde es zwar nicht noch mal machen, war aber froh, dass sie es damals gemacht hatte. Um später nicht bereuen zu müssen. Doch während man Dinge vermeidet, die man bereuen könnte, beschwört man andere herauf. Sie war damals erst Mitte zwanzig gewesen. Sie hatte bloß rumgespielt, mehr nicht. Aber aus den Zwanzigern werden die Dreißiger, und nach ein paar gescheiterten Beziehungen ist man fünfunddreißig, und eines Tages holt man sich *Mirabella* und liest: »Nach fünfunddreißig beginnt die weibliche Fruchtbarkeit zu sinken. Mit jedem weiteren

Jahr steigt der Anteil an Fehlgeburten und Geburtsfehlern.«

Seit fünf Jahren stieg der nun schon. Tomasina war vierzig Jahre, einen Monat und vierzehn Tage alt. Und mal in Panik und manchmal nicht. Manchmal vollkommen ruhig und schicksalsergeben.

Sie dachte über sie nach, über die Kinder, die sie nie bekommen hatte. Sie waren an den Fenstern eines gespenstischen Schulbusses aufgereiht, die Gesichter an die Scheibe gepresst, mit riesigen Augen und feuchten Wimpern. Sie sahen heraus und riefen: »Wir verstehen dich. Es war nicht der richtige Zeitpunkt. Wir verstehen dich. *Wirklich.*«

Der Bus fuhr ruckelnd davon, und sie sah den Fahrer. Er hob eine knochige Hand an die Gangschaltung, während er sich Tomasina zuwandte und sein Gesicht sich zu einem breiten Lächeln verzog.

In der Zeitschrift stand auch, dass Fehlgeburten dauernd vorkamen, sogar ohne dass eine Frau es überhaupt merkte. Winzige Bläschen schabten an den Wänden des Unterleibs und purzelten – wenn sie keinen Halt fanden – abwärts durch die menschlichen und anderweitigen Rohrleitungen. Vielleicht blieben sie in der Kloschüssel noch ein paar Sekunden am Leben, wie Goldfische. Sie wusste es nicht. Doch nach drei Abtreibungen, einer offiziellen

Fehlgeburt und wer weiß wie vielen inoffiziellen war Tomasinas Schulbus voll besetzt. Wenn sie nachts aufwachte, sah sie ihn langsam vom Randstein losfahren und hörte die auf ihren Sitzen zusammengepferchten Kinder lärmen, jenes Kindergeschrei, bei dem zwischen Gelächter und Angstschreien nicht zu unterscheiden ist.

Jeder weiß, dass Männer in Frauen nur Objekte sehen. Unser abschätzendes Taxieren von Brüsten und Beinen lässt sich jedoch nicht vergleichen mit der kaltblütigen Berechnung einer Frau auf Samenschau. Tomasina war selbst ein wenig verblüfft darüber, konnte jedoch nicht anders: Nachdem ihre Entscheidung erst einmal getroffen war, begann sie Männer als wandelnde Spermatozoen zu betrachten. Auf Partys, über Gläser mit Barolo hinweg (da sie es bald aufgeben würde, soff sie wie ein Loch), begutachtete Tomasina jedes einzelne Exemplar, das aus der Küche kam, im Flur herumstand oder sich im Sessel sitzend wortreich ausließ. Und manchmal, während sich ihre Augen verschleierten, spürte sie, dass sie bei jedem Mann die Qualität des Genmaterials beurteilen konnte. Manch eine Samenaura glühte gönnerhaft, andere waren zerfetzt, mit Löchern roher, lockender Wildheit, wieder andere flackerten und leuchteten mangels ausreichender Voltspannung schwächer. Anhand von Geruch und Gesichtsfarbe konnte Tomasina den Gesundheitszustand eines Kerls feststellen. Einmal hatte sie Diane eine Freude machen wollen und jedem männlichen Partygast befohlen, die Zunge rauszustrecken. Die Männer hatten es wie verlangt getan und keine Fragen gestellt. Männer tun immer, was von ihnen verlangt wird. Männer lassen sich gern zum Objekt machen. Sie glaubten, ihre Zungen würden auf Flinkheit begutachtet, auf ihre oralen Fähigkeiten hin. »Aufmachen und ah sagen«, befahl Tomasina immer wieder, den ganzen Abend lang. Und die Zungen entrollten sich zur Beschau. Manche hatten gelbe Flecken oder entzündete Geschmacksknospen, andere waren blau wie verdorbenes Rindfleisch. Manche vollführten anzügliche Verrenkungen, indem sie auf und ab schnellten oder sich emporkrümmten und dabei kleine Dornfortsätze offenbarten, die wie Fühler bei Tiefseefischen an ihrer Unterseite hingen. Und dann gab es zwei oder drei, die perfekt aussahen, wie Austern schimmernd und verlockend rundlich. Es waren die Zungen verheirateter Männer, die ihren Samen bereits – im Überfluss – den glücklichen Frauen gespendet hatten, die überall im Raum schwergewichtig auf den Kissen lagerten. Den Ehefrauen und Müttern, die inzwischen

Beschwerden von nicht ausreichendem Schlaf und abgewürgten Karrieren hegten – Beschwerden, die für Tomasina sehnliche Wünsche waren.

An diesem Punkt sollte ich mich vielleicht vorstellen. Ich heiße Wally Mars. Ich bin ein alter Freund von Tomasina. Genauer gesagt, eine alte Beziehung von ihr. Wir sind im Frühjahr 1985 drei Monate und sieben Tage lang miteinander gegangen. Die meisten von Tomasinas Freundinnen und Freunden wunderten sich damals, dass sie was mit mir hatte. Sie sagten das Gleiche wie sie, als sie meinen Namen auf der Zutatenliste sah. Sie sagten: »Wally Mars?« Sie fanden mich zu kurz geraten (ich bin bloß einszweiundsechzig) und nicht sportlich genug. Doch Tomasina liebte mich. Eine Zeitlang war sie ganz verrückt nach mir. Irgendein dunkler Haken in unseren Hirnen, den niemand sehen konnte, verband uns miteinander. Oft saß sie mir gegenüber, trommelte auf den Tisch und sagte: »Und – wie weiter?« Sie hörte mich gern reden.

Das tat sie immer noch. Alle paar Wochen rief sie an und lud mich zum Mittagessen ein. Und ich ging immer hin. Als sich besagte Geschichte zutrug, verabredeten wir uns für einen Freitag. Als ich im Restaurant eintraf, war Tomasina bereits dort. Ich blieb einen Augenblick hinter dem Empfangspult stehen und betrachtete sie aus der Entfernung, während ich mich wappnete. Sie hatte sich bequem in ihren Stuhl zurückgelehnt und saugte gierig an der ersten von drei Zigaretten, die sie sich zum Mittagessen genehmigte. Auf einem Sims über ihrem Kopf stand ein riesiges Blumenarrangement in voller Blüte. Ist Ihnen das mal aufgefallen? Blumen sind auch schon ganz multikulturell geworden. Keine einzige Rose, Tulpe oder Narzisse reckte ihr Köpflein aus der Vase. Stattdessen ein Ausbund an Dschungelflora: Amazonas-Orchideen und Sumatra-Fliegenfallen. Einer Fliegenfalle bebten die Kieferklappen, angeregt von Tomasinas Parfum.

Ihr Haar hatte sie über die bloßen Schultern zurückgeworfen. Sie trug kein Oberteil – doch, sie trug eins. Es war fleischfarben und hauteng. Tomasina kleidet sich nicht gerade firmengerecht, außer man bezeichnet ein Bordell als eine Art Firma. Was sie zur Schau zu stellen hatte, wurde zur Schau gestellt. (Allmorgendlich zur Schau gestellt für Dan Rather, der für Tomasina eine Reihe von Spitznamen hatte, die alle mit Tabasco-Sauce zu tun hatten.) Doch irgendwie konnte Tomasina sich ihre Revuetänzerinnen-Garderobe leisten. Sie milderte sie mit ihren mütterlichen Eigenschaften: ihrer selbst gemachten Lasagne, ihren Umarmungen und Küssen, ihren Schnupfenmittelchen.

Am Tisch bekam ich sowohl eine Umarmung als auch einen Kuss. »Hi, Schatzi!«, sagte sie und presste sich an mich. Ihr Gesicht leuchtete förmlich. Ihr linkes Ohr, nur wenige Zentimeter von meiner Backe entfernt, war flammend pinkrosa. Ich konnte die Hitze direkt spüren. Sie machte sich los und wir sahen uns an.

»Also«, sagte ich. »Große Neuigkeiten.«

»Ich werd's tun, Wally. Ich werde ein Baby bekommen.«

Wir setzten uns. Tomasina nahm einen Zug von ihrer Zigarette und verzog die Lippen seitlich zum Trichter, um den Rauch auszustoßen.

»Ich hab mir gedacht, scheiß was drauf«, sagte sie. »Ich bin vierzig. Ich bin erwachsen. Ich krieg das hin.« An ihre neuen Zähne war ich nicht gewöhnt. Sooft sie den Mund aufmachte, war es, als flammte ein Blitzlicht auf. Sie sahen aber gut aus, ihre neuen Zähne. »Mir egal, was die Leute denken. Entweder sie kapieren es oder eben nicht. Ich zieh es ja nicht allein auf. Meine Schwester hilft mir. Und Diane. Du kannst auch babysitten, wenn du willst, Wally.«

»Ich?«

»Du kannst Onkel sein.« Sie langte über den Tisch und drückte meine Hand. Ich erwiderte den Druck.

»Ich hab gehört, du hast ein Rezept mit Kandidatenliste«, sagte ich.

»Was?«

»Diane sagte, sie hätte dir ein Rezept geschickt.«

»Ach so, das.« Sie inhalierte. Ihre Wangen wurden hohl.

»Und dass ich drauf wäre, oder so?«

»Alte Beziehungen.« Tomasina blies den Rauch nach oben. »Alles meine alten Beziehungen.«

In dem Moment kam der Kellner, um unsere Getränkebestellung aufzunehmen.

Tomasina starrte immer noch versonnen zu ihrem verfliegenden Rauch empor. »Martini mit zwei supertrockenen Oliven«, sagte sie. Dann musterte sie den Kellner. Unverwandt. »Heute ist Freitag«, erläuterte sie. Sie fuhr sich mit der Hand durchs Haar, schnippte es ruckartig zurück. Der Kellner lächelte.

»Ich nehme auch einen Martini«, sagte ich.

Der Kellner drehte sich um und sah mich an. Seine Brauen hoben sich erstaunt, dann wandte er sich erneut Tomasina zu. Er lächelte wieder und ging. Sobald er weg war, beugte sich Tomasina über den Tisch, um mir etwas ins Ohr zu flüstern. Ich beugte mich ihr entgegen. Unsere Gesichter berührten sich. Und dann sagte sie: »Wie wär's mit ihm?«

»Mit wem?«

»Ihm.«

Sie deutete mit dem Kopf hinüber. Auf der anderen Seite des Restaurants, auf und nieder wippend und seitlich ausschwenkend, verschwanden die straffen Hinterbacken des Kellners.

»Das ist ein *Kellner*.«

»Ich will ihn ja nicht heiraten, Wally. Ich will bloß sein Sperma.«

»Vielleicht bringt er welches als Beilage.«

Tomasina lehnte sich zurück und drückte ihre Zigarette aus. Aus einigem Abstand betrachtete sie mich nachdenklich und griff dann nach Zigarette Nummer zwei. »Wirst du jetzt schon wieder gehässig?«

»Ich bin doch nicht gehässig.«

»Doch, bist du. Du warst gehässig, als ich dir davon erzählt hab, und jetzt reagierst du wieder gehässig.«

»Mir ist eben schleierhaft, wie du ausgerechnet auf den Kellner kommst.«

Sie zuckte die Achseln. »Er ist süß.«

»Du kannst aber doch was Besseres kriegen.«

»Wo?«

»Keine Ahnung. Es gibt eine Menge Möglichkeiten.« Ich nahm meinen Suppenlöffel. Ich sah mein Gesicht darin, verzerrt und winzig. »Geh doch auf eine Samenbank. Hol dir einen Nobelpreisträger.«

»Bloß was Schlaues will ich nicht. Köpfchen ist auch nicht alles.« Tomasina blinzelte, sog den Rauch ein, dann schaute sie verträumt weg. »Ich will das ganze Drum und Dran.«

Eine Weile sagte ich nichts. Ich nahm meine Speisekarte und las neunmal die Wörter »Fricassée de Lapereau«. Was mich plagte, war: das System der Natur. Mir wurde allmählich klar – klarer denn je –, welchen Status ich im System der Natur einnahm: einen niedrigen. Irgendwas nicht weit entfernt von Hyäne. Aber so etwas gibt es meines Wissens nicht in der menschlichen Zivilisation. Praktisch gesehen bin ich eine gute Partie. Zunächst einmal verdiene ich viel Geld. *Meine* private Pensionskasse ist auf stolze zweihundertvierundfünfzigtausend Dollar angewachsen. Bei der Samenauswahl zählt Geld aber offenbar nicht. Die straffen Arschbacken des Kellners zählten mehr.

»Du bist gegen die Idee, stimmt's?«, meinte Tomasina.

»Ich bin nicht *dagegen*. Ich finde bloß, wenn du schon ein Baby willst, dann doch lieber mit jemand anderem. Jemand, in den du verliebt bist.« Ich sah zu ihr hoch. »Und der dich liebt.«

»Das wär toll, ist aber nicht drin.«

»Woher willst du das wissen?«, sagte ich. »Du könntest dich morgen in jemanden verlieben. Du könntest dich in einem halben Jahr in jemanden verlieben.« Ich sah weg und kratzte mich an der Backe. »Vielleicht bist du der Liebe deines Lebens schon begegnet und weißt es nicht einmal.« Ich blickte ihr wieder in die Augen. »Und dann begreifst du's. Und es ist zu spät. Du sitzt da. Mit dem Kind von irgendeinem Fremden.«

Tomasina schüttelte den Kopf. »Ich bin vierzig, Wally. Ich hab nicht mehr viel Zeit.«

»Ich bin auch vierzig«, sagte ich. »Was ist mit mir?«

Sie sah mich genau an, als entdeckte sie irgendetwas in meinem Tonfall, dann wischte sie es lässig beiseite. »Du bist ein Mann. Du hast noch Zeit.«

Nach dem Mittagessen schlenderte ich durch die Straßen. Die Glastür des Restaurants entließ mich in den nahenden Freitagabend. Es war halb fünf, und in den Höhlen Manhattans dunkelte es bereits. Aus einem in den Asphalt eingelassenen, gestreiften Schlot schoss Dampf empor. Ein paar Touristen standen um ihn herum und stießen leise schwedische Laute aus, voller Staunen über unsere vulkanischen Straßen. Ich blieb ebenfalls stehen, um den Dampf zu beobachten. Ich musste sowieso an Auspuffgase denken, an Rauch und Auspuffgase. Der Schulbus von Tomasina? Aus einem der Fenster schaute auch das Gesicht meines Kindes. Unseres Kindes. Als wir drei Monate zusammen gewesen waren, wurde Tomasina schwanger. Sie fuhr nach Hause nach New Jersey, um die Sache mit ihren Eltern zu besprechen, und kam drei Tage später wieder, nach einer Abtreibung. Kurz darauf trennten wir uns. Deshalb musste ich manchmal an ihn – oder sie – denken, meinen einzigen echten, abgemurksten Sprössling. Gerade in diesem Moment dachte ich an ihn. Wie hätte das Kind wohl ausgesehen? Wie ich, mit Glubschaugen und Knollennase? Oder wie Tomasina? Wie sie, entschied ich. Wenn es Glück hätte, würde es wie sie aussehen.

Die nächsten Wochen hörte ich weiter nichts. Ich versuchte, mir das ganze Thema aus dem Kopf zu schlagen. Aber die Stadt ließ mich nicht. Stattdessen begann sie sich mit Babys zu füllen. Ich sah sie in Aufzügen und Empfangshallen und draußen auf dem Bürgersteig. Ich sah sie sabbernd und tobend, in Autositze gezwängt. Ich sah Babys im Park, an der Leine. Ich sah sie in der U-Bahn, wie sie mich über die Schultern von dominikanischen Kindermädchen hinweg mit süßen, verklebten Augen anblickten. New York war doch kein passender Ort für Babys. Wieso hatten dann alle eines? Jeder fünfte Mensch auf der Straße schleppte so einen Beutelsack mit bemützter Larve vor sich her. Sie sahen alle aus, als müssten sie noch mal zurück in den Bauch.

Meist sah man sie mit ihren Müttern. Ich fragte mich immer, wer eigentlich die Väter waren. Wie sahen sie aus? Waren sie groß und stattlich? Wieso hatten die ein Kind und ich nicht? Eines Abends sah ich, wie sich eine komplette mexikanische Familie in einem U-Bahn-Wagen ausbreitete. Zwei kleine Kinder zupften die Mutter an der Trainingshose, während der jüngste Neuankömmling, eine in ein Blatt gewickelte Raupe, am Weinschlauch ihrer Brust nuckelte. Und gegenüber, mit Bettzeug und Windelbeutel bepackt, saß breitbeinig der Erzeuger. Nicht älter als dreißig, klein, gedrungen, farbbespritzt, mit dem breiten, flächigen Gesicht eines Azteken. Ein altertümliches Gesicht, ein Gesicht aus Stein, durch die Jahrhunderte hindurchgereist in diesen Overall, diesen dahinsausenden Zug, diesen Augenblick.

Die Einladung kam fünf Tage später. Still lag sie in meinem Briefkasten inmitten von Rechnungen und Werbeprospekten. Ich sah als Absender Tomasinas Adresse und riss den Umschlag auf.

Auf der Vorderseite der Einladung schäumten aus einer Champagnerflasche die Worte:

ger!

schwan

de

wer

Ich

Innen verkündeten fröhliche grüne Lettern: »Am Samstag, dem 13. April. Kommt und feiert das Leben!«

Das Datum, erfuhr ich später, war genau berechnet. Tomasina hatte ein Basalthermometer benutzt, um den Zeitpunkt ihres Eisprungs festzustellen. Jeden Morgen vor dem Aufstehen maß sie ihre Ruhetemperatur und notierte die Ergebnisse in einer Tabelle. Außerdem inspizierte sie täglich ihre Unterhosen. Klarer, eiweißartiger Ausfluss bedeutete, dass ihr Ei sich gelöst hatte. Am Kühlschrank hatte sie einen Kalender, mit roten Sternchen besetzt. Sie überließ nichts dem Zufall.

Ich überlegte, ob ich absagen sollte. Ich spielte mit dem Gedanken an fiktive Geschäftsreisen und tropische Krankheiten. Ich wollte nicht hin. Ich wünschte mir, es gäbe keine solchen Partys. Ich fragte mich, ob ich vielleicht eifersüchtig war oder nur konservativ, und entschied, ich war beides. Am

Ende ging ich natürlich doch. Um nicht zu Hause zu sitzen und darüber nachzugrübeln.

Tomasina wohnte schon seit elf Jahren in der gleichen Wohnung. Doch als ich an diesem Abend hinkam, sah es dort vollkommen anders aus. Der vertraute rosa gesprenkelte Läufer, der an Mortadella mit Olivenstückchen erinnerte, führte aus der Eingangshalle hinauf, vorbei an der sterbenden Pflanze auf dem Treppenabsatz bis zu der gelben Tür, zu der ich einmal einen Schlüssel besessen hatte. Die gleiche Mesusa, von den ehemaligen jüdischen Mietern vergessen, haftete noch am Türrahmen. Wie auf dem Messingschildchen vermerkt, war 2-A immer noch das Apartment, in dem ich vor fast zehn Jahren achtundneunzig aufeinander folgende Nächte verbracht hatte. Doch als ich klopfte und dann die Tür aufstieß, erkannte ich es nicht wieder. Das Licht kam ausschließlich von Kerzen, die überall im Wohnzimmer verteilt standen. Während meine Augen sich daran gewöhnten, tastete ich mich an der Wand entlang zum Garderobenschrank – er war genau da, wo er immer gewesen war – und hängte meinen Mantel auf. Auf einer Kommode daneben brannte eine Kerze, und als ich sie mir genauer ansah, ahnte ich allmählich, was Tomasina und Diane bei der Auswahl der

Partydekoration vorgeschwebt hatte. Obwohl von übermenschlichen Ausmaßen, stellte die Kerze die exakte Replik eines stolz erigierten männlichen Gliedes dar, in fast überrealistisch gezeichneten Einzelheiten bis hin zu den verzweigten Venen und dem sandbankartigen Skrotum. Die feurige Spitze des Phallus beleuchtete zwei weitere Gegenstände auf dem Tisch: die tönerne Nachbildung einer uralten kanaanitischen Fruchtbarkeitsgöttin von der Art, wie sie in feministischen Buchläden und New-Age-Kaufhäusern angeboten werden, mit gewölbtem Leib und prallen Brüsten; und eine Packung Räucherstäbchen Marke *Love,* die die schemenhafte Darstellung eines ineinander verschlungenen Paares trug.

Ich blieb stehen, und meine Pupillen weiteten sich. Allmählich nahm der Raum Gestalt an. Es waren eine Menge Leute da, vielleicht fünfundsiebzig. Es sah aus wie eine Halloween-Party. Frauen, die sich das ganze Jahr über insgeheim gern sexy anziehen würden, *hatten* sich sexy angezogen. Sie trugen tief ausgeschnittene Playboy-Oberteile oder seitlich geschlitzte Hexengewänder. Nicht wenige streichelten provokativ die Kerzen oder fummelten an dem heißen Wachs herum. Sie waren nicht jung. Niemand war jung. Die Männer sahen aus, wie Männer in den letzten zwanzig Jahren immer ausgesehen haben: verlegen, aber liebenswürdig ergeben. Sie sahen aus wie ich.

Champagnerkorken knallten, genau wie auf der Einladungskarte. Nach jedem Knall schrie eine Frau: »Huch, ich bin schwanger!«, und alle lachten. Dann erkannte ich aber doch etwas wieder: die Musik. Es war Jackson Browne. Was ich an Tomasina immer so liebenswert gefunden hatte, war unter anderem ihre veraltete, sentimentale Plattensammlung. Die hatte sie immer noch. Ich erinnerte mich, einmal zu genau diesem Album mit ihr getanzt zu haben. Spät abends hatten wir uns einfach ausgezogen und angefangen, ganz allein zu tanzen. Es war einer von diesen spontanen Wohnzimmertänzen, wie man sie am Anfang einer Beziehung erlebt. Auf einem Hanfteppich wirbelten wir umeinander herum, nackt, ungraziös, verstohlen, und es kam nie wieder vor. Ich stand da und erinnerte mich, als von hinten jemand auf mich zutrat.

»He, Wally.«

Ich blinzelte. Es war Diane.

»Versprich mir nur«, sagte ich, »dass wir nicht dabei zuschauen müssen.«

»Reg dich ab. Es ist total jugendfrei. Tomasina macht es später. Wenn alle gegangen sind.«

»Ich kann nicht lange bleiben«, sagte ich und sah mich unruhig im Raum um.

»Du solltest die Bratenspritze sehen, die wir besorgt haben. Vier Dollar fünfundneunzig, Sonderangebot bei Macy's.«

»Ich bin später auf einen Drink verabredet.«

»Da haben wir auch den Spenderbecher her. Mit Deckel konnten wir nichts finden. Deshalb haben wir so einen Kinderbecher aus Plastik genommen. Roland hat ihn schon gefüllt.«

In meinem Hals war irgendwas. Ich schluckte.

»Roland?«

»Er war schon früh da. Er durfte zwischen *Hustler* und *Penthouse* wählen.«

»Ich werd aufpassen, was ich aus dem Kühlschrank trinke.«

»Es ist nicht im Kühlschrank, sondern im Bad unterm Waschbecken. Weil ich Angst hatte, jemand würde es *tatsächlich* trinken.«

»Muss das denn nicht tiefgekühlt werden?«

»Wir verwenden es doch in einer Stunde. Das hält sich.«

Unerfindlicherweise nickte ich. Allmählich sah ich etwas klarer. Ich konnte sämtliche Familienfotos auf dem Kaminsims erkennen. Tomasina mit ihrem Vater. Tomasina mit ihrer Mutter. Der ganze Genovese-Clan in einer Eiche droben. Und dann sagte ich: »Du kannst mich jetzt ruhig für altmodisch halten, aber...« Meine Stimme erstarb.

»Reg dich ab, Wally. Trink ein bisschen Champagner. Es ist doch eine Party.«

An der Bar gab es sogar eine Barkeeperin. Bei Champagner winkte ich dankend ab und bat um ein Glas Scotch, pur. Während ich wartete, glitt mein Blick auf der Suche nach Tomasina durch den Raum. Deutlich, wenn auch ziemlich leise, sagte ich mit heftigem Sarkasmus: »Roland.« Genau so ein Name hatte es ja wohl sein müssen. Aus einem mittelalterlichen Heldenepos. »Das Sperma des Roland.«

Das fand ich einigermaßen spaßig, als plötzlich irgendwo über mir eine tiefe Stimme ertönte: »Sprechen Sie mit mir?« Ich blickte auf, nicht direkt in die Sonne, sondern in deren anthropomorphische Verkörperung. Er war gleichermaßen blond und orangegelb und sehr groß, und die Kerze auf dem Bücherregal hinter ihm ließ seine Mähne wie einen Heiligenschein aufleuchten.

»Kennen wir uns? Ich heiße Roland DeMarchelier.«

»Wally Mars«, erwiderte ich. »Dachte ich mir schon, dass Sie das sind. Diane hat mich auf Sie aufmerksam gemacht.«

»Alle machen einander auf mich aufmerksam. Ich komme mir langsam vor wie eine Art Zuchteber«, sagte er lächelnd. »Meine Frau teilte mir gerade mit, dass wir gehen. Einen letzten Drink konnte ich noch rausschlagen.«

»Sie sind verheiratet?«

»Seit sieben Jahren.«

»Macht es ihr denn nichts aus?«

»Na, *bisher* nicht. Inzwischen bin ich mir nicht mehr so sicher.«

Was soll ich über sein Gesicht sagen? Es war offen. Es war ein Gesicht, das es gewöhnt ist, betrachtet, angestarrt zu werden, ohne zurückzuweichen. Seine Haut hatte eine gesunde Aprikosenfarbe. Seine Augenbrauen, ebenfalls aprikosenfarben, waren struppig wie bei einem alten Dichter. Sie bewahrten sein Gesicht davor, allzu jungenhaft zu wirken. In dieses Gesicht hatte Tomasina also gesehen. Sie hatte es angesehen und gesagt: »Sie sind engagiert.«

»Meine Frau und ich haben zwei Kinder. Beim ersten Mal hatten wir mit dem Schwangerwerden allerdings Probleme. Wir wissen also, wie das sein kann. Die Anspannung, das Timing und das alles.«

»Ihre Frau muss ja wirklich sehr aufgeschlossen sein«, sagte ich. Roland kniff die Augen zusammen, um meine Aufrichtigkeit zu prüfen – dumm war er offensichtlich nicht (wahrscheinlich hatte Tomasina irgendwie seine Abschlussnoten ausfindig gemacht). Dann entschied er zu meinen Gunsten.

»Sie sagt, sie fühlt sich geschmeichelt. Ich bin's jedenfalls.«

»Ich hatte mal was mit Tomasina«, sagte ich. »Wir haben mal zusammengelebt.«

»Tatsächlich?«

»Jetzt sind wir bloß befreundet.«

»Gut, wenn es so läuft.«

»Als wir eine Beziehung hatten, dachte sie überhaupt nicht an Babys«, sagte ich.

»So geht das eben. Man denkt, man hat alle Zeit der Welt. Und bumm – stellt man fest, dass es nicht so ist.«

»Vielleicht wäre alles anders gekommen«, sagte ich. Roland sah mich erneut an, nicht ganz sicher, wie er meine Bemerkung auffassen sollte, und blickte dann ans andere Ende des Raumes hinüber. Er lächelte jemanden an und hielt seinen Drink in die Höhe. Dann wandte er sich wieder mir zu. »Das hat nicht geklappt. Meine Frau will aufbrechen.« Er stellte sein Glas ab und wandte sich zum Gehen. »Hat mich gefreut, Wally.«

»Immer schön obenauf bleiben«, sagte ich, aber er hörte mich nicht oder tat jedenfalls so.

Ich hatte meinen Drink geleert und holte mir Nachschub. Dann machte ich mich auf die Suche nach Tomasina. Ich bahnte mir einen Weg quer durchs Zimmer und quetschte mich durch den Flur.

Ich hielt mich aufrecht, um meinen Anzug bewundern zu lassen. Ein paar Frauen musterten mich und wandten sich dann ab. Tomasinas Schlafzimmertür war zwar geschlossen, doch fühlte ich mich berechtigt, sie zu öffnen.

Sie stand rauchend am Fenster und sah hinaus. Sie hatte mich nicht hereinkommen hören, und ich sagte nichts. Ich blieb einfach stehen und sah sie an. Was für ein Kleid soll ein Mädchen zu seiner Befruchtungsparty tragen? Antwort: das, das Tomasina anhatte. Es war genau genommen nicht direkt knapp. Es begann an ihrem Hals und endete an ihren Fesseln. Dazwischen jedoch war sehr gekonnt eine Reihe von Gucklöchern in den Stoff geschnitten, der auf diese Weise ein Fleckchen Schenkel hier, eine schimmernde Hüfte da offenbarte und weiter oben die weiße Schwellung einer Brust. Der Anblick ließ einen an geheime Öffnungen und dunkle Kanäle denken. Ich zählte die aufblitzenden Hautpartien. Ich hatte zwei Herzen, eins oben, eins in der Hose, beide pochten.

Und dann sagte ich: »Ich hab gerade Secretariat gesehen, den Superhengst.«

Sie wirbelte herum. Sie lächelte, wenn auch nicht ganz überzeugend. »Ist er nicht sagenhaft?«

»Ich finde trotzdem, du hättest Isaac Asimov nehmen sollen.« Sie kam herüber, und wir küssten uns auf die Wange. Jedenfalls küsste ich ihre. Tomasina küsste größtenteils Luft. Sie küsste meine Samenaura.

»Diane meint, ich soll die Bratenspritze vergessen und einfach mit ihm schlafen.«

»Er ist verheiratet.«

»Das sind sie alle.« Sie machte eine Pause. »Du weißt schon, was ich meine.«

Ich gab nichts dergleichen zu erkennen. »Was machst du eigentlich hier drin?«, fragte ich.

Sie nahm zwei hastige Züge von ihrer Zigarette, wie um Mut zu fassen. Dann antwortete sie: »Ausrasten.«

»Was ist los?«

Sie schlug eine Hand vors Gesicht. »Es ist deprimierend, Wally. So wollte ich kein Baby. Ich dachte, mit so einer Party würde es Spaß machen, dabei ist es bloß deprimierend.« Sie ließ die Hand sinken und sah mir in die Augen. »Glaubst du, ich spinne? Das glaubst du, stimmt's?«

Ihre Augenbrauen hoben sich flehend. Habe ich Ihnen eigentlich von Tomasinas Sommersprosse erzählt? Sie hat da so eine Sommersprosse auf der Unterlippe, wie ein Stückchen Schokolade. Alle versuchen ständig, sie ihr abzuwischen.

»Ich glaube nicht, dass du spinnst, Tom«, sagte ich.

»Echt?«

»Nein.«

»Ich vertraue dir, Wally. Du bist gemein, deshalb vertrau ich dir.«

»Was meinst du damit, ich bin gemein?«

»Nicht schlimm gemein. Gut gemein. Ich spinne also nicht?«

»Du willst ein Baby. Das ist ganz natürlich.«

Plötzlich beugte sich Tomasina vor und legte den Kopf an meine Brust. Dazu musste sie sich herunterbeugen. Sie schloss die Augen und stieß einen gedehnten Seufzer aus. Ich legte meine Hand auf ihren Rücken. Meine Finger fanden ein Guckloch, und ich streichelte ihre bloße Haut. Mit warmer, durch und durch dankbarer Stimme sagte sie: »Du kapierst es, Wally. Du kapierst es total.«

Sie richtete sich auf und lächelte. Sie blickte an ihrem Kleid hinunter, rückte es so zurecht, dass ihr Nabel zu sehen war, und nahm mich dann beim Arm. »Komm«, sagte sie. »Gehen wir wieder rüber zur Party.«

Was als Nächstes geschah, hatte ich nicht erwartet. Als wir herauskamen, schrien alle Beifall. Tomasina hielt sich an meinem Arm fest, und wir fingen an, der Menge zuzuwinken wie ein königliches Paar. Eine Weile vergaß ich Sinn und Zweck der Party und blieb einfach Arm in Arm mit Tomasina stehen und nahm den Applaus entgegen. Als die Jubelschreie verebbten, merkte ich, dass Jackson Browne immer noch lief. Ich lehnte mich zu Tomasina hinüber und flüsterte ihr zu: »Weißt du noch, wie wir zu diesem Song getanzt haben?«

»Haben wir dazu getanzt?«

»Das weißt du nicht mehr?«

»Das Album hab ich schon ewig. Ich hab wahrscheinlich schon tausendmal dazu getanzt.« Sie brach ab und ließ meinen Arm los.

Mein Glas war wieder leer.

»Kann ich dich was fragen, Tomasina?«

»Was?«

»Denkst du manchmal an dich und mich?«

»Wally, bitte nicht.« Sie wandte sich ab und sah zu Boden. Nach einer Weile sagte sie mit dünner, nervöser Stimme: »Damals war ich total am Arsch. Ich glaub, ich hätte es mit niemand ausgehalten.«

Ich nickte. Ich schluckte. Ich befahl mir, den nächsten Satz nicht zu sagen. Ich sah zum Kamin hinüber, als interessierte er mich, und dann sagte ich es doch: »Denkst du eigentlich manchmal an unser Kind?«

Der einzige Hinweis darauf, dass sie mich gehört hatte, war ein Zucken neben ihrem linken Auge. Sie atmete tief ein, stieß die Luft wieder aus. »Das ist lang her.«

»Ich weiß. Es ist bloß – wenn ich sehe, wie du dir diese ganze Mühe machst, denke ich, es hätte auch anders sein können.«

»Das glaub ich nicht, Wally.« Stirnrunzelnd entfernte sie einen Fussel von der Schulter meines Jacketts. Dann ließ sie ihn fallen. »Ach! Manchmal wünsch ich mir, ich wäre Benazir Bhutto oder so jemand.«

»Du willst Premierministerin von Pakistan sein?«

»Ich will eine schöne, schlichte Zweckehe. Wenn mein Mann und ich dann miteinander geschlafen haben, kann er Polo spielen gehen.«

»Das würde dir gefallen?«

»Natürlich nicht. Das wäre doch entsetzlich.« Als ihr eine Strähne in die Augen fiel, strich sie sie mit dem Handrücken zurück. Sie sah sich im Zimmer um. Dann straffte sie sich und sagte: »Ich sollte mich ein bisschen unter die Leute mischen.«

Ich hob mein Glas. »Seid fruchtbar und mehret euch«, sagte ich. Tomasina drückte meinen Arm und verschwand.

Ich blieb, wo ich war, und trank aus meinem leeren Glas, um wenigstens etwas zu tun zu haben. Ich sah mich nach Frauen um, die ich noch nicht kennengelernt hatte. Es gab keine. An der Bar stieg ich auf Champagner um. Ich ließ mir von der Barkeeperin dreimal das Glas füllen. Sie hieß Julie und studierte im Hauptfach Kunstgeschichte an der Columbia University. Während ich dort stand, trat Diane mitten in den Raum und tippte vernehmlich an ihr Glas. Andere taten es ihr nach, und es wurde still.

»Als Erstes«, hob Diane an, »bevor wir hier alle rausschmeißen, möchte ich ein Hoch ausbringen auf den ach so großzügigen Spender des heutigen Abends, Roland. Wir haben eine landesweite Suchaktion veranstaltet, und – ich kann euch sagen – die Vorsprechproben waren ein Schlauch.« Allgemeines Gelächter. Jemand schrie: »Roland ist schon gegangen.«

»Schon gegangen? Na, dann ein Hoch auf seinen Samen. Den haben wir nämlich noch.« Noch mehr Gelächter, einzelne trunkene Hurrarufe. Ein paar Leute, inzwischen sowohl Männe wie Frauen, nahmen sich Kerzen und schwenkten sie herum.

»Und schließlich«, fuhr Diane fort, »schließlich möchte ich unsere zukünftige – toi, toi, toi – werdende Mutter hochleben lassen. Ihr Mut zur Beschaffung von Produktionsmitteln ist uns allen eine Inspiration.« Sie zerrte Tomasina neben sich. Die Leute johlten. Tomasina fiel das Haar ins Gesicht. Sie war puterrot und lächelte. Ich tippte Julie auf den Arm und hielt ihr mein Glas hin. Alles starrte auf Tomasina, als ich mich umdrehte und ins Bad huschte.

Nachdem ich die Tür zugemacht hatte, tat ich etwas, was ich normalerweise nicht tue. Ich blieb stehen und betrachtete mich lange im Spiegel. Damit hatte ich schon vor mindestens zwanzig Jahren aufgehört. In Spiegel starrt man am besten so etwa mit dreizehn. An diesem Abend aber tat ich es wieder. In Tomasinas Badezimmer, wo wir einst gemeinsam geduscht und unsere Zähne mit Zahnseide gereinigt hatten, in dieser freundlichen, hell gekachelten Grotte präsentierte ich mich mir selbst. Wissen Sie, woran ich dachte? An die Natur dachte ich. Ich dachte wieder an Hyänen. Die Hyäne, fiel mir ein, ist ein wildes, grimmiges Raubtier. Gelegentlich greifen Hyänen sogar Löwen an. Besonders ansehnlich sind sie nicht, die Hyänen, schlagen sich aber recht gut durch. Und so erhob ich mein Glas. Ich erhob mein Glas und prostete mir selbst zu: »Seid fruchtbar und mehret euch.«

Der Becher war genau da, wo Diane gesagt hatte. Roland hatte ihn mit priesterlicher Sorgfalt auf einem Beutel mit Wattebäuschen abgestellt. Der Kinderbecher thronte auf einem Wölkchen. Ich öffnete ihn und inspizierte seine Gabe. Sie bedeckte kaum den Becherboden, eine gelbliche, schaumige Masse.

Es sah aus wie Gummilösung. Eigentlich schrecklich, wenn man es sich genau überlegt. Schrecklich, dass Frauen dieses Zeug brauchen. Es ist *erbärmlich*. Es muss sie wahnsinnig machen, alles zu haben, was sie zur Schaffung von Leben benötigen, bis auf dieses eine mickrige Treibmittel.

Ich spülte Rolands Zeug unter dem laufenden Wasserhahn fort. Dann vergewisserte ich mich, dass die Tür abgeschlossen war. Ich wollte nicht, dass jemand einfach hereinplatzte.

Das war vor zehn Monaten. Kurz darauf war Tomasina schwanger. Sie schwoll zu enormen Ausmaßen an. Ich befand mich gerade auf einer Geschäftsreise, als sie unter Obhut einer Hebamme im St. Vincent's Hospital niederkam. Ich war jedoch rechtzeitig wieder da, um die Anzeige zu erhalten:

Voller Stolz gibt Tomasina Genovese bekannt:
die Geburt ihres Sohnes
Joseph Mario Genovese
am 15. Januar 1996.
2.360 g

Die Winzigkeit allein genügte, um den Verdacht zu bestätigen. Trotzdem entschied sich für mich die Sache erst, als ich dem kleinen Stammhalter neulich einen Tiffany-Löffel mitbrachte und in seine Wiege spähte. Die Knollennase. Die Glubschaugen. Ich hatte zehn Jahre gewartet, um dieses Gesicht in einem Schulbusfenster sehen zu können. Jetzt, wo es so weit war, konnte ich ihm zum Abschied nur zuwinken.

Nachweis

Ray Bradbury (* 22. August 1920, Waukegan/Illinois)
Die beste aller möglichen Welten. Aus dem Amerikanischen von Peter Naujack. Aus: Ray Bradbury, Die Mechanismen der Freude. Copyright © 1985 by Diogenes Verlag, Zürich

Philippe Djian (* 3. Juli 1949, Paris)
Feuerrot. Aus dem Französischen von Michael Mosblech. Aus: Philippe Djian, Krokodile. Sechs Geschichten. Copyright © 1993 by Diogenes Verlag, Zürich

Doris Dörrie (* 26. Mai 1955, Hannover)
Financial Times. Aus: Doris Dörrie, »Was wollen Sie von mir?«. Copyright © 1989 by Diogenes Verlag, Zürich

Jeffrey Eugenides (* 8. März 1960, Detroit)
Die Bratenspritze. Aus dem Amerikanischen von Cornelia C. Walter. Aus: Jeffrey Eugenides, Air Mail. Erzählungen. Copyright © 2003 by Rowohlt Taschenbuch Verlag, Reinbek. Abdruck mit freundlicher Genehmigung

Gabriel García Márquez (* 6. März 1928, Aracataca/Kolumbien)
Dornröschens Flugzeug. Aus: Gabriel García Márquez, Dornröschens Flugzeug. Journalistische Arbeiten 1961–1984. Aus dem Spanischen von Svenja Becker, Astrid Böhringer, Lisa Grüneisen, Silke Kleemann und Ingeborg Schmutte. Copyright © 2008 by Verlag Kiepenheuer & Witsch, Köln. Abdruck mit freundlicher Genehmigung

Arnon Grünberg (* 22. Februar 1971, Amsterdam)
Rosie (Titel vom Herausgeber). Aus dem Niederländischen von Rainer Kersten. Ausschnitt aus: Arnon Grünberg, Blauer Montag. Copyright © 1997 by Diogenes Verlag, Zürich

Patricia Highsmith (19. Januar 1921, Fort Worth/Texas – 4. Februar 1995, Locarno/Tessin)
Die Romanschriftstellerin. Aus dem Amerikanischen von Melanie Walz. Aus: Patricia Highsmith, Kleine Mordgeschichten für Tierfreunde / Kleine Geschichten für Weiberfeinde. Copyright © 2004 by Diogenes Verlag, Zürich

John Irving (* 2. März 1942, Exeter/New Hampshire)
Partnertausch (Titel vom Herausgeber). Aus dem Amerikanischen von Nikolaus Stingl. Auszug aus: John Irving, Eine Mittelgewichts-Ehe. Copyright © 1986 by Diogenes Verlag, Zürich

David Lodge (* 28. Januar 1935, London)
Hotel des Tittes. Aus dem Englischen von Renate Orth-Guttmann. Aus: David Lodge, Sommergeschichten – Wintermärchen. Copyright © 2005 Wilhelm Heyne Verlag, München, in der Verlagsgruppe Random House

Bernard MacLaverty (* 14. September 1942, Belfast)
Ein Pornograph verführt. Aus dem Englischen von Hans-Christian Oeser. Aus: Bernard MacLaverty, Geheimnisse. Copyright © 1990 by Diogenes Verlag, Zürich

Javier Marías (* 20. September 1951, Madrid)
Eine Liebesnacht. Aus dem Spanischen von Renata Zuniga. Aus: Javier Marías, Während die Frauen schlafen. Copyright © 1999 by Verlag Klaus Wagenbach, Berlin. Abdruck mit freundlicher Genehmigung

Ian McEwan (* 21. Juni 1948, Aldershot)
Der kleine Tod. Aus dem Englischen von Michael Walter. Aus: Ian McEwan, Zwischen den Laken. Copyright © 1982, 2008 by Diogenes Verlag, Zürich

Vladimir Nabokov (23. April 1899, St. Petersburg – 2. Juli 1977, Lausanne)
Lolita. Aus dem Amerikanischen von Helen Hessel, Maria Carlsson, Kurt Kusenberg, H. M. Ledig-Rowohlt und Gregor von Rezzori, bearbeitet von Dieter E. Zimmer. Ausschnitt aus: Vladimir Nabokov, Lolita. Copyright © 1959, 1989 by Rowohlt Verlag, Reinbek bei Hamburg. Abdruck mit freundlicher Genehmigung

Henry Slesar (12. Juni 1927, New York – 2. April 2002, New York)
Unwiderstehlich. Aus dem Amerikanischen von Jürgen Bürger (Originaltitel der Geschichte: ›The Secret Formula‹). Aus: Henry Slesar, Teuflische Geschichten für tapfere Leser. Copyright © 1992 by Diogenes Verlag, Zürich

Roland Topor (7. Januar 1938, Paris – 16. April 1997, Paris)
Der schönste Busen der Welt. Aus dem Französischen von Ursula Vogel. Aus: Roland Topor, Tragikomödien. Copyright © 2008 by Diogenes Verlag, Zürich

John Updike (* 18. März 1932, Reading/Pennsylvania)
Sein Œuvre. Aus dem Amerikanischen von Maria Carlsson. Aus: John Updike, Wie war's wirklich. Copyright © 2004 by Rowohlt Verlag, Reinbek bei Hamburg. Abdruck mit freundlicher Genehmigung

F. K. Waechter (3. Nobember 1937, Danzig – 16. September 2005)
Der Spanner. Aus: F. K. Waechter, Die letzten Dinge (Diogenes Taschenbuch). Copyright © 1992 by Verlag der Autoren, Frankfurt am Main. Abdruck mit freundlicher Genehmigung

Leon de Winter (* 26. Februar 1954, 's-Hertogenbosch)
Turbulenzen (Titel vom Herausgeber). Aus dem Niederländischen von Hanni Ehlers. Auszug aus: Leon de Winter, Zionoco. Copyright © 1997 by Diogenes Verlag, Zürich

*Bitte beachten Sie
auch die folgenden Seiten*

Früher war mehr Herz

Hinterhältige Liebesgeschichten
Ausgewählt von Daniel Kampa

Liebe ist die schönste Krankheit der Welt. Wären da nicht die Symptome, die häufig gnadenlos kompliziert, tragisch und komisch zugleich sind. Über die Liebe, die große und die kleine, die auf den ersten Blick (wo ein zweiter Blick gutgetan hätte) und die unmögliche, über das ewige Auf und Ab der Gefühle, über l'amour fou, Katastrophen beim ersten Mal, fatale Fehler beim ersten Date, Schwierigkeiten bei der Liebe im Büro, Eifersucht als Hochseilakt, Beziehungs-Hygiene schreiben hinterhältig Philippe Djian, Martin Suter, Ingrid Noll, Doris Dörrie, Leon de Winter, Donna Leon, Elke Heidenreich, T.C. Boyle, Amélie Nothomb und viele andere. Wie heißt es schon bei Plautus: »Wer sich verliebt, verfällt einem schlimmeren Schicksal als jemand, der aus dem Fenster springt.«

»Liebe: Auch so ein Problem, das Marx nicht gelöst hat.« *Jean Anouilh*

»Lieben heißt leiden. Um Leiden zu vermeiden, darf man nicht lieben. Aber dann leidet man, weil man nicht liebt.« *Woody Allen*

»Liebe ist der Zustand, wo der Mensch die Dinge am meisten so sieht, wie sie nicht sind.«
Friedrich Nietzsche

Auch als Diogenes Hörbuch erschienen,
gelesen von Claus Biederstaedt,
Hannelore Hoger und Ursula Illert

Ray Bradbury
im Diogenes Verlag

Ray Bradbury, geboren 1920 in Waukegan, Illinois, ist einer der bekanntesten und schöpferischsten Schriftsteller Amerikas. Seine erste Erzählung verfaßte er mit elf Jahren. *Fahrenheit 451, Die Mars-Chroniken* und *Der illustrierte Mann* machten ihn weltberühmt. 1966 verfilmte François Truffaut *Fahrenheit 451* mit Oskar Werner und Julie Christie in den Hauptrollen. Bradbury hat über 500 Kurzgeschichten und 10 Romane geschrieben und sich daneben in jeder literarischen Gattung profiliert. Ray Bradbury, der in seinem langen Leben sozusagen jede Auszeichnung erhalten hat, die man in Amerika erringen kann (darunter auch einen Stern auf dem Hollywood Walk of Fame und zuletzt, 2007, den Special Citation Pulitzer Prize), lebt in Los Angeles.

»Einer der größten Visionäre.« *Aldous Huxley*

Der illustrierte Mann
Erzählungen. Aus dem Amerikanischen von Peter Naujack

Fahrenheit 451
Roman. Deutsch von Fritz Güttinger
Auch als Diogenes Hörbuch erschienen, gelesen von Rufus Beck

Die Mars-Chroniken
Roman in Erzählungen. Deutsch von Thomas Schlück
Auch als Diogenes Hörbuch erschienen, gelesen von Rufus Beck

*Das Böse kommt
auf leisen Sohlen*
Roman. Deutsch von Norbert Wölfl

*Der Tod ist ein
einsames Geschäft*
Roman. Deutsch von Jürgen Bauer

Halloween
Roman. Deutsch von Dirk van Gunsteren

Schneller als das Auge
Erzählungen. Deutsch von Hans-Christian Oeser

Space Opera
in drei Leinenbänden in Kassette
Enthält: *Fahrenheit 451, Die Mars-Chroniken, Der illustrierte Mann*

Gesammelte Erzählungen
Ausgewählt von Daniel Keel und Daniel Kampa

Das Weihnachtsgeschenk
und andere Weihnachtsgeschichten.
Ausgewählt von Daniel Keel und Daniel Kampa. Deutsch von Otto Bayer, Margarete Bormann, Peter Naujack und Christa Schuenke

Philippe Djian
im Diogenes Verlag

»Keiner macht ihm diesen Ton nach, voller Humor, Selbstironie und Kraft.« *Frédéric Beigbeder*

»Djian schreibt glasklar und in einem Tempo, dem ältere Herren wie Grass und Walser schon längst durch Herzinfarkt erlegen wären.« *Plärrer, Nürnberg*

Betty Blue
37,2° am Morgen. Roman. Aus dem Französischen von Michael Mosblech Auch als Diogenes Hörbuch erschienen, gelesen von Ben Becker

Erogene Zone
Roman. Deutsch von Michael Mosblech

Verraten und verkauft
Roman. Deutsch von Michael Mosblech

Blau wie die Hölle
Roman. Deutsch von Michael Mosblech

Rückgrat
Roman. Deutsch von Michael Mosblech

Krokodile
Sechs Geschichten. Deutsch von Michael Mosblech

Pas de deux
Roman. Deutsch von Michael Mosblech

Matador
Roman. Deutsch von Ulrich Hartmann

Kriminelle
Roman. Deutsch von Ulrich Hartmann

Heißer Herbst
Roman. Deutsch von Ulrich Hartmann

*Schwarze Tage,
weiße Nächte*
Roman. Deutsch von Uli Wittmann

Sirenen
Roman. Deutsch von Uli Wittmann

In der Kreide
Die Bücher meines Lebens. Über Salinger, Céline, Cendrars, Kerouac, Melville, Henry Miller, Faulkner, Hemingway, Brautigan, Carver. Deutsch von Uli Wittmann

Reibereien
Roman. Deutsch von Uli Wittmann

Die Frühreifen
Roman. Deutsch von Uli Wittmann

100 zu 1
Frühe Stories. Deutsch von Michael Mosblech

*Doris Dörrie
im Diogenes Verlag*

»Doris Dörrie ist als Erzählerin Spezialistin in diffizilen Angelegenheiten der kleinen Rache und gezielten Ohrfeigen zum Zwecke der Unterstützung des eigenen Selbstwertgefühles. Sie ist eine sehr gute Kurzgeschichten-Schreiberin mit der erforderlichen Prise Selbstironie und mit stilistischer Eleganz.«
Annemarie Stoltenberg/Die Zeit, Hamburg

»Es ist vollkommen gleichgültig, ob Sie Doris Dörrie in der Badewanne, im Intercity-Großraumwagen, im Lehnstuhl oder in der Straßenbahn lesen, nur: Lesen Sie sie!« *Deutschlandfunk, Köln*

*Liebe, Schmerz und
das ganze verdammte Zeug*
Vier Geschichten
Daraus die Geschichte *Männer* auch als Diogenes Hörbuch erschienen, gelesen von Anna König

»Was wollen Sie von mir?«
Erzählungen. Mit Fotos von Helge Weindler

Der Mann meiner Träume
Erzählung
Auch als Diogenes Hörbuch erschienen, gelesen von Heike Makatsch

Für immer und ewig
Eine Art Reigen

Bin ich schön?
Erzählungen

Samsara
Erzählungen

Was machen wir jetzt?
Roman

Happy
Ein Drama

Das blaue Kleid
Roman

Mitten ins Herz
und andere Geschichten. Ausgewählt von Daniel Keel. Mit einem Nachwort der Autorin

Und was wird aus mir?
Roman
Auch als Diogenes Hörbuch erschienen, gelesen von Doris Dörrie

Kirschblüten – Hanami
Ein Filmbuch

Kinderbücher:

Mimi
Mit Bildern von Julia Kaergel

Mimi ist sauer
Mit Bildern von Julia Kaergel

Mimi entdeckt die Welt
Mit Bildern von Julia Kaergel

Mimi und Mozart
Mit Bildern von Julia Kaergel

John Irving
im Diogenes Verlag

»John Irving ist ein Phänomen. Er hat nicht nur Leser, er hat Fans. John Irving, so scheint's, hat überhaupt alles. Literarische Reputation und grenzenlose Popularität, seine Romane sind in über 30 Sprachen übersetzt.« *Brigitte Neumann/ Norddeutscher Rundfunk, Hamburg*

Das Hotel New Hampshire
Roman. Aus dem Amerikanischen von Hans Hermann

Laßt die Bären los!
Roman. Deutsch von Michael Walter

Eine Mittelgewichts-Ehe
Roman. Deutsch von Nikolaus Stingl

*Gottes Werk und
Teufels Beitrag*
Roman. Deutsch von Thomas Lindquist

*Die wilde Geschichte
vom Wassertrinker*
Roman. Deutsch von Edith Nerke und Jürgen Bauer

Owen Meany
Roman. Deutsch von Edith Nerke und Jürgen Bauer

*Rettungsversuch
für Piggy Sneed*
Sechs Erzählungen und ein Essay. Deutsch von Dirk van Gunsteren

Zirkuskind
Roman. Deutsch von Irene Rumler

Die imaginäre Freundin
Vom Ringen und Schreiben. Deutsch von Irene Rumler

Witwe für ein Jahr
Roman. Deutsch von Irene Rumler

My Movie Business
Mein Leben, meine Romane, meine Filme. Mit zahlreichen Fotos aus dem Film *Gottes Werk und Teufels Beitrag*. Deutsch von Irene Rumler

Die vierte Hand
Roman. Deutsch von Nikolaus Stingl

Bis ich dich finde
Roman. Deutsch von Dirk van Gunsteren und Nikolaus Stingl
Auch als Diogenes Hörbuch erschienen, gelesen von Rufus Beck

Liveaufnahme von John Irvings Lesung im Berliner Ensemble am 20. Februar 2006, englisch gelesen von John Irving, deutsch gelesen von Veit Schubert

Die Pension Grillparzer
Eine Bärengeschichte. Deutsch von Irene Rumler
Auch als Diogenes Hörbuch erschienen, gelesen von Klaus Löwitsch

Außerdem erschienen:

*Ein Geräusch, wie wenn
einer versucht, kein
Geräusch zu machen*
Eine Geschichte von John Irving. Mit vielen Bildern von Tatjana Hauptmann. Deutsch von Irene Rumler

Arnon Grünberg
im Diogenes Verlag

»Alle seine Helden geben trotz aller Vergeblichkeit nie auf, der Obsession nachzuspüren: Der eine kreist um die Vorstellung, das Geschlecht eines Zwerges zu haben und wird darüber von Tag zu Tag kahler. In *Phantomschmerz* erliegt ein Schriftsteller den schönen Lügen, in *Monogam* sucht ein zur Liebe wild Entschlossener das absolute Begehren im Sex mit den unterschiedlichsten Frauen. In *Statisten* versuchen drei Freunde mit aller Wucht, Marlon Brando zu werden, und im Erstling *Blauer Montag* gondelt ein Nichtsnutz aus verquerem jüdischen Hause durch ein Dasein voller Huren, koscherer Küsse und Versuche, betrunken zu werden. Arnon Grünbergs Figuren wollen aber immer mehr als den reinen Rausch. Sie versuchen nebenbei auch noch, Menschen zu werden. Meistens bleibt es beim Versuch. Das macht aber nichts, wenigstens dem Leser nicht; dem ist es ein Vergnügen, den Irrläufern bei ihren Irrläufen zuzusehen.« *Anuschka Roshani / Tages-Anzeiger, Zürich*

Blauer Montag
Roman. Aus dem Niederländischen von Rainer Kersten

Statisten
Roman. Deutsch von Rainer Kersten

Phantomschmerz
Roman. Deutsch von Rainer Kersten

Der Vogel ist krank
Roman. Deutsch von Rainer Kersten

Gnadenfrist
Deutsch von Rainer Kersten

Der Heilige des Unmöglichen
Deutsch von Rainer Kersten

Tirza
Roman. Deutsch von Rainer Kersten

Unter dem Pseudonym
Marek van der Jagt

Amour fou
Roman. Deutsch von Rainer Kersten

Monogam
Deutsch von Rainer Kersten

Ian McEwan
im Diogenes Verlag

»Ian McEwan ist das, was man so einen geborenen Erzähler nennt. Man liest ihn mit Spannung, mit Genuß, mit Vergnügen, mit Gelächter, man kann sich auf sein neues Buch freuen. McEwans Literatur verwandelt die Qualen der verworrenen Beziehungsgespräche in Unterhaltung, er setzt sie literarisch auf einer Ebene fort, wo man über sie lachen kann. Wie sollte man sich einen zivilisatorischen Fortschritt bei diesem Thema sonst vorstellen?«
Michael Rutschky / Der Spiegel, Hamburg

Der Zementgarten
Roman. Aus dem Englischen von Christian Enzensberger

Erste Liebe – letzte Riten
Erzählungen. Deutsch von Harry Rowohlt

Zwischen den Laken
Erzählungen. Deutsch von Michael Walter und Bernhard Robben
Daraus die Erzählung *Psychopolis* auch als Diogenes Hörbuch erschienen, gelesen von Christian Ulmen

Der Trost von Fremden
Roman. Deutsch von Michael Walter

Ein Kind zur Zeit
Roman. Deutsch von Otto Bayer

Unschuldige
Eine Berliner Liebesgeschichte. Roman. Deutsch von Hans-Christian Oeser

Schwarze Hunde
Roman. Deutsch von Hans-Christian Oeser

Der Tagträumer
Erzählung. Deutsch von Hans-Christian Oeser

Liebeswahn
Roman. Deutsch von Hans-Christian Oeser

Amsterdam
Roman. Deutsch von Hans-Christian Oeser

Abbitte
Roman. Deutsch von Bernhard Robben

Saturday
Roman. Deutsch von Bernhard Robben
Auch als Diogenes Hörbuch erschienen, gelesen von Jan Josef Liefers

Am Strand
Roman. Deutsch von Bernhard Robben
Auch als Diogenes Hörbuch erschienen, gelesen von Jan Josef Liefers

Patricia Highsmith
im Diogenes Verlag

Im Frühling 2002 hat der Diogenes Verlag eine Werkausgabe von Patricia Highsmith mit weltweit unveröffentlichten Stories aus dem Nachlaß und mit Neuübersetzungen ihres zu Lebzeiten erschienenen Werks gestartet (u. a. von Nikolaus Stingl, Melanie Walz, Irene Rumler, Christa E. Seibicke, Dirk van Gunsteren, Werner Richter und Matthias Jendis). Alle Bände in neuer Ausstattung, kritisch durchgesehen nach den Originaltexten und mit einem Nachwort zu Lebens- und Werkgeschichte. Die Edition macht sich erstmals die Aufzeichnungen der Autorin zur Entstehungsgeschichte einzelner Werke, zu Plänen und Inspirationsquellen zunutze und informiert über den schöpferischen Prozeß und über die Lebenszusammenhänge, wie sie sich aus den Notiz- und Tagebüchern der Autorin rekonstruieren lassen.

Werkausgabe in 32 Bänden. Herausgegeben von Paul Ingendaay und Anna von Planta in Zusammenarbeit mit Ina Lannert, Barbara Rohrer und Kate Kingsley Skattebol. Jeder Band mit einem Nachwort von Paul Ingendaay.

Bisher erschienen:

Zwei Fremde im Zug
Roman. Aus dem Amerikanischen von Melanie Walz

Der Schrei der Eule
Roman. Deutsch von Irene Rumler

Das Zittern des Fälschers
Roman. Deutsch von Dirk van Gunsteren

Die stille Mitte der Welt
Stories. Deutsch von Melanie Walz

Lösegeld für einen Hund
Roman. Deutsch von Christa E. Seibicke

Der talentierte Mr. Ripley
Roman. Deutsch von Melanie Walz

Ripley Under Ground
Roman. Deutsch von Melanie Walz

Die Augen der Mrs. Blynn
Stories. Deutsch von Christa E. Seibicke

Der Schneckenforscher
Stories. Deutsch von Dirk van Gunsteren

*Ripley's Game oder
Der amerikanische Freund*
Roman. Deutsch von Matthias Jendis

Ediths Tagebuch
Roman. Deutsch von Irene Rumler

Tiefe Wasser
Roman. Deutsch von Nikolaus Stingl

*Die zwei Gesichter
des Januars*
Roman. Deutsch von Werner Richter

Der süße Wahn
Roman. Deutsch von Christa E. Seibicke

Die gläserne Zelle
Roman. Deutsch von Werner Richter

Leise, leise im Wind
Stories. Deutsch von Werner Richter
Zwei Stories (›Der Mann, der seine Bücher im Kopf schrieb‹ und ›Leise, leise im Wind‹) auch als Diogenes Hörbuch erschienen: *Der Mann, der seine Bücher im Kopf schrieb*, gelesen von Jochen Striebeck

Der Junge, der Ripley folgte
Roman. Deutsch von Matthias Jendis

Venedig kann sehr kalt sein
Roman. Deutsch von Matthias Jendis

*Kleine Mordgeschichten
für Tierfreunde /
Kleine Geschichten für
Weiberfeinde*
Stories. Deutsch von Melanie Walz

Ausgewählte Stories auch als Diogenes Hörbuch erschienen: *Kleine Mordgeschichten für Tierfreunde*, gelesen von Alice Schwarzer

Elsies Lebenslust
Roman. Deutsch von Dirk van Gunsteren

Ripley Under Water
Roman. Deutsch von Matthias Jendis

Salz und sein Preis
Roman. Deutsch von Melanie Walz
(vormals: *Carol*. Roman einer ungewöhnlichen Liebe)

Keiner von uns
Stories. Deutsch von Matthias Jendis

Der Stümper
Roman. Deutsch von Melanie Walz

Ein Spiel für die Lebenden
Roman. Deutsch von Bernhard Robben

Nixen auf dem Golfplatz
Stories. Deutsch von Matthias Jendis

*›Small g‹ –
eine Sommeridylle*
Roman. Deutsch von Matthias Jendis

Der Geschichtenerzähler
Roman. Deutsch von Matthias Jendis

*Leute, die an
die Tür klopfen*
Roman. Deutsch von Manfred Allié

*Geschichten von natürlichen
und unnatürlichen
Katastrophen*
Stories. Deutsch von Matthias Jendis

In Vorbereitung:

Materialienband
(vorm.: *Patricia Highsmith – Leben und Werk*)

Suspense oder Wie man einen Thriller schreibt
Werkstattbericht